艾米莉·迪金森诗歌意象群及原型意象研究

Emily Dickinson's Poetic Imagery and Prototyping Imagery

黄超楠　著

西安交通大学出版社
XI'AN JIAOTONG UNIVERSITY PRESS

图书在版编目（CIP）数据

艾米莉·迪金森诗歌意象群及原型意象研究 / 黄超楠著. — 西安：西安交通大学出版社，2017.6（2017.9 重印）
ISBN 978-7-5605-9814-7

Ⅰ. ①艾… Ⅱ. ①黄… Ⅲ. ①狄金森 (Dickinson, Emily Elizabeth 1830-1886)—诗歌研究 Ⅳ. ① I712.072

中国版本图书馆 CIP 数据核字 (2017) 第 154843 号

书　　名　艾米莉·迪金森诗歌意象群及原型意象研究
著　　者　黄超楠
责任编辑　侯君英　张珊珊

出版发行　西安交通大学出版社
（西安市兴庆南路 10 号　邮政编码 710049）
网　　址　http://www.xjtupress.com
电　　话　(029) 82668357　82667874（发行中心）
(029) 82668315（总编办）
传　　真　(029) 82668280
装帧设计　河北腾博广告有限公司
印　　刷　虎彩印艺股份有限公司

开　　本　700mm×1000mm　1/16　印张 14.375　字数 250 千字
版次印次　2017 年 6 月第 1 版　2017 年 9 月第 2 次印刷
书　　号　ISBN 978-7-5605-9814-7
定　　价　78.00 元

读者购书、书店添货、如发现印装质量问题，请与本社发行中心联系、调换。
订购热线：(029) 82668851　(029) 82668852
投稿热线：(029) 82665370
读者信箱：qsfs2010@sina.com

序　言

艾米莉·迪金森（1830—1886年）是出生于19世纪中叶美国新英格兰上层社会家庭的女诗人，她一生足不出户，摒弃一切世俗欢乐，将大部分的人生时光用于照顾家人、沉思和写诗。迪金森一生创作了1800多首诗作，其诗歌以意象丰盈，结构奇特著称。她擅长使用意象表现手法，取材于家乡、住宅周围熟悉的环境中的花鸟草虫以及种种典型的新英格兰自然风景，将最抽象的概念变成了最具人格感受力的具体事物，将无限的情思和思想浓缩在有限的诗行之中。诗歌中丰盈、奇特、洗练的意象为迪金森赢来了意象派杰出先驱的称号，事实上，迪金森在美国诗坛上享有独特的地位，影响了20世纪的庞德、艾米、罗威尔、威廉斯、桑德堡、斯蒂文斯、弗罗斯特、肯明斯、哈特、克莱恩、艾略特等一大批诗人，架起了通向现代主义的桥梁，她已被公认为标志着美国诗歌新纪元的里程碑。

1890年是迪金森研究的起始阶段。这一时期诗歌版本的推陈出新，同时也开启了积极评价诗人天赋及严肃探讨其诗歌价值的先声。自此，迪金森研究势头一直经久不衰，研究的视角和方法也不断推陈出新。

自从人们开始研究艾米莉·迪金森诗歌以来，关于她的诗歌意象著作和论文停留在对某个意象、某一类意象上进行，如：从语言技巧、创新艺术以及意象特征等分析。这些对诗人所用意象的研究往往只是片段性的，少有将其诗歌所有的意象作为一个系统进行考察。正如Barton Levi St.Armand在《艾米莉·迪金森与她的文化》一书中所指出的那样“自从1890年艾米莉·迪金森第一部诗集问世到1962年《最后的收获》的出版，迪金森研究的历史一直是试图建立一个规范，迪金森的诗歌被分割，肢解，挑选，并编出选集，这使我们面临一种危险——忽视创作这些作品时的最初情感的危险，我们以自己的期盼和愿望重塑着艾米莉·迪金森，却侵犯了诗人自己所建构的艺术整体性。”的确，面对迪金森诗歌里大量洗练、隐晦的意象，仅仅在一首或一组诗歌的环境中想要就某一单个意象内涵进行分析与理解是存在一定困难的，至少这种抽离的方式使得把握与理解存在不完全性和不完整性。因此，有必要在总结前人意象研究成果基础之上用整体的、系统的眼光去勾勒迪金森诗歌意象系统，应该看到迪金森所用的单个意象是整个意象系统这个“被面”中的一小块“布片”，而每块“布片”的选用以及所有“布片”的缝合，体现了诗人独特的思想、审美情趣和创作策略。

本书改变了国内外分割迪金森诗歌意象整体性的研究方式，通过系统的研究方式突破以往对迪金森诗歌意象分析的局限，视诗人所有意象为一体，从宏观上达到对迪金森诗歌意象总体轮廓的清晰把握，将其诗歌意象作为系统进行考察，勾勒出一个建立在基督文化与希腊神话基础上灵光四射的原型意象王国。在借鉴前人研究成果的基础上本书首先抓住诗人各类意象的总体特征，然后进行系统分类，采用文本细读法和统计的方法梳理诗人诗歌中出现的各种意象，并对这些意象进行归类，建立一个完整的意象库。根据以前的研究者对迪金森诗歌主题分类的方法，从意象所表现内容方面将诗人所用意象分成四类：自然意象系统、家园意象系统、死亡意象系统、宗教意象系统。面对这四大意象系统所包含的纷繁复杂的意象分支，本书从加拿大文学批评家诺思罗普·弗莱对原型的定义出发，试图总结出迪金森诗歌中反复出现的典型意象，及具有原型性的意象，以此种方式突破以往对其诗歌意象分析的局限，视诗人所有意象为一体，从宏观上达到对迪金森诗歌意象总体轮廓的清晰把握。

目前，关于迪金森诗歌原型意象的分析与研究还存在比较大的空间尚待挖掘，相关方面研究专著较少。因此，本书将引入意象和原型意象理论，以迪金森诗歌的意象为研究对象，对其进行文本分析，找出作品里的各类原型，就有可能全面把握诗人意象的整体性质和意义。当然，在分析迪金森诗歌意象中那些具有原型意义的意象时，笔者注意到了诗人对原型意象的变革，即“独创性”的问题。因此在分析这些意象时笔者将宏观分析与微观分析两方面结合，力争做到全面、深入、细致地凸显迪金森诗歌意象系统的总体特征与关联。

荣格的原型（archetype）概念与其集体无意识十分密切。正如他所曾明确表达的那样，个人潜意识主要是由各种情结构成的，而集体无意识的内容则主要是原型。荣格说，“原型是人类原始经验的集结，它们（荣格往往把原型作为复数）像命运一样伴随着我们每一个人，其影响可以在我们每个人的生活中被感觉到。”我们可以把原型意象看作是原型的象征性表现。原始意象，其内在精神上具有两大特点：一是集体性，一是远古性。它既是一种文化心理结构的表征，也是一种精神文化现象。原型意象的生成，既具有生理基础的维度，也有心理体验的维度，更有文化模式的维度。通过其表现以及表现的象征，我们就可以认识原型。比如，出生、结婚、死亡与分离等等，在其象征的意义上来说，都再现着某种原型的存在。原型意象是一种记忆的沉淀，一种铭刻，它由无数类似的过程凝聚而成，是精神的产物。原型意象衍生出了一系列文学作品的意象链条。透视某一原型意向，我们可以理解由这一原型意向所统领的一系列作品的感情基调，从而能达到以简驭繁的效果。同时我们还可以看出，从原型意象入手分析诗歌是一种为切近诗词艺术本体、领略其美感的方法。

原型意象体现出传统文化对迪金森的深刻影响，诗人将几个原型意象聚合成多姿多才的意象系统，以这些原型意象成为中心，与其生成意象相互配合，相互补充，相互映衬，形成了一个更为丰满、厚重的复合意象系统，从而有力地、完善地表达出诗的题旨和意蕴。迪金森诗歌意象系统的建立为全面深入理解诗人意象提供了一个背景与路径。这种思考的方式解决了分割诗人意象的危险，同时，加强了各种意象之间的联系，这样在我们理解诗歌意象的时候能够从宏观的角度把握各类意象的深层含义，提升了对诗人诗歌理解的精神高度，能深刻认识迪金森诗歌与传统及世界文化的永恒联系。

鲜明的意象和奇特而丰富的想象是迪金森诗歌的一大特点。她创造的意象不仅数量众多，而且新颖独特。半个世纪后，意象派诗人们视她为崇拜的先驱，著名的意象派诗人或从中自立门派的诗人，如埃兹拉•庞德、艾米•洛厄尔、威廉•卡洛斯•威廉斯等都师承迪金森。但意象派的信条概括不了迪金森诗歌创作特征，而且她塑造的一些意象要比意象派诗人们的更有深度更丰满。

迪金森在她的诗歌意象世界中，不仅自觉地继承了西方文学与诗歌的传统，对基督教经典文化、17世纪玄学派诗歌、英国文艺复兴时期的经典文学等的接受主要是一种精神上、审美倾向上的，艺术方式上的借鉴也是建立在直观感受上的某些方法的采取，很少照搬。凭着对生活与生命的一往情深，对诗歌的热爱，诗人深深扎根在现实的生活中，以特有的想象力和独特的视角悉心观察生活，从生活中提炼神奇的思想，凝聚着生命深处最柔美的情怀和创造性的智慧，创造出许多意义深邃、新颖、奇特、凝练的意象。迪金森诗歌意象主要有以下几个特点：①诗人注重准确意义的表达，常将抽象的概念转化为具体可感的东西，赋予寻常意象以奇特内涵，用以表达复杂的内心体验和意念；②迪金森对同一事物通常有反复思考，诗歌中往往形成多组意象，这些意象组合在一起，形成了充满张力和活力的意象群。③迪金森诗歌对人、宗教、自然等的理性思考多通过比喻性或描述性意象含蓄地表达，因而其诗歌意象多带有象征色彩，富于多义性和内涵性，同一意象在不同诗歌中会展现出多样的内涵，甚至同一意象本身就是两个相互矛盾意义的统一体，真理从暗到明、从小到大逐渐显现，所以在迪金森诗中呈现的意象所包含的意蕴需要读者深入探索。

迪金森诗歌最大的特点是使用了意象这一艺术手法，在她的诗歌中，意象不是对她思想的装饰，而是诗人在意象中思索。她这种传达思想感情的间接手法，使读者在研读时头脑由于联想和想象得到启发，变得活跃而明智，只有理解了这些经过诗人审美经验的筛选，再融入诗人的思想感情，用语言媒介表现出来的意象，才能真正理解诗人看似简单写物、写景的短诗后而蕴涵的精深、广博的情感和哲理。

以往的迪金森研究总是强调诗人与同时代的诗人的不同之处，强调诗人对传统的反叛，视诗人为“另类”“怪人”。而本书试图从意象角度重构迪金森的面貌，利用前人对迪金森诗歌意象研究的成果，梳理诗人诗歌中出现的各种意象，对这些意象进行归类，建立一个完整的意象库。在此基础上，提炼出若干具有概括性、普遍性的原型意象，这些原型既体现了诗人对传统文化的继承同时也反映了诗人超群的创造能力，对“反复出现的意象”进行了独创性的变革，在一定层面上赋予原型意象以新的内涵。在她的诗歌中反射出了当时的传统文化和流行文化以及诗人与同时代诗人的相同之处，诗人不再是人们眼中与她所处时代格格不入的隐居怪人。全文共6章，约25万字，第一章为意象理论以及艾米莉·迪金森诗歌意象概述，主要阐述了在文学艺术中，“意象”概念的重要性。文艺活动过程，包括创作、欣赏等，都是通过“意象”的中间作用而达到的。一方面，通过具体的“意象”而通达到理念和道的形而上的层次，使得作品能在一定的文化模式和背景中得到理解和获得意义；另一方面，通过“意象”联系起最基本的人生世界，使人生的体验和记忆碎片得到整理，形成人们意识中的人生“图景”、心理情景、情感模式等。因此，“意象”是理解原型的一个基础的重要环节。第二章从自然意象出发，挖掘出五大原型意象，并指出这五类原型意象表达了对男权社会的反抗，对传统宗教的反抗，对爱情的渴望以及对以崇高的平等精神关怀大自然中的生灵。第三章从家园意象出发，分析诗人对半封闭式空间的依恋，诗人为死者与生者创造出一个灵魂达到完满永恒的精神空间。第四章从死亡意象出发，诠释出迪金森诗中超越常规的“生”“死”，大相径庭的死亡体验以及离奇多样的死亡意象，指出迪金森受到传统宗教的影响，渴望死后的永恒，其死亡意识如传统宗教死亡观那般洒脱、超然、盼望。第五章从圣经意象出发指出以上帝、天堂、伊甸园为代表的意象表明诗人为宗教所困扰，时刻处于一种矛盾的状态，而正是这种徘徊与不确定真实地表达了诗人强烈的宗教情怀和精神价值的自我表达，诗人以自我独特的理解创建个人的宗教信仰，以此反抗传统宗教的精神控制与束缚。

迪金森的诗歌是一个博大而精深的文库，它在意象运用与表达方面有不少创新、不少值得学习借鉴之处。本书只是试图从“原型意象”的角度对它进行了一些显然不够全面的考察，但仅此，我们可粗略窥见这位天才女诗人的不同凡响的、独特的语言风格。迪金森是不可替代的，她是美国诗歌的探索者——立意清新，情感独特。迪金森用了一生的心血来琢磨、来遣词造句，她抵御一切来自世俗的压力选定了自己的方式。她终于找到了自己独特艺术表达的途径的同时，也为世人开辟了一条新路，她和惠特曼推开了一扇门，现代诗人纷纷通过这道门去寻找新的表达方式。诗人可以寂寞终生，但她的名字是青苔无法覆盖的。作为西方最伟大的诗人之一，迪金森无疑是一棵长青藤，生生不已。作为伟大的诗人，艾米莉•迪金森的地位无可动摇。她的诗歌已成为世界文学宝库的一部分。

接受美学理论把文学视为审美对象，认为作品的构成诞生于动态阅读过程中。文学作品本无固定形式，只是为读者提供了一个“图式”框架而已，而框架中的空白则有待读者去填补。迪金森研究已近百年历史，但是其作品解读中依然存在许多空白，召唤评论家与读者根据自己的理解不断加以充实。如果本书的出版能为广大迪金森诗歌研究者提供些许线索和启发，本人将倍感欣慰。

我撰写该书历时一年，期间得到家人与朋友的支持和帮助。本书得以付梓之时，我衷心感谢在写作过程中给予帮助的家人与朋友。

作者简介：黄超楠，湖南邵阳人，文学硕士。现为湖南科技学院讲师，参写、参编著作、教材多部；在《世界文学评论》等刊物发表论文十余篇。目前主要研究方向为外国文学理论与批评、英美诗歌研究与翻译。

目　录

第一章　意象理论及艾米莉·迪金森诗歌意象概说

艾米莉·迪金森在美国文学史上的重要地位是由她对诗歌技巧和形式所进行的革新而得以确立。其诗因简洁的语言和精巧的结构、敏锐的感觉、诙谐的评断、神奇的想象、诗中清新奇妙的意象，自成一格，极具个人特性，独放异彩，迪金森超前地使用了意象表现手法，她的诗歌反映了意象派诗歌的本质特征，因而，迪金森去世多年后，美国意象派诗人爱米·洛厄尔（Amy Lowell）为之冠以意象派杰出先驱的称号。

迪金森对诗歌意象有其独特的理解，她在一封信中说："如果我读一本书时，全身浸透了凉意，什么火也不能使我温暖，我知道那就是诗。如果我感觉我的天灵盖似乎被削掉了，我知道那就是诗，这些是我对诗的唯一理解，我不知道还有方法"维多利亚浪漫主义时期的评论家把"想象"作为评价诗的标准．把"想象"作为检验诗歌的试金石。就如弗兰西斯·培根认为的那样："想象之于诗歌，如同理性之于哲学。"而迪金森对诗歌的理解却是强调直觉，强调强烈、瞬间的感官反应，也就是强调"意象"，认为只有"想象"而无"意象"是不行的。她用想象、譬喻、幻想等手段构成了具体鲜明、可感知的意象，将自己对诗的理解通过身体的感觉来描绘，使抽象的概念具体化。她还宣称："说出所有的真理但切莫直言"，也就是说诗歌只有通过具有意象的字词引起内心图景才能产生强烈的情感反应，平铺直叙、抽象说教是不能奏效的，她认为，艺术的成功在于"错综复杂的暗示启发"，隐藏在意象之后的是诗人的感情和情绪，诗人借助描写外部世界，构建意象，表达自己内心的感受。这旦，她实际上是给意象诗下了定义。而这一观点与庞德等人提出的意象主义的"三不"及庞德的"漩涡中心”“一瞬间理智和情感的复合”等理念是吻合、一致的。

迪金森倾向于营造微观、内省的艺术境界，意象对于迪金森来说，不只是对诗歌的装饰，相反，她在意象中思索，依靠自己的尺度，把遥远和宏大的事物缩小成细微、琐屑的意象，把心灵中的朦胧图景，化做恍惚迷离的意象，用以表达抽象的内心情感和深奥的哲理。通过这种传达思想感情的间接手法，读者的联想和想象得以激活，使其变得活跃而明智，只有理解了这些经过诗人审美经验筛选、融入诗人思想感情，用语言媒介表现出来的意象，才能真正理解诗人看似简单写物、写景的短诗后面蕴涵的精深、广博的情感和哲理。迪金森独创、超前的意象，似乎不符合当时的诗歌风尚，但却以巨大的艺术魅力感染着人们。

第一节　意象理论与原型意象

一、意象的概述

本章主要讨论美学范畴内的“意象”概念，首先“意象”是由中国人首创的。在古代文论中，常用于诗论，最早的源头可以追溯到《周易》。《周易•系辞》中论到：“子曰：书不尽言，言不尽意。然则圣人之意，其不可见乎?子曰：圣人立象以尽意。”圣人则通过设象来表达，揭示了“意”与“象”的关系，成为意象论的基础。第一个将意象合为一词而用于诗歌理论的是南朝的刘勰，他继承并发展了《易》“象”所代表的原始思维的象征方式，首次在其《文心雕龙》“神思篇”提出了“窥意象而运斤”的说法，这里意象被放到了艺术构思的位置上来看待，“意象”是作为作品总体的构思匠心和整个创作过程的内在依据，置于布局行文的首要地位。刘勰对“意象”的构成也作了高度概括，他提出“神与物游”即主客观（“神”与“物”）统一，构成了意象，这已经是基本完备的意象学说了。“意象”一个词是包含了两个概念的，意指心意，象指物象，意象则是意与象的有机结合，也就是，情景交融、寓情于景的艺术处理方法。

继刘勰之后成为意象理论的集大成者则是清代的文论大家叶燮（1627—1703），其代表作为《原诗》。之所以说叶燮是中华美学中意象理论的集大成者，是因为他对意象的构成以及主体心灵诸能力作了融会贯通的充分阐述，他的著作构建了一个系统性的体系完整的意象理论，就它的完整性、系统性来说并不逊色于西方美学中康德的意象理论。叶燮把意象作为他的文论的核心概念，他指出意象的功能在于“默会”（契合）那些理性逻辑所不能穷尽的观念和事物，而把它们鲜明地表现为感性形象，显示在感觉面前，“子但知可言、可执之理之为理，而抑知名言所绝之理之为至理乎?子但知有是事之为事，而抑知无是事之为凡事之所出乎?可言之理，人人能言之，又安在诗人之言之!可征之事，人人能述之，又安在诗人之述之！必有不可言之理，不可述之事，遇之于默会意象之表，而理与事无不灿然于前者也”。这里，叶燮透彻阐述了艺术规律的特殊性和意象功能的独到之处，即：诗人不是要表达依靠理性逻辑推理，人都能说明和描述的普通概念和事物，而是那种语言所无法表达抽象概念或观念，依靠通常的言语又不可名状，表面看来又无所谓的事物，才需要诗人（艺术家）以自己的情感把它们融合成意象而表现为鲜明的感性形象，使得“不可言”“不可述”的观念和事物都变成可见可感的东西。从“情、理、事”三者关系出发，叶燮阐明意象构成，并指出划清意象表现所产生的艺术品与非艺术的平庸之作之间的界限。

清末的王国维提出“意境”概念，概念界定为：“境非独谓景物也，喜怒哀乐亦人心中之一境界。故能写真景物真感情者，谓之有境界，否则谓之无境界。”“大家之作，其言情也，必沁人心脾，其写景也，必豁人耳目，其词脱口而出，无矫揉之状态，以其所见者真，所知者深也”这就是把情与景当作境界（意境）的内涵，并要求“深”以“言情”，要求“真”以“写景”，这显然与意象内涵是吻合一致的。王国维在前人对审美经验描述的基础上提出的“意境”说，是对意象理论的重大补充。

综上所述，意象是我国传统美学的核心概念，而我国的意象理论相当完整且富有中华民族特色，特色在于：①意象是主客观统一的概念，与“比兴”相联系，与隐喻相贯通；②强调意象的主体性，这体现于构成“意”之内涵的情理统一中突出情的作用，使意象不仅是表意符号而且是“表情”（表现情感）的即表现性的情感符号，从而使意象学说成为中国古典文学的抒情传统的理论表述；③意象理论通过“意境”说得以延伸，意境一说则进一步加强了意象的主体性，并由诗学及于画论以至更广泛的艺术理论，运用意象的思维方式深深植根于中国人的民族传统之中，成为中华美学思想中最富创造性和前瞻性的独特创造。

（一）18世纪以前，偏重于客体性审美的“摹仿”说一直主导西方美学理论，对意象的解释侧重于“象”，相当于认识范畴中的表现。柏拉图就曾经嘲笑希腊主张摹仿自然的现实主义艺术家是“影象制造者”“制造外形者”“只得到影象，并不曾抓住真理”。亚里士多德的《诗学》整个倾向也是偏重如实地客观地摹仿自然，从亚里士多德的《诗学》到布瓦罗的《诗艺》，“摹仿”说基本贯穿始终。到18世纪，意象理论研究先驱者，意大利哲学家维柯在《新科学》中以“诗性智慧”来称谓那种富于创造性想象的原始思维，亦即意象，并且指出“古代民族中的波斯人以及近代才发现的中国人，都用诗来写完他们最早的历史”。系统地阐明意象理论的则是18世纪德国古典哲学家康德，康德在《判断力批判》一书系统地阐明意象理论，指出“审美意象想象，我所指的是由想象力所形成的一种形象显现。在这种形象的显现里面，可以使人想起许多思想，然而，又没有任何明确的思想或概念与之完全相适应”。他认为想象力作用形成了审美意象，它既反映思想和概念，又与之不同。康德的理论构架与叶燮的意象理论体系是基本吻合的。康德在思辨性上对思维的内在规律的剖析更具特色，在康德看来，构成审美意象：一方面是“由想象力所形成的形象显现”或“客观现实的外貌”，另一方面是“使认识能力生动活泼起来”的“感情”，只有两者的结合才能使审美意象能够“达到理性的最高度，显示得那么完满，以致使得自然本身相形见绌”。前者相当于“形”（或“景”或“事”或“物”），后者相当于“情”（或“情理”或“神”）。总之，康德的审美意象是主客观统一，属于主观的是“心灵中不可言说的东西”，属于客观的是用“丰富的未经开拓过的材料”，经过想象力加工而成“特殊的形象显现”。

康德关注审美意象与理性观念之间的复杂关系，他认为：①意象与理性观念互相联系，审美意象属于某一概念并与某一概念相伴随，意象表现也能够传达出某种概念，与某种概念相契合；通过想象力的创造可以将本来是“看不见的一些理性观念的东西”“转变成审美的意象”。②审美意象通过联想“可以使人有许多想法”，即，审美意象具有多义性；审美意象是“心灵中不可言说的，与特殊的形象显现结合在一起的东西”，它是一种“内心直观”或“直觉”，没有抽象概念以与之匹配或“完全符合”，也没有恰当的词语能表达它，它所表现的思想是“许多不可名言的东西”。③作为主观心意状态，审美意象具有普遍传达性，作为想象力所形成的形象显现能够达到理性的最高度。正是在这一意义上说，意象表现能够“传达出某种概念，与某种概念相契合”。这里所说的“某种”概念，应理解为既“超出概念”以外，又“超出经验的范围”从而上升到理性的最高度的“第二自然”，即黑格尔所称的“理念的具体的整体”。

在康德影响下，人们开始了对所谓“审美情感”的考察。克莱夫•贝尔提出“有意味的形式”说，并对审美情感作了解释：“艺术家灵感产生时的感情与某些普通人偶尔艺术地看待事物的感情，以及我们许多人凝视艺术品时的感情，是同一类的感情，即：都是人们通过纯形式对它所揭示的现实本身的感情……艺术家的感情只有通过形式来表现，因为唯有形式才能调动审美感情。”克莱夫•贝尔给审美感情下的定义就是，以创造有意味的形式为指向或被有意味的形式所激起的感情。

苏珊•朗格在《艺术问题》一书中谈道：“艺术中使用的符号是一种暗喻，一种包含着公开的或者隐藏的真实意义的形象；而艺术符号确实是一种终极的意象。”根据符号学的定义，符号是物质呈现与精神外观的融合，在符号中主客观实现了完满的统一。而这一定义与意象派关于意象的说法是相吻合的。将意象看作符号也就解释了为什么意象总是包含一种无形的、模糊的、不可捉摸的感性特征，也解释了作为符号的意象应当具有丰厚、超重的含量，应有比其自身更广泛的普遍性的符号。

英国美学家鲍桑葵提出了著名的审美表象的基本学说。他所说的审美表象，是指“我们所感受或者想象的只能是那些能成为直接外表或表象的东西”，“因为审美情感的体现，只能在我们感受它或想象它时才成为一个对象”这里所说的审美表象，同我们中国古代文论中的意象具有相通之处。

（二）到20世纪初，意象主义诗派出现后“意象”一词在西方得到广泛的运用。意象派诗人在伦敦发起了意象主义运动，在《诗刊》发表的著名的意象派创作三原则，旨在反对传统英诗的严谨格律和浪漫主义的华丽夸饰及冗词赘语。意象派诗人认为诗歌创作应遵循以下原则：其一，直接处理“事物”，无论是主观的还是客观的；其二，绝对不使用任何无益于表现的词；其三，至于节奏，用音乐性短语的反复演奏，而不是用节拍器反复演奏来进行创作。后来，瑞•阿丁顿和艾米•罗厄尔把这一主张加以补充，使意象派的纲领变为：“准确地运用口语，摒弃虚饰的辞藻，创造新的节奏，以自由体诗作为表现诗人个性的有效工具；诗人有绝对的选材自由；运用意象把握具体细节，扬弃含混不清的冷淡议论，务求诗歌的坚实与清新，摒弃笼统的含混，诗的本质在于高度集中。”

意象主义的理论奠基人休姆从直觉主义出发，得出唯意象论的结论，认为艺术家的任务就是通过直觉捕捉生活的意象。休姆所指的意象可以理解为一种隐喻或者比拟的语言，它能够以精确的、明快的表达方式传递出诗人对其所描写对象的思绪与感受。因此，在一首优秀的意象诗中，诗人所使用的意象的语言与其所要刻画的事物之间要有足够的联系来确保在它与对象之间建立起完全的相似关系。只有这样，才不会使诗歌创作流于抽象的表达或者情感的宣泄。休姆对于意象主义诗人用意象表达其思想和感情具有重要的指导意义，他主张诗人要以鲜活的艺术形象作为诗人情感的表现媒介，展示作者对于现代世界的真实想法和真切感触，正如意象派大师庞德说的，意象是“理性和感性的复合体”“是一团，或一堆相互交融的思想，具有活力”。意象的形成是诗人内心的一次精神上的经验。它具有感性和理性两方面的内容。意象的使用，使得情绪有准确具体的“对应物”，使得诗人的主观感受通过感觉的印象含蓄地表达出来，同时增强了诗的凝练性和客观性。这种理论为美国意象主义诗人以客观具体的意象语言进行创作提供了有力的思想保证，意象派诗歌冷静、含蓄、凝练、奇特的表现手法对现代诗歌的发展无疑具有重要意义，更为西方现代派所承袭。这一点从尊称庞德为师兄的艾略特及其他许多现代派大师的杰作中便不难得以印证。迪金森在意象派壮大盛行之时，已去世多年，但是人们将之视为意象主义的先驱。

第一，迪金森选取日常生活中常见的事物，通过想象、比喻、象征等手段化成具体鲜明、令人耳目一新的可以具体感知的意象，传达自己的思想、精神和情绪，让读者能“看到”“想到”感觉，在她的诗歌中抽象概念总是以有质感的形体出现，有尺寸、有音响、有色彩。

第二，迪金森诗歌篇幅短小凝练，形式自由，大胆创新诗歌语言，用拉丁或希腊衍变而来的外来词表达抽象的思想观念，用自己的本族语来描绘她的观察和感受；违反传统语法的规定，突破词和句使用的羁绊，诗人自主变革语法，使用省略、时态混用等，保持了语言的简洁、生动，形成自己的语言风格。这些特点与意象主义诗歌主张的“摒弃虚饰的辞藻，创造新的节奏，以自由体诗作为表现诗人个性的有效工具；诗人有绝对的选材自由”的原则不谋而合，而这是为什么迪金森被人们尊崇为意象派先驱的缘由。

总而言之，无论中国古代文论还是西方现代派，都对意象这一美学范畴做过深入详尽的探讨。尽管其意象论的表述各不相同，但在某种层面上却有或多或少的相似之处。

邹建军教授在《现代诗的意象结构》一书中曾谈道：“诗歌是以意象化的语言抒写人生内在情思的一种文学体式。它是诗人以敏锐的感觉在生活中发现诗美，并将其兑换为质感的、精致的、弹性的意象，对诗美加以呈现或暗示，创造出的一种有节奏、意味、张力的完美的艺术结构。”对于这个定义。笔者是这么理解的，“意象”一词包含两个基本概念：“意”指情感，“象”指物象，“意象”作为情感与物象的融合体，即寄情于景、情景交融的艺术手法，是诗人独特内心体验在客观世界的反映，与意象紧密联系的一个概念是意象构想，它包括“意象”和“构想”两方面。“构想”是指作家、艺术家在孕育作品过程中的思维活动。因此，诗歌中的“意象构想”指诗人在孕育诗歌过程中的思维活动，是对所要描绘的意象的构建与联想。二者的区别主要表现在意象是具体的、明确的灵感体现，而意象构想是流动的、变化的思维过程。诗歌是主观与客观相碰撞一瞬间产生的新生命，而这种新生需要意象的表现，由此可见，诗是诗人直觉导致的情绪推移经过具象化后成为意象推移的产物。因此，我们可以将直觉与情绪联系在一起，作为诗歌创作的起点。直觉情绪是客观世界某一事物对具有特定审美理想的人发生了刺激而产生的突发性心灵感应。所以离开客观世界无所谓直接情绪，离开审美理想也无所谓直觉情绪品味。那么客观世界什么样的事物及其边缘类最易对诗人产生刺激作用，就会成为这个诗人的审美敏感区。而本着直接情绪在推移中具体化要求和品位追求，诗人就会促使自己在长时期的潜创作中形成一种采用何种意象来实现情绪具体化，满足品味要求，从而不自禁地形成了一个意象系列。

深入研读迪金森诗歌的意象系列对理解诗人诗歌有重要意义。作为生活在一个农耕社会环境中，一生极少远行的维多利亚时期的淑女，“她所能直接观察的限于草地、森林、山、花朵，和极小范围的一些动物”，所以在她那里所用意象也是非常有限的，但是诗才横溢，对事物感觉敏锐的迪金森有着独特且较宽的审美敏感区，其诗作中的“这些意象却非常适合表现她个人的思想和内心冲突”。因此我们可以分析出她诗歌里存在的多个意象系列。这些意象系列在诗人诗歌中有机的多方面的组合，呈现出诗人独具异彩和品位的意象世界。笔者从考察迪金森诗歌里独特的意象审美敏感区出发，将诗歌中的反复出现的意象分为四大类型：自然意象群、家园意象群、死亡意象群、宗教意象群。并试图从这四大类型中分析出迪金森诗歌原型意象及其意义。

二、原型意象

（一）20世纪五六十年代，原型批评流派也研究了“意象”问题。原型批评流派主要以弗雷泽的人类学和荣格的集体无意识学说为基础，建立了以“文学原型”为核心的原型批评理论。

“原型”这一概念最早由瑞士著名心理学家荣格提出，通过对神话的广泛研究和临床的治疗经验，荣格提出的原型概念揭示了神话以及神话与艺术之间的关系。基于此，他把原型理论扩展到文艺领域。荣格对于原型的界定采取了诗性的态度，他说“自从远古时代就存在的普遍意象，原型作为一种‘种族的记忆’被保留下来，使每一个人作为个体的人先天就获得一系列意象和模式。”原型是在神话、宗教、梦境、幻想、文学中不断重复出现的意象，这种意象是未被直接感知到的，民族记忆和原始经验长期积淀的集体无意识显现，它是创作由无意识向有意识过渡，主要采取隐喻方式并不断反复运用意象，这种意象可以是描述性的细节、剧情模式，或角色典型，它能唤起观众或读者潜意识中的原始经验，使其产生深刻、强烈、非理性的情绪反应。也可以说，原型是人类或种族在漫长年代里遗传下来的一种文化积淀和心理遗产，体现了某种集体人类的普遍精神，而这种普遍精神在不同时代通过无意识激活为艺术形象，这些原始意象及原型之所以能够保存下来，在很大程度上得益于文艺这个载体。因为漫长的历史进程中，他们不断地以本原的形成反复出现在艺术作品和诗歌中。

（二）原型批评流派主要创始人，加拿大的弗莱，在其著作《批评的剖析》对原型概念作了新的解释和规定，并阐述了他的原型批评理论。在《批评的剖析》第二篇《伦理批评象征理论》中，弗莱提出了原型的概念。他认为“任何可以从文章中离析出来而为批评家所研讨的文学结构的单位。词、成语或形象在使用时带有某种特殊参照物的，都是象征”如果一种象征可以表明诗与诗所模仿的自然有彼此对应的类似之处，那么，这种象征就被称为意象。而对于那种深入地植根于程式化的联想之中，以至于其与模仿的自然关系成为固定的，即彻底程式化了的意象，弗莱称之为符号，或者称之为在特定的关联域中的普遍象征。而原型则是“指将一首诗与另一首诗联系起来的象征，可用以把我们的文学经验统一并整合起来”，是“一种典型的或重复出现的意象”。以下便是他对原型概念做出的规定：一个原型就是“一个象征，通常是一个意象，它常常在文学中出现，并可被辨认出作为一个人的整个文学经验的一个组成部分”。他以自然中“大海”或“森林”为例，在许许多多诗歌中反复出现了“大海”“森林”这些大自然中常见的形象，这种反复出现并不是巧合，而是诗歌模仿自然和人类交流活动中存在某种统一特性，而诗歌正是人类交流活动的一部分，“大海”“森林”形象以及相关的故事则会成为一种原型，促使人们把这些景象与文学经验的其他部分联系起来。

弗莱还认为，一部作品往往包含了表层和深层结构：叙述表层结构是由意象组成的，另一个是由原型组成的深层结构组成。而原型批评的目标就在于不仅发掘作品的叙述和意象表层下的原型结构，而且揭示出连接一部作品与另一部作品的原型模式，最终使人类的文学经验成为一体。

荣格在他的“集体无意识”理论基础上提出“原型意象”概念。对于荣格来说，原型和原始意象实际上是一个概念，它们都为人类祖先的无数类型的经验提供形式，是同一类型的无数经验的心理残迹，也都植根于无意识深处。荣格有时还将原型、原型意象、原始意象并用，都将它们看作属于集体无意识领域的东西。弗莱对原型意象作了更明确的阐释。他认为，原型意象就是在漫长的历史沉淀中反复出现的意象以及成为系统性的表现着民族典型的、共同的情感体验和人生情境的意象。这些意象作为艺术符号具有恒久的艺术魅力与大众的影响力，它是能传达出人们的内在本质上的需求、精神渴望和意愿的一种感情或某种情绪，而这种感情或情绪又一定要寄生于某种客观主体。

如抒情传统中的四季景物：“杨柳、花朵、浮云、秋风、白雪”，原本是一种自然现象，但历代人们常常由此生发感慨，表现意象。久而久之，便给四时景物注入了人格内容以及特殊文化内容和含义，一种文化积淀凝聚在这些意象中，这就是原型意象了。

（三）原型意象首先具有象征性，而象征体的产生首先依赖于形象的产生，它可以来自神话传说，也可以是人间生活的直接反映形式。如，动物界里的羊备受人们的器重，日常生活中羊的愚昧、温顺、喜爱群居、易于受惊四窜的特性使得人们将之与牧歌形象联系起来，又成为宗教里“牧师”与“教徒”的隐喻。文学作品中人们常用玫瑰象征爱与美，玫瑰意象可以追溯到希腊罗马神话。在希腊神话中，玫瑰是爱与美的女神阿芙罗狄蒂的圣花。阿芙洛狄蒂从大海的泡沫里诞生，从她身上滴下的海水泡沫变成了玫瑰。因而，玫瑰成了爱情的象征。在中国自古有“鸿雁传书”的神话，鸿雁则在诗人笔下变成了家讯、家书，并生成了思乡、离愁等情感的象征。

其次，原型意象还应具典型性，人们在创造原型意象时，选择具有深厚文化内涵的艺术典型形象，意象的外在形式和内涵能成为一种共识，使它在不同诗境中都可以发挥其原型意象的审美作用。例如，太阳以其光芒给人们带来光明、温暖和愉悦，人们有感于太阳的光明和温暖，而又无法触及，便赋予权力、威严、力量、新鲜又有活力的生活等丰富内涵并使它意象化。在中国古代诗歌创作中有“临岐送别，折柳相遗”，“折柳”经过历代文人墨客的反复表现与继承，便成了一种惜别的意象，“杨柳”所传承的“送别的愁情”直到今天仍在使用，历来文人所传承的感情基调是一致的，人们所产生的共鸣也未改变。

最后，原型意象还具有稳定性。原型意象作为一种象征模式，具备普遍而情感流向具有明确的、可以心照不宣的相对稳定性。如：太阳、雷雨、嫦娥、扁舟、杨柳等等原型意象，原型意象既是独立的又是大众的，它们既是明朗而单一的，又有一种广泛的弹性说服力，不同时期的文学创作者在承继创造时不能改变它，阅读者在欣赏时不会曲解它，不会误解其本质上的含义。与普通意象不同，与普通意象相比，原型意象在对典型形象的烘托作用上，比普通意象更为具体，这是原型意象极具特色的属性。

原型意象是具备了象征性、典型性、继承性、稳定性的形象，是意象审美综合功效的精神积淀，这些不同的表达方式使诗歌艺术流光溢彩，美不胜收。正确领会意象及原型意象的意蕴、特点和表现手法，会进一步帮助我们在迪金森诗歌欣赏中理解高层次的审美特征。目前学界对于迪金森诗歌原型意象的研究很少，而实际上迪金森诗歌中的众多意象，又属于原型意象，对这些原型意象进行深入研究，具有很大的意义和价值。建立在“人类文化学”“心理学”“符号学”等学科基础上的原型批评，为我们研究迪金森诗歌提供了一种新的方法和角度。原型意象是原型批评方法的重要维度，原型意象在抽象的概念和现实的具体内容方面架起了一座桥梁，为迪金森诗歌研究提供了一个新的方法。因此，从原型意象角度研究迪金森诗歌，具有很大的可行性。

（四）荣格用原型意象（archetypal images）来描述原型将自身呈现给意识的形式。但是荣格也一直努力区分原型与原型意象的不同。原型本身是无意识的，我们的意识无从认识它；但是可以通过原型意象，来理解原型的存在及其意义。于是，我们可以把原型意象看作是原型的象征性表现。通过其表现以及表现的象征，我们就可以认识原型。比如，出生、结婚、死亡与分离，等等，在其象征的意义上来说，都再现着某种原型的存在。荣格说，无意识内容一旦被觉察，它便以意象的象征形式呈现给意识。在其对“精神与生命”的论述中，荣格还表达过这样的思想，只有具有意象性并因此而可描述，一种心理实在才可能成为意识内容，即能够被描述。在这种意义上，荣格曾高度赞扬中国文化，赞扬太极图与汉字，称其为“可读的原型”。

（五）诺伊曼在其名著《大母神》中，对于原型以及原型意象，有着出色的阐述与解析。在诺伊曼看来，源自无意识的象征性意象，是人类精神在其全部表现中的创造性源泉。不仅意识及其对世界进行哲学理解的概念起源于象征，而且宗教、仪式和崇拜、艺术和习俗等等，也都起源于象征。由于无意识的象征形成过程是人类精神的源泉，所以语言，其历史几乎与人类意识的发生发展同步，也永远开始于某种象征性。在荣格分析心理学的观点来看，一种原型内容，首先和最重要的是在意象中表现其自身。

就这种原型意象的临床意义来说，诺伊曼的思想仍然具有启发性。象征的物质成分使意识处于激活状态，意识受到象征的激发而把兴趣指向象征，并力求去理解它。这就是说，象征，除了其作为"能量转换者"的动力学作用之外，也是"意识塑造者"，它迫使心理去同化（吸收）象征中所包含着的一种或多种无意识内容。同时，由于原型以及原型意象总是具有其集体无意识的渊源，因而，一旦将这些理论运用在实际的临床心理分析过程中，实际上就是在利用集体无意识、原型以及原型意象本身所包含的治愈的功能与作用。在这种意义上，意象、象征与想象，也就成为荣格心理分析中最重要的方法与特色。

实际上所有的原型意象都会以不同的形式出现在我们的文学作品中，也可能以其他象征的形式出现在我们现实的生活中。我们可以通过对迪金森诗歌原型意象的分析来了解更加深入了解诗人其人其诗。

第二节　艾米莉·迪金森诗歌意象概说

一、传统意象的继承

迪金森被人们视为美国文艺复兴时期代表作家，她深受19世纪美国流行文化与美国超验主义思潮及其代表人爱默生等人的影响，与此同时，迪金森熟知莎士比亚、斯宾塞、玄学派诗人、弥尔顿等英国作家作品，因此，英国文学，尤其是文艺复兴时期的诗歌对她有不可忽视的影响，她汲取了创作源泉，承继了许多当时诗歌的重要主题，如：自然、永恒、灵魂、爱情等传统文学主题，在她笔下也频繁出现与文艺复兴时期诗歌一脉相承的意象，如："天堂""伊甸园""果园"等。她的诗既集中体现超验主义观念的影响，又有英国文艺复兴时期文学传统的烙印。

以人为本，肯定与赞美人的价值与尊严以及人的能力和生活是文艺复兴时代的核心理念。在诗作中，迪金森她用细致入微的手法勾画大千世界的万事万物，描写理想、抒发个人情感、赞颂尘世生活的美好和大自然，诗人重视现世生活，乐观积极，反对权威，崇尚个性，反对传统保守精神，她的作品洋溢着明显的世俗主义特色。对于现世生活，诗人在其信件中是这么描述的："尘世占据了我绝大部分的爱""活着让我狂喜——活着本身就是一件多么快乐的事!"她以虔敬之心面对生活，"活着——就是力量——/生存——本身——/无须更多作用——/就足以——构成一切""生活是奇迹，也是一种魔咒，如此迷人，以至万物都在密谋将它解除"。迪金森的诗歌创作随着她的生活经历和思想情感的变化而不断变化着，对于生活的态度诗人也是常常处于矛盾之中，在欣喜与悲伤，希望与失望之间不断徘徊。面对所处的变幻芜杂世界，迪金森以其敏锐的洞察力，用辩证思维方式，通过她的诗歌作品，描绘世间万物变化所折射出的真、善、美。迪金森因其早期诗作所体现出的积极进取、乐观向上的精神面貌而获得"上承浪漫主义余绪，下开现代主义先河"的评价。她的自然诗歌描绘大自然对人类的慈爱友善，歌颂大自然带给人类的愉悦与和谐，迪金森将个人的天堂体验与自然结合，从尘世乐园中找到至多欢乐和心灵的满足。在她的笔下，自然能够启迪人类的智慧，能够传递令人喜悦的时刻。而这是迪金森乐观向上的自然观的反映。

在浓厚宗教氛围中长大的迪金森勇于对传统的庸俗基督教和教会进行批评，作为一个游离于教会正统之外的又为家庭所束缚的世俗妇女，她没有世俗和教会所认可的学术地位与权威，却通过写作进行大胆独立的神学思辨，努力寻求一种既虔诚又富于挑战的宗教精神。1848年，她在写给朋友的信中说："上帝在召唤这儿的每一个人。我的所有同伴都响应了，甚至连亲爱的维妮也相信她自己爱他、敬他。只有我单枪匹马地站在这儿反抗他。"不久，她又写道："我虽未放弃对上帝的承认，但对如此重要的和严肃的（皈依宗教的）问题我仍需思考"。毕竟，诗人一直质疑上帝是否真的在意过他的子民，第141首中，诗人提出了质问：

当然——我祈祷——
上帝可在意？
他在乎犹如在天上
一只鸟儿——顿足——
高喊"给我在"——
我的理由——生活——
降了为你自己——我没尝过——
厚爱的施作
将我留在原子的陵墓——
快乐、无助轻重，放荡，麻木——

胜于这聪明的不可捉摸

在迪金森看来，上帝和宗教未必会庇护、回应卑微的“我”的祈祷，“我”虔诚地祈求，在“聪明不可捉摸的”上帝眼中不过是一只“小鸟”在发出叫唤声，对于“上帝”的冷漠和欺骗，诗人内心是苦恼、怀疑的，诗人不愿相信上帝对复活和仁爱的许诺，毕竟“我没有尝试过厚爱的施作”，失望与怀疑，让诗人在诗歌中对上帝不再是充满了敬仰和赞美，而变成了一种痛诉，反抗和抛弃基督教的上帝，让诗人努力在诗歌中表达了自己在精神层面上的独立追求，不盲目崇拜基督教的信仰，而是独自地去探索人的灵魂世界，与上帝进行理智而不是愚昧的交融。如：她在第632首诗中大胆宣称：人的头脑比天空开阔，比海洋深远，同上帝一样伟大；又如在第640首诗中她发出了：不与你（上帝）同在、同去、同升入“天堂”之意愿。

迪金森认为，生命美好，爱情至上，生死相依，只有通过坟墓，才能达到彼岸，获得永生，才能真正实现“新的婚姻”。“爱即生命——但更久长/爱即死亡，显现在坟墓中/爱即复活的人儿/他捧起尘土，歌唱‘永生’！”爱情是一切文学作品永恒的主题，任何一个国家任何一个时期所流传最广的往往都是爱情主题的作品。英国文艺复兴时期也不例外。这个时期的爱情诗歌常常强调真正的爱情是永恒不变的，不因时间空间甚至生命的变化而变化，从而达到了宇宙的最高法则：永恒。一切浮华虚荣都敌不过时间，只有永恒的爱情才是值得相信的。例如：沃尔特•雷利爵士在他的《少女答牧羊人》中这样写道：“假若世界与爱情永无尽头/假若牧人所语是发自内心的真情/这些美妙的乐趣也许可以让我/走到你身边，做你的爱人。”在这首诗中，我们看到了时间与爱情的对立统一，诗人对永恒爱情的追求，强调了时间的最高境界是永恒。追求永恒是人类的本能。面对死亡与人世的灾难，人们总是把希望寄托在超世、超时间的形式当中，在上帝与不朽中去追求永恒。该时期的人们受到中世纪的宇宙观的影响认为个体的生命会完结而爱情却可以永远存在，只是转到了另一个无限循环的时间世界，而关于什么是能够永恒存在的，什么才能使人达到“永恒”的境界也是文艺复兴时期的诗人孜孜以求的问题。而迪金森无论在其爱情诗还是死亡主题诗歌中都表达了对“永恒”的渴望和追求。在迪金森心中：死亡是平静的，并不痛苦；死后的生活更是轻松、洒脱。一些学者认为，迪金森周围许多亲朋好友都逝去，因此，她对死亡的理解独具一格，在诗人眼中“死亡”极具不确定性。她笔下的“死亡”不仅让“死亡”不再如谜般难解，也让世人能更客观对待“生”“死”，不再畏惧“死亡”，对“死亡”有了多维度、全方位解读，请欣赏第375首诗歌：

一副棺木——
一块小领地，
能容眠
天国的一个居民
在它递减的平面
一座坟墓——
一个有限的宽幅——
比太阳——
在它殖民的所有海洋
比它俯瞰的陆地更宽敞
安眠小领地的他
馈赠一个孤独朋友——
没有宽慰——
评价——或结局的圆周——

在这首死亡主题诗歌中，死亡不再是发生在狭小空间的事情。宽幅有限的坟墓却能提供安眠者比海洋比陆地更广的空间，在那里有孤独做伴，无须担忧别人的评价，在诗人看来死亡并不可怕，死亡只是让人进入另外一个更为宽广的世界，可安睡于此，可获得更为忠实的伴侣，尘世间的名与利，悲与喜消失殆尽，进入墓地是意味着完成了尘世中生命的一个圆周，也意味着一个新圆周的开始。诗人对死亡的理解与猜测与恐惧无关，整首诗歌的基调是宁静而又祥和的，在诗人看来，死亡不是生命的终结，而是进入另一个与尘世截然不同的世界，人的生与死无限循环。

也有学者认为，尽管迪金森试图努力摆脱宗教的束缚，但她仍然相信上帝对人类永生的承诺，所以，并不惧怕死亡；丁怡萌、郑淑娟将其对生死、爱情、事业的观念和对上帝的若即若离视为“圆周论”或“周延论”。从她的诗与书信中我们可以发现，迪金森的“永恒”意识集中体现在一个频繁使用的意象“圆”（circumference）以及与之相关的意象上。第329首诗歌中诗人在尘世的生命被视为圆周：“时间如此广大假若/它不是为着无限——/我害怕我这圆周/占用我的有限圆——”，“圆周”也常常与死亡和永恒相联系，在第375首诗歌中诗人将死亡视为“结局的圆周”，再如第207首诗歌中“没有人群出现/我——猜想/一般复活的/出席者——展出——/圆周内挤满——/森严的长墓地/维护她至关重要的特权——尘土——以微粒——维系——”。在所有的几何图形中是最完美的，自古以来就是秩序、永恒、完美与和谐的象征，具有无始无终、无所不包的特征。“圆”象征着生命的循环，“死亡一复活”的循环，对于个体而言，是直线的，从生到死，直线而已。而对于整个人类而言，是圆的，有生有死，循环往复。“圆”形形象地描绘了时间的特性，时间也是圆形的，时间给人以无始无终，连绵不断，周而复始，圆的意象不只是一种静止状态，它还暗示圆形的运动。迪金森“圆”的意念来自对自然的观察，也受到18世纪英美流行文化的影响。她关注和认识到了自然界循环更替的规律，万事万物都产生于循环过程之中日与夜循回，四季更替，宇宙天体的不断变化，一次循环就构成了一个圆。在“圆形”回归的时间概念中，时间具有无限恢复的可能性，一切可以再生，宇宙可以一而再、再而三地再生与回归，永远持续不断。这就给人们承受世间的苦难提供了一种强大的心理希望与动力，帮助人们建立起对永恒乐园的追求和信仰。她曾在诗中这样描绘人与物体运动的圆形轨迹“来自圣多明哥的蝴蝶，沿着紫色的线圈环游”“地球上的一切绕圆而行”“四月沿着梦的边缘，转得比马车还快”。从流行文化影响看，在英国文艺复兴时期诗歌中，诗人似乎习惯于以圆形来思考问题，比如，作为玄学派代表人物，诗人约翰·邓恩的诗歌看上去零散多样的经历与观念，以及漫无边际的情感与心境却有着一种固有的戏剧性，诗歌形式是动态的，语言别致精巧，意象栩栩如生，韵律生动活泼，与其他单纯静谧，乐感十足而平淡无奇的伊丽莎白时代爱情诗相比大相径庭。邓恩诗作最显著的特点是那强烈的现实主义气息，也就是说诗中的反映不是诗意的世界而是现实的世界，他因在诗歌中精妙地运用“奇喻”的比喻手法而蜚声文坛。

在其诗歌中他常用圆形意象代表爱情，在《早安》一诗中男主人公把自己和恋人比作半球体，两个半球构成一个圆，象征身心的融合和完美。再如，邓恩最著名的圆规的意象比喻成爱情的融合，比如，《告别词：莫伤悲》。

> 我们的灵魂即便是两个，
> 那也和圆规的两只脚相同，
> 你的灵魂是圆心脚，没有任何
> 动的迹象，另只脚移了，它才动
> 如果另只脚渐渐远离，
> 它便倾斜着身子侧耳倾听，
> 待到另只脚返归，它就直立。
> 对于我，你就是这样；我像另只脚，
> 必须倾斜着身子转圈，
> 你坚定，我的圆才能画得好，
> 我才能终止在出发的地点。

他把即将出差的他比作圆周脚，把守候在家的妻子比作圆心脚。两只脚不离不弃，相互依赖，才能画出最美的圆，才能终止在出发的地方。将一对爱人比作永不分离的圆规的两只脚，初读感觉比喻生硬，思之却觉温情无限，字里行间洋溢着对妻子的惜别之情，情深意笃，哲理丰富。将圆规的意象和它所产生的圆形意象比喻成爱情的融合，圆规的意象是本诗精华所在，也是玄学派最著名的玄思妙想之作。女方是圆心脚，男方是圆周脚，倾斜着身子围绕中心打转，暗示着坚贞不渝相爱的情侣。邓恩诗歌中的圆形意象不仅表现了他对爱情的思考，还把“圆”的永恒和完美这一特征引入宗教诗，表现死亡与复活和再生与永恒的主题，表达出他对死亡的思考。在《死神，你莫骄傲》一诗中，邓恩认为死亡并不是生命的终结，而只是“休息”和“睡眠”。在“休息”和“睡眠”之后是身体的再生，灵魂的重现。这样在诗歌中呈现出“死亡—生活—死亡”的圆形意象。邓恩在《燧石的火花》中表示可以看见世间永恒的形象，并能感受到肉体中也存在不朽的本质。死亡后肉体成为骨灰，堕落的灵魂再次得到净化，他的精神完成了“纯洁—腐朽—纯洁”的一次循环。这种循环并不是简单意义的循环，它隐含着圆形意象不断地进步和发展，从具体的圆形到隐含的圆形再到把整个循环过程看成为圆形，这个意象变化的终其目的就是追求完美，达到永恒。

综上所述，文艺复兴时期的天文学、神学对圆形的研究给了诗人们理论基础来表达他们的理念和追求，可以说利用圆形意象体系是文艺复兴时期诗人成功“创造”的一大特色，这也影响到了迪金森的诗歌的意象选择，迪金森诗歌中无论是表层结构中的“圆周”意象还是诗歌中一系列圆形意象的深层内涵，都可回溯到文艺复兴时期的圆形宇宙观。对“死亡—复活—永生”圆形循环的思考也贯穿迪金森的整个创作，在她的诗歌中圆形意象比比皆是。迪金森从英国文艺复兴时期诗歌传统中汲取到了丰富营养，她的“永恒”思想、神性意识通过圆形观念表达出来，在她眼中，自然秩序内部的圆形运动上升为神启式世界的辩证运动，诗人诗意般地揭示了生命的再生，“圆”成为“灵魂不朽”的外化中介，她称之为并宣称：“我所关注的即是圆。”这可以看作她对崇高神秘的未知世界的看法，也是她的想象力进入、渗透到一切人、自然以及灵魂的关系中最重要的词。弗莱在《伟大的代码》中指出，“我们在自己居住的这个变化的世界上，得到所有那些隐喻，把上帝或终极的现实作为和我们这个世界相反的永远不变的存在。在此建构中永恒被描绘成一个永远和平、安息、宁静的状态。这些隐喻都是从死亡中提取出来的”。迪金森相信“生命有不朽的特性”，在生命的进程中，她逐渐意识到了这一深奥难解、令人敬畏的生命之谜。对她而言，生命中最重要的部分都朝向死亡和永恒，“永恒”是让她振奋的字眼，永恒比一切理性和感性体验更重要。在她的诗中，上帝和天堂变成了一种符号，她最喜欢使用“圆”意象象征她对“永恒”的信仰和追求，她曾在给朋友的信中说：“你提到了‘永恒’！那是个伟大的主题!”在迪金森的诗中还用到许多与“圆”相关的意象车轮，循环，圆形，环等，这一系列的“圆周”意味着自然秩序内部的循环运动，死亡不是生命的终结，而是生的开始，生与死的无限循环，人间万物就是在生生死死、死死生生的无限循环往复中走向了永恒。

长期以来，在人们眼中迪金森是以一个疯女人、一个反动的女人、一个割裂传统，离经叛道的反叛形象，然而，考察迪金森诗歌重要主题、意象和诗歌的创作手法，我们可以看到，她既是特定历史时期美国社会生活中活生生的人，也是文艺创作领域似曾相识而又陌生化的艺术典型，她的诗歌是过去、现在、将来的融合，在形式上，大凡她用四行诗节，主要借用了她所喜爱的赞美诗和民谣的艺术形式，而这艺术形式是美国大众喜闻乐见的；从其诗歌所体现的世界观、人生观和价值观上看，其实是她所处的19世纪下半叶人们心理的真实写照，受家庭、社会、宗教的影响，始终不能彻底突破自身矛盾思想的羁绊；从构建的意象上来看，她的创作是植根于传统诗歌意象创作沃土，不断发展突破的结果，特别是英国艺复兴时期众多诗歌作品中的意象，该时期诗歌的繁荣为迪金森的丰富想象力提供更大的平台，为迪金森创造更加生机勃勃的意象、充实意象更丰富多元的价值提供了可能，从这个意义上讲，迪金森继承了英诗的传统。她的革新不是无源之水，无土之花，而是在继承前人诗歌传统的基础上大胆创造，不断突破创新的结果，从文学传统这一角度出发来审视迪金森所受到的影响，让迪金森以一个“正常”诗人的形象回归到读者的视野之中。

二、意象的创新

迪金森一方面向传统文学中吸取养分，在其诗作中将传统意象发扬光大，同时，她勇于探索、大胆创新，打磨出独一无二的诗歌意象技巧和风格，彰显出卓尔不群的诗歌艺术才能，她的意象最酣畅淋漓地昭示了真正的迪金森风格。迪金森的研究者安约森曾经说过：在迪金森的诗中，内在经验并非用语言来表达，而是由诗中错综复杂的意象所促成，原来只是一个取自自然的意象，经由内心返回自然时，又发生了很大的变形。这些意象，原是彼此不甚相关，由于被诗人放在一起相互影响，因而能相互融合，在阵阵惊奇声中道出了作者想要表达的意念。迪金森诗歌因其新颖独特、坚实丰满又充满玄想和怪喻的意象语言而独树一帜，并深深影响了后世的诗歌创作。迪金森对意象的创新主要体现在以下几个方面。

（一）通过丰富的象征、比喻、拟人等修辞手段结合怪诞大胆的想象创造独特的意象。迪金森擅长于把两种本质无关的事物用意象联系起来，制造新奇感和陌生感，达到出人意料的效果。请看下面迪金森脍炙人口的诗歌："我死时听到了苍蝇的嗡嗡声"。

我听到苍蝇的嗡嗡声——当我死时
房间里，一片沉寂
就像空气突然平静下来——
在风暴的间隙
注视我的眼睛——泪水已经流尽——
我的呼吸正渐渐变紧
等待最后的时刻——上帝在房间里
现身的时刻——降临
我已经签好遗嘱——分掉了
我所有可以分掉的
东西——然后我就看见了
一只苍蝇——
蓝色的——微妙起伏的嗡嗡声
在我——和光——之间
然后窗户关闭——然后
我眼前漆黑一片——

在临终时刻，屋内的"静默"与"大海的风暴"形成对比，预示着死神到来时的庄严肃穆，然而，苍蝇的乱入打破了葬礼本该呈现的庄严、肃穆、恭敬。凝重的死亡与轻浮的苍蝇两种本质无关的事物被安排在一起，顿时将读者的审美感受带入到一个奇特又陌生的境界，使诗歌的讽刺意味突现，同时也激发起读者对临终时刻产生种种想象，增加诗歌的空间和张力。另一首诗歌，诗歌542：

任何快活的花儿
显然不惊奇
玩耍时霜冻了它的头——
由于意外的力——
淡黄的刺杀者继续经过——
太阳悄无声息
为嘉许的上帝
又测去一日。

玩耍的花朵突然被霜冻去掉了头，太阳如同刺杀者漠视这一场暴力的袭击，在本应温馨、愉悦的场景中出现的恐怖谋杀与沉默，意象的组合营造出荒诞、惊悚的效果，迪金森以陌生的言说方式，使诗歌包含深邃的哲思，给人以无限启迪。在俄国形式主义者看来，艺术要用陌生化技巧，即，艺术应当使事物如初见时陌生的那样而不是如习以为常的那样，从人们熟悉的认知领域“还原”到新鲜的感觉领域。迪金森在诗歌意象实践上追求艺术的震惊效果，她用独特的意象，曲折隐晦地表达情感，这从某种意义上来说是“陌生化”的思维。《我的生命是一支装满子弹的枪支》一诗所用意象尤为不凡，千百年来，人们歌颂爱情，用各种美好的事物象征爱情的美妙和活力，但是用寓言手法把满含爱情的生命比成一支子弹上膛待发的枪支，确实属少见，迪金森推陈出新，化俗为雅为爱情寻找到了一种新鲜的、巧妙的表达方式，枪支意象引发的“力量、激情、突兀”等情感联想恢复了人们对爱情的独特体验与感受，从而获得一种新颖和惊异的审美快感。

（二）在继承17世纪玄学派诗人处理意象方法的基础上，迪金森独创新奇而怪诞的意象，意象之奇特堪与玄学派诗歌意象相媲美。玄学派诗歌（metaphysical poetry）是17世纪英国一个极富特色的诗歌流派。玄学派诗歌反映了17世纪初斯图亚特王朝日趋反动和旧教重新抬头的情况下人文主义传统中肯定生活、歌颂爱情、个性解放的思想遇到的危机。玄学派诗歌的情绪很符合第一次世界大战后普遍存在的怀疑气氛，符合对维多利亚和爱德华两朝的温情和庸俗道德观念的不满情绪，具有强烈的叛逆精神，试图从伊丽莎白时期传统诗歌中分离出去，也符合作家追求新的生活体验和表现方式的要求。

玄学派诗人的措辞不太用白描，而多用典故、科学知识，用类似哲学辩论和说理的方式抒情，用词怪僻晦涩，韵律不流畅，大大区别于伊丽莎白时期或新古典主义时期的诗歌风格，并反映了普通语言和强弱自然的节奏，诗歌主要有爱情诗、宗教诗、挽歌、诗简、讽刺诗、冥想诗等，这些诗歌经常都是以作者同爱人，同上帝，甚或同自己进行争论的方式存在的。爱情诗用说理辩论的方式，从科学、哲学、神学中摄取意象，反映出对流行于文艺复兴时期的彼特拉克式的“甜蜜的”抒情诗的不满。宗教诗和其他诗歌则多写信仰上的苦闷、疑虑、探索与和解。玄学派诗歌创作手法上强调理性与激情结合，大量运用似是而非或似非而是的悖论，意象出人意料，诗歌构思新奇，充满独特的哲理思辨。这些在西方诗艺中被称为“巧智”的手法给玄学派诗歌带来了一种“严肃的与幽默的，幻想的与平凡的因素相平衡”的怪诞效果，18世纪英国著名批评家约翰逊指出“玄学派诗人都是学者”，他们的“才趣”在诗歌中的表现是“把截然不同的意象结合在一起，从外表绝不相似的事物中发现隐藏着的相似点”，“把最不伦不类的思想概念勉强地束缚在一起”（即所谓“奇想”）。玄学派诗人的“玄学比喻”，如约翰•邓恩把相爱的两人比作圆规的两只脚，分而不离，互为圆心，圆规自此成为英国诗歌史上最著名的意象。玄学派诗歌中的意象都是从现实的生活中提取，对于意象处理的方式通常是将两种完全不同的事物放在一起，从不和谐中产生意想不到的美学效果，虽然一首诗歌中通常会使用到不同甚至多层次的意象，但也不乏在一首诗中作者只使用单一的意象来达到他的目的。

迪金森与玄学派对意象的描写的确具有共同之处。他们都通过选择新颖、奇特的意象，制造意象与它们所表达内容及含义的强烈对比，而非像19世纪浪漫主义诗歌那样直抒胸臆，并且在意象的运用方面都达到了准确、简洁、明确的特征。

与玄学派意象不同之处在于，迪金森的意象并非从概念出发，通过理性对事物（如圆规）概念的分析所得，而是更偏向直接感受，由外部的事物于瞬间在内心转化成为或唤出该事物在精神上的印象，以此来体验强烈的情感，这其中包含感性和理性两个方面的内容。

迪金森在诗歌中意象没有生搬硬套现成的东西，而是展开一系列连贯、合乎逻辑的联想，出人意料地将“一支装满子弹的枪支，倚墙而立”象征充满爱情的生命，等候爱人来扣发。这可以看出，迪金森的意象正好符合庞德对意象的定义，即是“瞬间的理性和感性的复合物”；迪金森试图准确而全面的表现某种瞬间感觉。在她看来，诗句表层词汇和语音的表达能力是有限的，有时这种局限性甚至将读者引入误区。所以，迪金森往往运用一些比较抽象的概念以尽可能深远而完整地表述某种体验和感受。这样，她笔下的意象就具有莫测的“隐秘性”。在保持其真实完美的同时，便产生了强烈的神秘感，如第197首诗歌，“当它活着”。

当它活着
直至死亡触摸
当它和我吮吸同一空气
居住在同一血液
在同一祭祀下
让我看看分离怎可削劈——
爱像生命——只是更长久
爱像死亡，在坟陵
爱是复活的伙伴
崛起尘土赞美“生”！

“它”在诗歌中一直让人琢磨不透，究竟“它”指得什么呢？“它”与“我”吮吸同一空气，居住在同一血液，这一意象不由让人联想起英国玄学派诗人邓恩的“跳蚤”一诗，全诗如下：

跳蚤
看这跳蚤，记住这个了，
你对我的拒绝却微不足我道；
它叮了我，又将你叮咬，
将我们的血液在它体内融消；
你知道有些话无法言语，
罪恶、羞耻或处女贞操的失去，
而这家伙啥也没求就享受所有得到，
吸了血被宠爱得挺着大腹逍遥，
而我们却无法像它那般做到。
且住，一只跳蚤联着三条生命呵，
它是我们婚姻的见证。
它、你和我，
以及我们的婚床，结婚的殿堂；
父母怨恨，你有怨词，我们还是相遇了，
并躲在活生生黝黑的四墙内幽居着。
尽管你惯于杀死跳蚤，那也等于杀了我，
切莫如此，那于你也是罪杀自我，
杀死三人这三大罪过也是渎神之错。
你那般残忍，毫无迟疑，
你的指甲鲜红沾满无辜者的血滴；
这跳蚤又是何罪之有呢？
它只不过吸你的血了；
你虽因胜利而得意着，
却发现你我都不是弱者；
是的，担心徒留虚惊一场：
当接受了我，
你的名誉还是如此之多，
可这跳蚤之死会影响你的生活，也会有损于你的名誉。

上面这首诗歌是邓恩最著名的诗歌之一，在这首诗中，诗人将亘古传诵的爱情比拟为跳蚤。在玄学派诗歌之前，人们对爱情的解答是严肃的，与肉体相关，更与灵魂相关。它是咏叹调，是小夜曲，即使忧伤也仿佛像头发一样，总是有无法阻止它生长的理由。它相伴着婚姻，但婚姻是结局。结局之后，不再有爱情。爱情到婚姻即止。它相伴着分离，短暂的分离或永恒的分离。它讴歌分离，讴歌分离所带来的缠绵、缱绻，讴歌造成这种分离的关山阻隔、等级阻隔。但它对分离的讴歌是假象，骨子里它总在讴歌永恒的重合，即使肉身分离，灵魂也在拥抱。但在玄学派诗歌中，在邓恩和马维尔笔下，爱情从古典的祭坛上缓缓走下，爱情不再是被咏叹、被讴歌的对象。爱情变成了必须被证实的一种存在物，如果它存在或者说存在着这样一种被称作爱情的东西的话，它就可以被调侃、被嘲讽。它不是严肃的，不是端庄的，它就是世人握在手中的任何一样物件。它可以是圆规，可以是跳蚤，这些在常人眼里与爱情风马牛不相及的意象都堂而皇之地走进了邓恩的爱情诗中。

“跳蚤”可以说是一首让人过目不忘的玄学派诗歌，从古希腊文明开始，人信奉的是“人是万物的尺度”。人丈量、评判物的眼光是“唯人”的。物的丑美由人决定，由物对人的实用价值而决定。一个蟑螂是丑的，是因为它戕害人。一只蜜蜂是美的，因为它对人有用。人是中心，是物的主宰，这一观念直接衍化为无数诗歌作品的艺术风貌。玫瑰、夜莺对应着爱情，百合契合着生命。马是驰骋，是勇敢，鸟是翱翔，是自由。大海、草原是宽广，是襟怀……而一样物倘若没有意义，或者说它显见的意义与人类的要求相左，人也会赋予它某种意义，比如说柳树，在不知不觉的衍化之中变成了离别的代称。因而从人类一般审美情趣来说，跳蚤吸血、嗜血实在让人厌恶与害怕，很难让人喜欢得起来，相信在文艺复兴时期这样的意象也是较为另类的。而这种效果正是邓恩所希望的，不以对人的实用价值去评判这恶心之物，而是以容纳万物的强大心灵与精巧的才思去拓展“跳蚤”的审美空间。

邓恩解放了跳蚤，也解放了自己，解放了自己的语言，跳蚤既吸了“你”的血，也吸了“我”的血，通过“跳蚤”的身体“我们”已经融合为一体，它成为爱的融合的功能。跳蚤储存的血成为爱的结晶。爱的载体不再是玫瑰，不再是夜莺，不再是大海、小船，不再是岛屿、仙境、光焰和青鸟。男女双方通过一种特殊的方式结合在一起：“它先吮吸你的血液，然后是你，我们的血液在它体内融合在一起。”这样跳蚤的体内就成为情侣秘密举行婚礼的场所，而跳蚤身体的膨胀象征着怀孕的妇女，这说明这对情侣在没有正式结婚之前便已享受了肉体之爱，而此种行为是被世俗所不容的，是“足以令少女失掉首级”的“罪恶和耻辱”。所以诗中的情侣不敢将他们的关系公之于世。而看似渺小的跳蚤却远比他们要勇敢得多，它“在求爱前尽情享乐”，而且敢于将自己“膨胀”的身体显露在人们面前，即使它最终惨死在“染上紫色血液”的指甲下。相比之下，渺小的跳蚤瞬间显得比自诩为强者却又畏首畏尾的人类强大了许多。

在某种意义上来说，跳蚤的身体的确是可以提供隐居场所的“城墙”，而这样的结合是外人看不到的，因此就不会被人们冠之以“罪恶和耻辱”之名。但很可惜的是最后女方杀死了跳蚤，也就掐掉了双方的联系，爱情的坚贞不渝受到了置疑，这就符合了邓恩爱情诗歌的另一题材：对爱情的否定。根据法国符号学家、女权主义批评家朱丽娅•克里斯蒂娃在其《符号学》一书所提出的理论：“任何作品的本文都像许多行文的镶嵌品那样构成的，任何本文都是其它本文的吸收和转化。”这就不难看出，迪金森的“当它活着”一诗中对邓恩的“跳蚤”意象进行了吸纳与改造，在迪金森的创作中，“爱”被赋予生命，被具象化，犹如邓恩笔下的“跳蚤”，与“我”一同吮吸着空气与血液，与“我”融为一体。

然而与邓恩的“跳蚤”不同的是，迪金森诗歌中的“跳蚤”坚贞无比，它如此渺小却无比强大，它比生命更长久，它不惧死亡的分离，甚至连死亡也无法将之与“我”分离，它的力量与坚定足够生命的圆周再次出现。将这两首诗歌进行比较，我们发现，迪金森继承了玄学派诗歌意象创作手法，意象出人意料，诗歌构思新奇，充满理性与激情结合的哲理思辨。邓恩笔下的如“跳蚤”般的爱情大胆热烈，充满炽热情欲，但却有头无尾，脆弱不堪；而迪金森诗中营造的爱情“跳蚤”真诚、坚定、矢志不渝，这也正好反映了迪金森的性爱观：男女结合是完美的，真正的性爱，超越世俗男女肉体的结合，是灵魂的相依相伴，是两个生命体的高度融合，同时也反映了迪金森终生追求的爱的永恒的信念：爱先于生命，后于死亡，是创造的起点，世界的原型。

（三）迪金森诗歌意象一个显著创新特色是：她沿袭了“哥特式”的基调，创作许多哥特式意象。哥特（Gothic）这个特定的词汇原先的意思是西欧的日耳曼部族。在18世纪到19世纪的建筑文化与书写层面，所谓“哥特复兴”（Gothic Revival）将中古世纪的阴暗情调从历史脉络的墓穴中挖掘出来。根据《牛津文学术语词典》，哥特式风格主要用于小说，而该风格小说的背景通常建构于荒凉的古堡或者幽深的修道院，这些作品戮力于处理残酷的激情与超自然的恐怖主题，哥特文学是对人类自身黑色阴暗面的展示，也是对当时社会正统思维模式的一种挑战，是一种恐怖、神秘色彩的混合体。从历史上看，哥特文学作品是浪漫主义运动中的一个特殊流派，评论家们称之为“黑色浪漫主义”。爱德华•杨，托马斯•格雷等18世纪英国墓畔诗人已成功在诗歌作品中运用了这种风格。

吉尔布特和古伯认为，迪金森在给希金森的信中已坦率承认了自己在作品中创造性用了哥特式故事情节，希腊罗马神话、圣经故事、日耳曼神话、民间传说、鬼怪故事中各种“黑暗元素”在迪金森的作品中集聚一堂，出现了一系列哥特式风格的意象：鬼魂、门窗、动物、恶魔、坟墓等，借用颜色和声音词汇的选择，调动读者的想象，刺激掩藏在人心灵深处的疑虑和恐惧，营造出一种幽闭之中的阴森与恐怖，达到一种惊吓的效果。如诗歌哥特式风格在她的作品中有着非常重要的地位，迪金森把哥特式的故事情节看成是艺术的基本组成部分，并有意识地将其融入她的诗歌创作中去，她在信中说道：“大自然是一幢幽灵出没的大房子，而艺术的宫殿则设法招惹幽灵。”地底宫殿、幽灵是哥特式风格的典型元素，而在她的诗歌中存在大量营造典型恐怖氛围的宫殿、房屋意象。如第189首诗歌：“死亡使没有门户的屋子——/它从太阳登进——/将梯子抽去，/因为逃亡——完成——”，没有门窗的屋子比喻为狭小的棺木，象征着死亡。再如第153首诗中死亡是“九霄云外一屋宇——”在这个屋子里“它的烟囱从未升烟——/它的窗子——夜间和清晨——/最早迎日出——最后——接夕阳——/余下——一扇窗格空零——”，迪金森将她的诗歌世界构筑成具有她个人特色的具有鲜明的哥特式建筑风格小屋，有不计其数的门窗仿佛为各种可能性敞开通道，而寝室的门却神秘地关闭，拒绝任何来访者的目光，诗歌95首：“灵魂选择自己的社会——/然后——紧闭门户——/对她圣神的多数——/不再显露——/不动摇——她留意马车——暂停——/在她低矮的门边——/不动摇——一个皇帝正跪在/她的席垫/”；有时，诗人也把记忆比作房子，让恐惧居住其中，她用拟人手法，把恐惧描绘成有实体的幽灵，紧随诗人走遍房子的每一个角落，诗歌第86首：“我知道有些远离道路的独屋/窃贼喜欢他们的外表——/木门栓，/低窗户，/引向——/门廊，/从那两个人可以潜行——/一个——手拿工具——/另一个窥探——”。

迪金森对“哥特式”创作手法的独特运用，丰富了诗歌领域的陌生化体验。迪金森乐忠于在诗歌中使用哥特基本的元素：恐怖和死亡。“死亡”可以说是最具哥特风格的主题词。以死亡为主题的诗歌最能体现诗人对哥特风格的继承和发扬，她的《我的脑海中有一场葬礼》《我死时，听到苍蝇嗡嗡》以独特的手法烘托出具有典型哥特风格的恐怖氛围，作品中反映出了哥特式的恐怖、痛苦和无助，但是迪金森独特的经历使她能像外科医生一样，面对痛苦和死亡，依然保持冷静，甚至理性地加以解剖，这正如流血的伤口固然让人痛苦，而手术刀更让人不寒而栗。事实上，迪金森幽居一室，孑然一身，与世隔绝，终其一生在思索着死亡和永恒，这本身就使她极具哥特风格。

哥特式风格的深刻心理根源，就是它能激起恐惧这种人类最基本的情感。常人最恐惧的是死亡，而在《因为我不能停步等待死神》中死神化身为一名绅士，殷勤地驾车来接“我”，还请来“永生”与“我”同行，最后把“我”安顿在一座看似隆起的地面的屋子里（坟墓）。显然，死亡在她的笔下却像世间万物中的一个元素那样自然，并不可怕。

与同样作品具有哥特风格的艾米莉勃朗特相比较，迪金森在其诗歌中制造的恐怖更倾向于惊吓自己，迪金森的诗274首细致地描写了一个特别的鬼魂：装扮古雅、脚步轻盈、动作迅捷、忧郁寡言、微笑如风，这是一个温柔内敛的情人形象。但彼此的一见钟情却被上帝禁止了。这是一首怀念沃兹沃斯的诗，她之所以会以灵魂来写爱人，是为了表现沃兹沃斯身上的异于凡人的美好，以及这份感情的不现实。

哥特式风格对迪金森的影响是全方位的，她作品中出现的仇恨、谋杀、争夺、财产、夜游、掘墓、暴力都是典型的哥特式风格的要素，但是，她的作品风格都不同于传统的哥特式风格，她不是单纯的描写恐怖与血腥，而是更多的探究人性的非理性层面，将哥特式风格的神秘恐怖形式与浪漫主义文学的激情内容结合起来，使作品意义更加丰富，同时结合爱默生关于宇宙万物融为一体的思想，结果使其笔下的死亡或鬼魂意象变得既怪诞又自然祥和，缓解了该传统的阴森恐怖气氛，迪金森以她独特的哥特式的矛盾法，向人展示恐怖的迷人、惊怕的释放、惊骇的消除，实际上，哥特式传统成了她进行诗歌创新、突破的工具。

（四）在表达手段方面，她借鉴了英国前浪漫主义诗人威廉布莱克的象征手段和神秘主义色彩。迪金森诗歌用词晦涩，从象征意义的角度才能理解；所谓象征，是指通过某一特定的具体形象，如动物、植物、声音、色彩等根据事物之间的某种联系来暗示，以表现与之相似或相近的概念、传达作者的思想和感情。象征的意义在于具体与抽象的结合，以表现某种抽象的概念、思想和情感。它可以使文章立意高远，含蓄深刻。恰当地运用象征手法，可以将某些比较抽象的精神品质化为具体的可以感知的形象，从而给读者留下深刻的印象，赋予以深意，从而给读者留下咀嚼回味的余地。中外诗歌当中都有象征手法的运用，因此它是一个非常值得重视的诗学现象。对它的探索将有助于加深我们对诗歌创作过程的认识。在我国古典诗歌中也是常用的。如屈原在其《离骚》中唱道：“众女嫉余之蛾眉兮，谣琢谓余以善淫”，用“众女”象征奸佞小人，用“蛾眉”象征忠良之士。无论是在中国还是在英美国家，作为一种古老的艺术手法，象征的运用源远流长，优秀的象征类作品往往会具有更持久的艺术魅力，没有时空、地域的界限。

在西方文学界，象征主义是欧美现代主义文学中出现最早影响最大的一个流派，在文学史中被看作是古典文学与现代主义文学的分界线。象征主义文学在文学史上分为前后两期：前期象征主义的时间段为19世纪中后期至20世纪初，首先流行于法国，代表人物是法国诗人保尔•魏尔伦、让•尼古拉•阿蒂尔•兰波、斯特芳•马拉美并称象征主义诗人的“三驾马车”；后期象征主义发端于第一次世界大战之后，21世纪20年代达到高峰。前后期象征主义有着共同的现实主义和自然主义，反对直露的说教和肤浅的抒情，主张情与理的统一，努力探求主客观之间的契合点；通过象征、暗示、意象、隐喻、自由联想和语言的音乐性去表现理念世界的美和无限性；追求迷离朦胧的、梦幻般的诗歌意境，曲折地表达作者的思想和复杂微妙的情绪。英国文学史上最重要的伟大诗人之一，浪漫主义诗人威廉布莱克诗歌的象征手法极具代表性，威廉布莱克是虔诚的基督教徒。他主要诗作有诗集《纯真之歌》《经验之歌》等。早期作品简洁明快，中后期作品趋向玄妙深沉，充满神秘色彩。布莱克用孩子般的口吻写诗，以其诗歌语言的简单性而享有盛名，用简单的词汇，歌谣般的形式，他的象征手法贯穿于作品的始终，每首诗都暗含着深刻的象征意义。布莱克巧妙运用象征手法，使简洁、素朴的语言与深层次的复杂性完美的结合，通过简单突显复杂，有寓意的文字和有限的篇幅具有了复杂和丰富的含义，将普通复杂寓于简单之中。如，代表作：《扫烟囱的孩子》风格简单，朴素自然，诗歌中的意象被赋予新奇的寓意，给人们无限的遐想空间。迪金森与威廉布莱克诗歌的本质特征与相同之处就在于具有象征性，他们的意象更多的是通过比喻、拟人等修辞格体现出诗人的内心世界，正是由于这些独特的修辞格，使作品不落入俗套，反而呈现出一种别具一格的象征美。

迪金森在怪诞大胆的想象力的推动下，通过丰富的象征以及寓言手段，构建出独特的、超越字面意义的意象，并借朦胧神秘的意象暗示或表现内心世界的真实，赋予抽象的概念以具体的形式，她所创造出的诗歌意象往往达到令人耳目一新，达到出人意料的效果。如“暴风雨夜，暴风雨夜”这首脍炙人口的爱情诗歌中，暴风雨夜象征着狂热的爱情，大海和航行于大海间的船是象征着爱恋中的男女，“泛舟在伊甸园”“泊在你的水域”则是热恋中的男女达到完美结合的象征，进入疯狂的爱的极致。“伊甸园”象征爱情的甜美，它吸引了诗人热烈赤诚的心。一系列的象征手法的运用，强烈地抒发了诗人真挚激昂的感情。

1.象征实现的基本方式是意象的选择和加工，因为意象可作为思想的载体。多个鲜明、具体的意象构成一个意象群，可共同反映某种抽象的思想或概念。“精油榨出来了”一诗使用了“玫瑰油”与“玫瑰”意象群，玫瑰油是经过榨制玫瑰而来，大自然孕育了玫瑰，玫瑰象征着自然之美，然而，代表美之精华的玫瑰油在女士死后仍藏在她的抽屉里。抽屉中的玫瑰油是一个清晰、简明的意象组合，从深层次上传达出的意味确实是极其丰富的：首先，抽屉中的玫瑰精油代表着迪金森堆积在抽屉中的诗篇；其二，“榨”意指诗人创作诗歌的艰难。其三，玫瑰精油“制造了夏天”象征着诗人的诗歌将带给人们一个生机勃勃、无限活力的世界；其四，普通的玫瑰必会腐烂，而诗人的诗歌作为艺术作品将永存，并使诗人得到永生，最后：玫瑰经过榨制，才能获得玫瑰油，形成美的精华，同样诗人只有通过磨炼才能创造出好的作品。迪金森的小诗“篱笆那边”就是因为象征而成为艺术花园里的一朵奇葩：

篱笆那边
有草莓一棵
我知道，如果我愿
我可以爬过
草莓，真甜！
可是，脏了围裙
上帝一定要骂我！
哦，亲爱的，我猜，如果他也是个孩子
他也会爬过去，如果，他能爬过！

这首诗中，诗人选用了三个主要意象也就是象征体即“篱笆”“草莓”“上帝”。《世界文化象征辞典》中对“草莓”的解释：当人死去，灵魂会一直飘到一只大草莓处。如果死者的灵魂尝了这只草莓，他将忘记活人世界，就不可能复活与返回人间，如果灵魂拒绝这只草莓，死者将保留返回人间的可能。可见“草莓”是一种诱惑，代表了一种抉择。而“篱笆”也可翻译成“围栏”，《世界文化象征辞典》对“围栏”的解释是象征人的内心。世界“上帝”是一个长者，同时也是权威代表正统思想的代表，象征着行为约束、思想禁锢。“篱笆这边”象征着诗人的内心世界，孤独的迪金森时刻忍受着外界诱惑的进攻面对“篱笆”是一种无奈，传达的是一种不被他人理解和帮助的孤独，正是有了这道“篱笆”，诗人虽感受到“篱笆”那边的世界是那么的美好，但心中既要担心“围裙”——情意中的世界——被“弄脏”，又要担心“上帝”——世人的认知和理解——的“责骂”。诗歌意在表露诗人抉择时的复杂心理，以及诗人内心世界的孤独感和渴求走出孤独、得到世人理解的强烈愿望。三组象征体的结合不但更深刻地传达了诗人内心的孤独和矛盾，而且增加了诗的意蕴。由于原诗中的孩子为“boy”，澳大利亚拉托贝大学的Glorial Lappin这样评论这首诗："她（指作者）描写一个'好女孩'想摆脱'淑女'模式的束缚，同时又担心自己举止太过鲁莽。但是'淑女'模式就是为了将女性圈在里面而创造的，为了压抑、控制、支配、包涵、禁止、控制女性使她和其他姐妹没有两样，她揭示父权制的要义，是以以下信念为基础的：即男子是上帝的代表者，所以摘草莓以及攀爬、玩耍的权利，属于那些和上帝最相仿的人，特别是男孩子"，而更多的中国读者把该诗理解为追求个性的自由却不得不受着传统道德的束缚，追求事业的创新却不得不受着传统观念的禁锢。所有的人都从诗歌读到了自己想要的东西，这也许就是虽时隔百年，人们仍对这首小诗把玩不已的原因。这也许就是象征手法的艺术魅力。

2.诗歌的艺术性体现在诗人用凝练的语言勾勒出一个个冰山的轮廓，让读者徜徉在意象的海洋中品味水面下那部分冰山的韵味。迪金森在其死亡主题诗歌名作"因为我不能停步等候死神"中运用的意象，如学校、绅士、马车及落日等都是现实生活中普普通通的事物，但是它们的聚合可以提炼出抽象的意义。请欣赏其中第三节：

我们经过学校，恰逢课间休息——
孩子们正喧闹，在操场上——
我们经过注目凝视的稻谷的田地——
我们经过沉落的太阳——

在这首诗歌中，诗人选择与情感相对应的物与景进行描绘而产生了具有象征意义的意象，诗中理智与情感、主观与客观叠加在了一起，形成了一个个复合的意象，这种复活体具有高度的含摄力和凝聚力。诗人将"孩童喧嚣的校园"的生命力与活力逐渐变成"夕阳西下"的生命失去的客观感受与炽热的"生命"逝去的主观情感叠加在一起，通过精确、具体、浓缩的语言，再加上意象叠加的技巧，取得了既不宣泄感情，又直接体现具象的效果。全诗看上去似乎是对实境的描摹，却是经过诗人改造，"因心造物"而得到的情境与心象，是诗人选择与情感相对应的物与景进行描绘、摹写而产生的意象。学校喧闹着的孩子暗示人的童年，成熟的庄稼象征人的青壮年时期，落日指代晚年。这三个具有代表性的意象环环相扣，构成了一个象征性的框架，象征了人生的历程。死神此时带着自己的情人（诗人），驾着马车，回顾了诗人的一生，然后奔向永恒（死亡）。繁复而漫长的人生历程一直是文学家创作的主要题材，而迪金森仅仅用三个活生生的意象，就在读者眼前铺展开了人生的画卷。

总之，在迪金森诗歌运用象征意象的手法不但使抽象的概念具体化、形象化，使复杂深刻的事理浅显化，而且，使其诗歌创造由外部世界转向了更加隐秘内在的精神世界，扩大了诗歌题材表现范围。由于象征手法运用，迪金森可以避开原先有所顾忌的事物或事理，采用曲折隐讳的表现方法，大胆放手进行叙述或描写，因而也就可以更深刻地揭示被象征物即本体的本质。同时象征手法所创造的特有艺术意境，增强诗歌的表现力和艺术效果，它所引起的更广泛的联想，延伸了意象的内蕴，使诗歌意象具有了永恒的艺术魅力。

（五）丰富意象群的建立。离群索居的迪金森，这让她与大自然更亲近，诗人一生中主要的时间在花园里、西窗前和书房中度过，她用自己敏锐的洞察力关注周围的世界，从大自然和自己亲身经历中获取创作灵感。空中飞舞的苍蝇和蜜蜂、迎风摇摆的青草和雏菊，或者是疾飞而过的翠鸟、在草丛中不期而遇的蛇，都有给她带来诗的灵感，激发她的创作兴趣。这些大自然中常见的事物通过诗人的参悟、表述，被赋予了独特的意义非凡的意象，折射迪金森将自己对事物本质的理解以及深邃的哲理。迪金森写诗完全是为了抒发自己的生命感悟，表达自己对人生、社会和自然的独特见解。诗人特定的气质和思维视角似“一根线”贯穿于她终其一生的诗歌创作中，她逐渐拥有一批独特的意象群。知更鸟、蛇、蜜蜂、苍蝇；幽光、落日；惊慌的小茎、痴迷的花朵、疯狂的雨夜；有着无数窗户的房间、墓地、半开的门等构成了迪金森诗歌不同主题的意象群。在迪金森的诗歌中有一些以不同色调、形态出现的同一类意象，这些意象新颖奇特，也表达了独到的主题内涵。如同迪金森某一首诗歌的主题往往不能简单地归结为自然、宗教、爱情、死亡或是永生主题一样，虽然不能把某类意象不一定专属于某个主题，但一些典型的意象总是与某类主题相关联的。通读全集，我们不能不感叹她在有限的天地里有无限的广阔视野。她有效地利用了有限的直接经验，她所接触的一切，无不采撷入诗。此外，她还最大限度地利用间接经验，她说：“我从未见过荒原—/我从未见过海洋—了却知道石楠的形状/知道波浪的模样。”这是因为她读过不少书，她可以骑乘“一页跳跃着的诗行”奔驰，也可以凭书本赋予的“翅膀”飞天。她以丰富的书本知识和特异的想象力来弥补阅历。

三、迪金森诗歌中几类意象群

（一）自然意象群：在诗人描绘自然界的意象中，知更鸟、蛇、蜜蜂意象群组流露出诗人的深层无意识以及体现出诗人对大自然的独特感受和理解，即：对自然既亲切，又疏远的矛盾对立思想。诗歌“一只小鸟沿小径走来”描写了小鸟、蝴蝶、甲虫，还有人类之间的微妙关系，揭示了大自然中万物的生存定律。“把虹叫啄成两段/再把这家伙生着吃掉”的小鸟然后“又向墙根，侧身一跳/给一直甲虫让路”，还“用受惊吓的珠子般/滴溜溜转的眼睛/急促地看了看前后左右”，这是一幅非常生动的“弱肉强食图”，待世界的最高主宰一人类一我“给他点面包屑/他却张开翅膀，划动着/飞了回去，轻捷”，是见惯了诱惑的牺牲，还是明白了自食其力以自强不息呢？这整首诗淋漓尽致的描绘，意象新巧。

（二）死亡的意象群：半开的门、马车夫、墓地、房间。迪金森笔下死亡意象群形成的艺术感受往往完全脱离日常的理解：打破人们以对死亡的常规认知思维，使旧话题新鲜化，在她描写死亡时，死神并不可怕，相反，他像个绅士、朋友、甚至爱人，死亡在她的诗歌里呈现出完全陌生的希望，充满光明与幸福。迪金森将人类的死亡看作一种特殊的荣誉，死去的那一刻，意味着快乐的来临，这个死去的人还将得到荣誉、尊严和通向另一个世界的门票。因此，在“因为我不能停步等候死神”中体现得非常独特。诗中死神扮演了一个不同寻常的角色，他是马车夫，他赶的车上仅坐着死神、诗人和永恒三者。在诗人的笔下，死亡的过程成了短暂但愉快的旅程。尽管死神是将她带向死亡，与永恒同行却使诗人十分欣慰。诗人用轻快的语调来描述死亡的过程，她认为没有必要匆忙，因此，他们慢慢前进，因为他知道已经没有什么可着急赶路的了，在这首代表性的死亡诗中，迪金森展示了对死亡主题“陌生化”的阐释：死神成了救世主，他帮助人们脱离世俗的羁绊，他像一个体贴的情人，一个体贴的导游，引导人们从短暂走向永恒。在诗人眼中，生与死非如常人所料，在她看来：生是痛苦，而死是解脱。死亡并不可怕，死亡不是人生的终点，而是通向永恒的门槛。迪金森就是这样使用欢欣的语调来描述死亡，没有黑色，没有冰冷，没有残酷，在“陌生化”的体验中，自然地拉伸读者的想象空间和思考的延长线，哲学意义深刻。

（三）爱情意象群：惊慌的小茎、痴迷的花朵、疯狂的雨夜、大海与船等。尽管迪金森终身未嫁，也没恋爱过，但她的爱情诗大胆直率，比喻新颖，意象奇特。她直接写“爱”“爱与某人”“所爱”和“爱人”的诗篇中，意象大多触人心灵、内蕴丰富。这些意象突破19世纪文学界不敢描写爱情与性爱的禁限。并且诗歌中大量意象萦绕着轻逸与沉重的矛盾，渗透着对死亡、信仰、个体意识的哲思，这是迪金森所独有的。她认为男女爱情乃自然本性，无可厚非。在“先生，我为什么爱你”一诗中用质朴的语言证明这一点。在这首诗中，诗人没有直接回答，而是巧妙的用一个新颖别致的比喻：我爱你犹如风吹草动，自然之事，无法控制的。爱是说不清，道不明的。接下来诗人用“日出而我不能自已”来暗示“你出现而我爱你”，这是自然而然的事。诗人的构思可谓新奇、巧妙，不露痕迹地表达了自由、独立的爱情观。在“没有人知道这朵小小的玫瑰”这首诗里，作者的语气非常感伤，有一种“花自飘零水自流”的感觉。玫瑰是美丽的，但却“没有人认识这朵玫瑰”。“只有一只蜜蜂会思念，只有一只蝴蝶从远方旅行匆匆归来，在它胸脯上歇息。”远方的蜜蜂思念玫瑰，也许是因为它曾嗅过玫瑰那芬芳的气息，但它为何又要离开，是玫瑰有刺吗？还是玫瑰花已经“凋零”，只剩下枯枝？迪金森的一生和这朵玫瑰的情形是多么相似。“花开无主”“没有人认识这朵玫瑰”。不装腔作势而真诚地解剖自己，赤裸裸地暴露自己的灵魂，这就是迪金森透过意象群反映了她爱情生活得失，另一方面反映了她思想上难以自拔的矛盾和痛苦。诗人追求爱的信念是永恒的，对爱的专注与真诚在诗中处处可见。她写爱的萌动，爱的燃烧，爱的丧失等等。这种爱超越了生与死，升华了她的灵魂，丰富了她的诗歌。欢乐是真情，痛苦更应是真情。简洁、凝练高度浓缩的比喻意象使迪金森意象群组合成了丰富的层次，蕴含了复杂的内容。

综上所述，迪金森善于把单一的意象聚合成多姿多彩的意象群，借以体现她那开阔舒展的胸怀。诗中把以人物为依托的意象作为轴心，把以景物为依托的意象作为陪衬，将思想、情感、姿态、位置各不相同的人物意象，安置在上下、远近、浓淡、明暗各不相同的景物意象之中，让所有这些单一意象的不同和相似的内涵相互影响，相互配合，相互补充，相互映衬，形成了一个更为生动，更为丰满，更为厚重，更为致密的复合意象群。从而有力地、完善地表达出诗的题旨和意蕴。这就像一幅多维立体画，使欣赏者有亲临其境的感受；这又像是诗艺的“对位学”，音乐作品中的复调式组合，在联想和感知的交相共鸣之中，在浑厚而和谐，精致而严密的声部叠加之中传达出诗人深远的寄托，有力地敲击着人们的心扉。

西方浪漫主义诗歌发展到19世纪末到20世纪初已经处于退化之中，诗歌变成了空洞无物的笔墨游戏，充满着甜得发腻的比喻，无病呻吟的伤感，矫揉造作的训诲。当时有志于革新诗风的西方诗人，运用意象的表达方式在诗歌创作上另辟蹊径。他们捕捉提炼生活中极其普遍的意象，发掘其中的美学价值，寄托诗人的思想意蕴。迪金森就是这样一位禀赋灵异的诗人，她笔下的意象或新颖别致独特，或赋予常规的主题意象以不寻常的、离奇的、突兀的内涵；她在创造意象的手法方面有独到的创新。数量众多、新颖别致、生新离奇的意象正是迪金森诗歌中最令人折服的特点。没有意象就没有诗歌，只有把握诗歌的意象持征才能领略诗歌的精髓，迪金森诗歌中的独特意象构建形成了她诗歌恒久艺术魅力的重要因素之一，也使她的诗歌成为英美诗坛的一朵奇葩。经过诗人精心组合的意象，凝聚着生命深处最柔美的情怀和创造性的智慧，迪金森笔下的意象富有特色与意蕴。

四、迪金森诗歌的意象特征

（一）用生活中平凡、琐碎的事情来表现崇高、珍贵、庄严伟大的主题

1.从人们熟视无睹日常生活中的事物中看到精妙的意义和哲理是迪金森诗歌的特点，取自日常生活的意象生动而准确，诗歌中所有的意象增强了修辞的力度并吸引了读者的感观参与。下面让我们欣赏诗歌。

“一座钟停了”：
一座钟停了——
并非壁炉架上的那座——
日内瓦技艺最高超的工匠
也不能让玩偶点头鞠躬——
而他刚才还在上下跳动——

迪金森将“钟”这一日常生活常见之物撷取入诗，“钟”象征着生命，而钟摆停止跳动，则是一个生命的终结。一颗鲜活的心脏停止了跳动，即便是技艺最高超的工匠也无法与死神抗衡，失去灵魂的肉体如同坏掉的“玩偶”般，抒发了诗人对生命逝去的巨大痛苦，也暗示了人类在大自然的交替变化过程中也只不过是一个玩偶而已，同时也表达了诗人对回春无术的医生甚至对上帝的不满。

2.在另一首诗歌“如果你能在秋天到来”：

如果你能在秋天到来，
我会把夏季拂掉，
半含轻蔑，半含微笑，
像管家妇把苍蝇赶跑。
如果一年后能看到你，
我将把月份绕成团，
分别放在不同的抽屉，
直到那些时间来到。
如果只是耽搁几个世纪，
我会用我的手指来数计，
把手指逐一弯曲，直到
全部落在亡者的国度里。
如果确定我们将相聚在，
你我生命的终结之时，

我愿意把生命像果皮一样，
远远地抛弃。
但是现在还不能确知，
你我何时才能相聚，
这像毒蜂一样把我刺痛，
而它并未亮出它的毒刺

诗人从自己生活环境中选定了平淡无奇、好不显眼的事物：苍蝇、线团、果皮等创造出几个极其朴实的意象，细致入微地表达了自己强烈的期盼，意象的使用使人能快速联系到迪金森的日常生活状态与环境，她一边忙于生活的琐碎家务，一边思念着心上人，诗中所用的明喻和隐喻都十分恰当、传神，抒发了自己期待与爱人相逢的急切心情：如果对方能在秋天到来，她就要“拂”掉夏天，以加快秋天的到来。另一方面，她也表示自己愿意等待对方，几个世纪对她来说也像是弹指之间。最后她还表示，为了相逢，她可以舍弃生命；而由于无法确定相逢的日期，这对她来说是狠狠的一击，一位翘首期盼爱人到来的少女形象跃然纸上。

3.迪金森的诗歌相当关注渺小、卑微的事物，像那些软弱无力、地位低下的植物、昆虫、小鸟等等。她用草来象征简单和普通的东西，“草可做的事很少——”，只是招待蝴蝶、蜜蜂、阳光和露水，然后在谷仓里死去，过着极其简单的生活（诗333）。一些小虫子，它们那么渺小、无能，在它们眼里即使蠓都要高大和强壮得多，蠓飞行和寻食的能力在它们看来简直是一种“特权”（诗612）。一朵玫瑰花也是渺小的，“没有人知道这朵玫瑰——/若不是我在路边把它捡起”，“小玫瑰——像你这样的生命/死去是多么容易!”（诗35）。

这些渺小、卑微的意象可以说是迪金森的自我写照。迪金森偏瘦、不高，而且很羞怯，“早在22岁就开始想各种办法不见客人”。在她的诗歌中一只小鹪鹩非常胆怯地四处寻找一个地方做窝（诗143），同时她也曾在给希金森的信中将自己描述成为“小得像一只鹪鹩”。在漫无边际的外部世界面前，自己显得更渺小，因此，迪金森诗歌中渺小、卑微的事物常常与强大与高贵相碰撞。诗歌102首中就描述了渺小、柔弱的“雏菊”与强大的恺撒之间的故事，被恺撒击败后自杀的古罗马政治家小加图，迪金森描写他的女儿向恺撒献上一朵“雏菊”，这一情景表现的其实是渺小的加图女儿与强大的恺撒的对抗。在这一对抗过程中，小加图的女儿，犹如“雏菊”般的生命从卑微中长出高贵、从渺小中见出强大。雏菊是迪金森诗歌中较常用的意象。像雏菊一样默默无闻的女孩，只要生前有过几个快乐的时刻，有几个人爱过她，死后有几个人来参加她的丧礼，低声说着她“不朽的面孔”，她就心满意足了（诗72）。雏菊是渺小的，然而人们“都知道喜马拉雅山弯腰/弓身倾向雏菊——禁不住充满怜爱”（诗481），为小小的雏菊也有一个自足、独立的小世界而倾倒。这时候，卑微变成了一种可以称为“谦逊”的美德，卑微者的自足与独立赢得了最初的尊贵。面对强大的对立面，顺从是渺小卑微者的唯一选择，但也可能是其力量的来源。在迪金森的一首诗中，雏菊紧紧跟随着太阳，它跟得那么紧，以至于它感觉好像有某种内在的东西被她抢去了：“为何——你这抢劫犯——会在这儿?/因为，先生，爱情是甜蜜的。”（诗106）雏菊只知道自己的渺小卑微，只知道自己的爱与顺从，但它得到的是力量。迪金森以渺小卑微的意象来表达自己对力量与尊贵的希求，这是一个悖论，但不自觉地契合了东方的思维方式：“以柔克刚”。渺小者融入强大者之中，从而获得强大者的品质，这些意象隐含着她对社会现实的看法，虽然她的诗歌的时代印记很不明显，但是或多或少地透露出时代的痕迹。

随着文艺复兴、理性主义出现和宗教改革等活动的开展，传统的基督教世界的统一性遭到破坏，不可避免地分裂了。对人本身的关注超过了对上帝的敬仰，个人尊严和个人的幸福开始被强调。在19世纪，以爱默生为首倡导的“自立、自主的个人”思想得到广泛响应，使得以强调个人的自尊、独立、自主抉择、自我完善和自我发展的乐观个体主义成为鲜明的美国特色。这在当时美国十分盛行，并渗透到美国人生活得每个角落，进而促进了美国的工业化进程，激励人们充分发挥个人才智，兴起了一股清新的民主之风，但是这种清新向上的思想并非人人可享，19世纪的美国妇女并不享有这种个人主义的权利。妇女不用拥有也不被期望拥有超出家庭意外的自主权利和自我发展。女性一旦步入婚姻，操持家务、照顾丈夫和抚养孩子便是她们所有的生活内容。她们依附于父亲或者丈夫，无权主宰自己的命运。由于强大的传统习俗，迪金森自知争强好胜无异于以卵击石，迪金森很清楚她所处时代对妇女的束缚。以她腼腆、敏感的性格，家庭生活的繁琐和婚姻中妻子的被动地位必将淹没她的才情，吞噬她的自主权利。

4.她在许多诗中表达的都是对自由天地的渴望：

小草所做的——
只是守着它那一片绿色——
和蝴蝶沉思——
与蜜蜂嬉戏

迪金森在她的表达自由意志的生活诗时有一个显著的特点：将自己渺小化。

在写给希金森的信中，迪金森称自己“微小”“无足轻重”“无知”，是一个“胆怯的孩子”；而在诗中则视自己为“小草”“蜜蜂”“小石子”；而这个“小石子”“不介意荣辱沉浮、不畏惧危机发生……像太阳一样独立，成群或独立，都发光”。可以想象，迪金森是希望能像小草一样，在成人的世界中拥有一种不被瞩目的自由空间，湮没自己，从而能像小草一样，在自己的一方“绿色天地”中获得最大的自由，因而她宁愿退一步永待闺中终身不嫁，迪金森终身未嫁，她清醒地认识到作为社会人，她无法凭一己之力改变社会现实，一旦陷入婚姻的束缚，任何努力抗争都无法阻止自己失去自由。婚姻对于她这样的一个具有新思想的女性来说，无异于牢笼。结婚只是一个置妇女于卑贱地位并使其受奴役的一个宗教仪式，为最大限度地保持人格和精神的独立，避免一切社会干扰，迪金森25岁后，杜绝一切社会来往，过着隐居的生活，诗人把自己“Queen of Calvary”，被人们称为“阿姆斯特的修女”，每日潜心自修，只与花园中的花草鸟为伴，静心沉思，深深地感受人生的痛苦和欢乐，从容地按照自己的写作方式传作和完善自我，以实现成为诗人的理想。这种避强就弱，以柔制刚的女性个体主义是被男性化的社会所规定的女性生存环境中产生并完善起来的。它贯穿于迪金森日常生活，也贯彻了她的整个诗作之中，使其诗歌显露出独特的风格特征。

5.自18世纪的浪漫主义，对自然和自然生物的赞美，便是诗人抒发情感，寄托志向和理想、宣扬对真和美信念的主题。与古典诗不同，迪金森的诗在她的女性个体主义影响下，体现出一种不同寻常的“反崇高主题”特征。在她的诗歌中，没有对壮丽景物的描写和抒怀，没有崇高的主题意象，有的只是取自她小小的生活天地，那些再寻常不过的事物；她的庭院、花园中的普通草虫鸟以及透过她的窗户看到的青山绿水、白玉蓝天。与她自视渺小和以虫草自居相一致，迪金森对周边世界中的微小生物给予格外的关注，不仅仅是因为它们的渺小而被忽视，还因为这种渺小是一种为了生存而与外界许许多多强大力量所进行的抗争。从某种角度来讲，迪金森的诗之所以表现出“反崇高”的特征，是因为她视传统诗为男性化的产物，如，传统诗人将自然视“母亲”，讴歌自然母亲怀抱的孕育了诗人的情感和爱，而迪金森眼中，自然威严、强悍而又冷酷的“父亲”，他内在的可怕力量使其成为19世纪社会生活的投射体。在以男性为主宰的社会中，女性就像大自然中娇嫩的玫瑰，骄横的太阳、严酷的霜冻和黄蜂的无精采撷都可使她过早地凋谢。她的青春短暂，向往不被理睬，理想似花瓣般易碎。迪金森诗中，苜蓿种子、小船、小鹿和知更鸟等等渺小之物，实在是她生存之道的一个个见微知著的意象。迪金森的女性个体主义使得她对世界的理解和认知有了男性诗人截然不同的角度和深度："我们并未与自然融为一体……在它美丽的外表下，是一种巨大的、野蛮、阴郁而吓人的力量。"或许是因为女性的缘故，迪金森对这种潜伏的力量感受更为深刻和真切。因而，在她的诗中，是投射到受惊吓的草地上的长长阴影；是威严地监管着整个原野的大山；是无情采撷甜蜜花朵的黄蜂。诗人和自然之间，有着一道不可跨越的鸿沟，使得他们难以亲密无间，为了自己的生存，在生活中迪金森选择了退却，以隐秘的方式安安静静地活着，深居简出、与世隔绝，远离男性化的社会；在诗歌中，却不甘沉寂，采取了独特的以退为进的策略，用诗歌表达女性的悖逆和抗争，抨击男性社会对女性的约束和压抑，这一独特的定位，是迪金森女性个体主义给予社会对社会发展的局限而做出的一种策略，也让她的诗歌和书信渲染了鲜明的女性主义色彩。在她的诗"我为你照看着花儿——伶俐的缺席者"中，女性有了自己的声音。她描绘爱人分手之后的场景时，女方想起了她的"缺席者"："我为你照看着花儿——伶俐的缺席者"，接着，她的女性意识觉醒了："我的晚樱，那深红的花瓣，绽放——阵雨的降落——梦想——我的天竺——淡淡的——痕迹。低处的雏菊——裂开了她的根须，以展现她的咽喉"。从这首诗中，我们可以看到，那位女子已经不是男性的附属对象，而是一位大胆展示自我，并为其女性意识的觉醒而欣喜的自由女性。

其次，对于"双性一体"女性主义创作理念的运用。法国女权主义代表人物埃莱娜•西苏提倡"他者双性"女性主义写作理论，这种"双性气质"或"双性一体"可以让女性充分表达自我，从而抵制男性主导的"单性"或"一性"文化。迪金森打破"男性代表文化、代表写作，女性代表自然、代表身体"的男权制二元对立传统，成功地将社会规定的男性职能和女性职能兼于一身，使自己成为恭顺与叛逆的"双性一体"：表面上循规蹈矩而实际上却敢于标新立异、大胆反叛。在书信中迪金森尽力让读者注意到她虽然在做着家务，然而心中对于这种生活却极为不满。她曾这样描述做面包："两半面包在我的操持下降临/他门是孩子/与妈妈一模一样。"她把做面包比做生孩子，是一位女性应尽的职责。表面上她是一个温顺的女子，其实她内心燃烧着愤怒，反叛情绪像蓄势待发、灼热无比的岩浆在她心里涌动。这种"双性一体"是她构建作品的基石和创作灵感的源泉，也是构成她谜一样的诗歌创作的重要因素。

再次，对于女性特有表达方式的灵活采用。迪金森诗歌创作中使用大量的破折号及大写字母，以避免传统男性诗歌书写规范的局限。她的破折号颠覆了逗号、句号这些传统的逻辑及理智的象征，成为一种创新的标志。她的大写字母也表达类似效果，表现其情感的宣泄和人生的感叹。她的诗歌诗行不多，口语色彩浓厚，不强调韵律，常常押半韵或完全不押韵，没有标点符号，频繁使用圆弧、斜线和空格，也不受语法限制，但意象鲜明活泼，来自生活却又富有新意，这正是她女性创新意识的体现。迪金森自居渺小并不意味着她诗作的“渺小”而实际上她的创作策略所蕴含的内在意义与中国道家思想所谓的“曲则全，枉则盈，敝则新，少则得，多则惑”有着相同之处。事实上，她的女性个体主义使得她极大地拓展了对内心世界的探索和对人生的思考。

（二）把具体事物抽象化，构造丰富的抽象意象。现代派诗人艾略特说：“找出‘意之象’，即一组物象、一个情境、一连串事件，这些都是表达情意的方式。如此一来，这些诉诸感受经验的外在事象出现时，该特别情意便马上给唤引出来。”在艾略特看来，意象包括抽象主观的“意”与具体客观的“象”两个方面。“意”指的是诗人的思想意念和审美情感，“象”则作为审美客体的景物、事象与场景，“意象”在诗歌语言中的和谐交融与辩证统一现。迪金森十分自觉的使用诗歌意象，意象在诗中处于十分密集的状态。在她的诗中，抽象的思想和情感被具体有形地传达出来，其中的媒介就是清晰聚焦的画面或生动的意象。

诗人一般通过词由繁到简的变化，把抽象的概念化成具体可触、丰盈清晰的意象，把一切难以捕捉的思绪、飘忽的感觉固定起来，鲜明地呈现在读者眼前，从而调动读者的通感，去“看到”概念，“想到”感觉。在她的笔下抽象的概念总是以有尺寸、有音响、有色彩、有质感的形体出现：革命（Revolution）以夹果（pod）的形象出现，制度（System）在其中格格作响（rattle）（诗歌第1082首）；实验（Experiment）则像她所遇到的每一个人（every one I meet）（诗歌第1073首）；所有的情况（All circumstances）恰如一个镜框（Frame），人的脸则毫无差别地被框在其中（诗歌第802首）；而危机（Crisis）则如一根头发（Hair）（诗歌第889首），牵一发而动全身。诗人通篇使用多音节的外来词和表示抽象意义的词，打破了常规表示抽象意义的词的使用，如果不是这样，那么她的诗歌能引起人们心灵的震颤吗？

诗人告诉我们：“预感，是伸长的阴影，落在草地——”“美是自然的真相。”“欢乐是痛苦的铠甲——”“早晨，不过是中午的幼苗——”“‘希望’是个有羽毛的东西——”“愉快是微风”“名声是一只蜜蜂”。迪金森认为诗歌只有通过由具有意象的字词引起的内心图景，才能产生强烈的情感，同时，这些抽象意象能使读者的审美过程变成一种被延长的、充满困难但却耐人寻味的解读过程。使读者沉浸于意识底部的想象力被前所未有的表达方式和生平际遇的意象所激活，从而把读者带入一个凡夫俗子不曾驻足的世界。一般来说，诗歌是忌抽象的，诗歌往往通过具体、生动、鲜明的意象来表达思想感情，但事实上，在中外诗歌创作当中，有抽象意象的运用，因此，它是一个值得研究、重视的诗学现象。既然在诗歌中思想感情（现实和意义）都要通过具体、鲜明、生动的形象即意象来表达。

迪金森就是一位不避忌讳，大胆使用抽象意象的典范诗人，著名文学评论家Allen Tate曾评论过迪金森诗歌语言的特征，其中的一点就是，迪金森巧妙地采用外来词来表达抽象的思想观念，“由拉丁或希腊语衍变而来的具有抽象意义的外来词和表示具体事物的撒克逊词在句中的同时出现”为什么迪金森不避“忌讳”，大胆使用抽象的意象，并获得成功呢?原因不外乎以下两种：使用抽象意象的必要性和使用抽象意象的可行性。这两者就构成了使用抽象意象的必然性。她巧妙地运用了具体与抽象意象的互相嵌合。这样，意象摆脱了平面感，产生了深远的暗示，而成了“透明”的意象。她将抽象词与具体词并置于一个词组或句子中，譬如：印度夏天“蓝色与金色的错误”“死神的民主手指”“紫晶记忆”“地极赎罪”“用测锤标数/试探对方心底的深度”等等，喻抽象概念于具体事件中，并将其压缩减略变形，使得官能的感觉被推进到抽象意义的纵深层次之上。对于迪金森诗歌中抽象意象的探索将有助于加深我们对诗人作品的鉴赏和增加对其作品审美的信息量。作为迪金森诗歌重要的修辞特征，抽象意象的出现改变了读者习以为常的审美视角，使这些意象变得新颖、独特、甚至朦胧，更富于想象力。比如，

There is a pain - so utter -
It swallows substance up -
Then covers the Abyss with Trance -
So Memory can step
Around - across - upon it -
As One within a Swoon -
Goes safely - where an open eye -
Would drop Him - Bone by Bone –

Swallow是一个具体的动词，一般与具体名词搭配，构成动宾结构。但是迪金森在本该使用具体名词的地方却使用了抽象名词“substance”（物质），无任

何形容词进行修饰，在此诗中，“substance”以笼统、抽象的概念为全诗营造了一个关于“痛苦”的巨大心理空间，让读者能充分发挥他们的想象力。再如，“井中弥漫着神秘！”

井中弥漫着神秘！
居住着遥远的水族——
来自另一个世界的邻居
在水缸中安住
没有人能看到它的极限
只有这层玻璃顶——
无论你看多少次
都象是在看地狱的面孔！

诗人善于把分散的意象，搓合成环环相扣的意象链，借以表达和梳理她那绵长深远的思绪。这首诗中的意象，看似纷乱，实则清晰，它们组成了一条意象链。“井”是本诗歌的主要意象，由“井”串起的意象链：井——水缸——世界的邻居玻璃顶——地狱的面孔。这条链上的意象逐层扩展，相互融合，最后归结到死亡这一意象上。井的幽暗和不可触底让诗人感到神秘、陌生，很自然，诗人联想到了死亡——“来自另一个世界的邻居”，由“井”联系到“死亡”这就显示了迪金森将熟悉的与陌生的事物组合起来创造抽象意象的高超技巧。“玻璃顶”是一个朴实的意象，但在诗歌中被赋予了狰狞的“地狱面孔”时，整首诗歌被笼罩在了惊悚的氛围之中，诗歌更具朦胧的意味，该意象将具体与抽象概念相结合，深刻表达了诗人内心的恐惧不安。迪金森把抽象的体验用为大家所熟悉的事物或现象加以类比，使抽象的概念顿时变得直观、生动。迪金森作为诗人，具有极其丰富的想象力，尽管自身生活阅历有限，但她对周围事物观察之细致，认识之深刻，把握之精确，令人叹为观止。例如，她在对预感的比喻：“预感—是草坪上长曳的阴影/暗示着夕阳西沉/启示惊惶的青草—/黑暗—/行将笼罩”。因为，太接近自然，就不能把自然作为一个整体来了解她的底蕴，还有可她大胆地立奇“意”于常“象”，使用意象时既怪异又出奇制胜，诗歌中把最抽象的概念变成具有人格感受力的东西，将无限的意象或思想浓缩在有限的诗行里。

迪金森抽象意象之所以让人费解，读者“必须读两遍甚至多遍才能明白它们究竟是不是意象”，主要原因在于：一方面，她常常使用“反逻辑”的奇特比喻意象。其喻体与本体之间似乎找不到一点共同点，但是，读者若能深入地去研究，撇开常见而熟悉的事物联系去寻找背后隐蔽着的联系线索，就会发现作者深远的比喻意义了。如她用“长戎毛小溪”比喻快乐的死棺材里的满意的笑声；用“沉默的大街”和“暂停的邻居”指永恒的太空。说傍晚是“西天主妇”；香蕈的一生“比蛇的逗留还短”。在海边嬉戏的小姑娘被大海紧紧追逼，而蛇随时出现，让人“骨髓里感到一个零”。这一切都表明迪金森是在企图用抽象意象来暗示难以言表的体验与感知，耐人寻思，令人回味。正如一位多年从事迪金森诗歌研究的专家阿奇博尔德。麦克莱斯（Archibald Macleish）曾指出：她的意象“抽象得如此奇妙，以至于几乎透明”。另一方面，迪金森的意象不仅容抽象与感性于一体，而且她的意象是跳跃似的，在意象与意象之间采用大跨度的跳跃，一会儿是“落雪”，一会儿又是“起雾”；才写“紧闭而芳菲的花瓣”，转而又说“催眠的手指”；先想到书卷像“帆船”，继而又悟到诗章如“奔腾跳跃的骏马”。诗人的才思敏捷，其意象如此善变：有意割断其中的联系，在时间和空间上造成许多空白点，一个幻想突然跳到另一个幻想，迅速而且简洁，像一封电报一样，因而，诗歌产生强大的情感结构张力，将读者引入无垠的联想和遐想空间。

迪金森的诗歌在运用抽象意象的同时也常常使用感性意象。如下面这首“雪花石膏里的安全”。

雪花石膏里的安全
不曾受到早晨的轻拂
不曾受到晌午的轻拂
搁下温顺的复活者
于锦缎之椽——石头之顶！
好极了新月在上岁月流逝
宇宙舀起苍茫—
天空——荡桨——
王冠——坠落——道基斯——倒下——
销声匿迹——像圆点——落在雪的圆弧之上——

全篇除了最后那一抽象意象以外，其他的都是感性意象。在诗的前半部分，迪金森选用了一些寓意宏伟、博大庄严的意象词：新月、宇宙、苍穹和天空等，至诗的最后，这些词却都缩小成一个小小的几何图形圆点和圆弧。这正是迪金森诗歌意象表现一方法的具体写照：先作通篇性的感官意象描述，并到关键之处点出一个抽象词，把抽象概念拉出到可感知的平面上。在另一首“在夏日众虫的啁啾之外”诗里：

在夏日众虫的啁啾之外——

凄楚地起自草底——
有一个较小的国度举行——
它那宁静的葬礼——
日午时最感到古意悠扬——
当八月焚成了残尽——
遂唤起这幽灵似的音乐——
作为安息的象征——
我们看不见任何仪式——
祷词是如此舒缓——
它变成一种沉思的风俗——
扩大了寂寞之感——
迄今盛况犹未见减弱——
光彩也未显皱纹——
但是一种神奇的变化——
已侵入自然本身——

诗人在前部分写“众禽啁啾”“宁静的葬礼”“缓舒的祷词”“沉思的风俗”，这些描述从视觉、听觉等不同角度使读者清晰地感到了死亡的意象。到诗的后八行，诗人致力写对季节变化的感觉，却在最后，道出了关键的意象：“光彩也未显皱纹”从具体可感知对象来看，虽然季节在向秋天、冬天转化，而夏日的辉煌丝毫未见减弱，诗人是在暗示生机勃勃的大自然却处处都是死的象征。意象“光彩也未显皱纹”象征完美就是完美，没有不足的完美。死是一种宁静、一种安详。迪金森将具体词“皱纹”和抽象词，违反常规的强扯在一起，使可感知物不再是具体的道道沟壑而是赢得了一种莫测神秘意义，而抽象的概念（glow）却获得了可感知的特性，似乎变得具体而有形。存在与消亡如此静谧顺然轮回，已不在自然表面留下外在印痕；然而，这种轮回的不可隐形却在自然的深处涌动、酝酿，并形成另一种默契。

（三）意象叠加，相互并置。意象叠加和意象并置都是中国古典诗歌中常用的一种技巧，如：在我国古代诗中十分常见如“小桥流水人家”“鸡声茅店月”。意象叠加实际上是意象并置的一种特殊形式，意象叠加是庞德创用的一个术语，专门用来指日本俳句中常用的技巧。在庞德看来，“这种单意象诗（即俳句）是一种意象叠加形式，也就是说，它是一个思想放在另一个思想之上”，所谓“一个思想放在另一个思想之上”也就是一个意象叠加在另一个之上，即把两个意象不用任何连接词放在一起，其中一个修饰另一个，它们之间是比喻的关系。在西方，现代诗歌意象派广泛大量的使用，取得很高的艺术成就。有趣的是，迪金森比意象派早半个多世纪，自觉的开拓并大量应用这一艺术手法，在她的诗歌创作中都可以看到对意象叠加、意象并置技巧的妙用，常常将不同的意象相互联系起来进行描述，赋予它们新意并烘托诗歌某种气氛，如“风用手指梳理天空”，“三月大胆地走过来像邻居一样前来敲门”。迪金森诗歌意象的叠加和并置共有以下三种情况：第一种是单纯性的意象叠加。意象一方面是诗的组成细胞，具有活力，另一方面它又有相对的独立性。单纯性意象叠加就是指诗中个别意象的叠加，这种情况在迪金森诗歌意象运用中出现的较多。如“蟋蟀吟唱”一诗：

蟋蟀吟唱
太阳西斜
结束劳作的人们——
为白日画押。
低草背负露珠
夕阳，如陌生人站立
手持草帽，温文清新
若即，若离。
浩茫，像一位邻居降临，
智慧，没有容颜，或姓名，
祥和，如同在家
夜正走近，

这是迪金森描写夜幕降临的一首诗歌，在这首诗歌里呈现了一大群意象“蟋蟀唱”“太阳落”“草尖露珠”“归家工人”……这首小诗至少包含了6种意象的叠加与并置：①视觉意象：夕阳西下，一日的尽头；黄昏如陌生人般站立，最后四行中，诗人用大写的英文字母“A”加强了这一意象的呈现；②距离意象：小草——矮小，黄昏——俯视，这两个意象的选用增强了诗歌的空间效果；③触觉意象：小草驮着露珠——让人感受到了生命的沉重；④动觉意象：浩茫走来，黑夜到临；⑤听觉意象：蟋蟀唱歌，家内宁静；⑥感觉意象：黄昏恭敬而怯生，小草势单力薄。夜幕浩茫中各类意象的并置构成了一幅幅情景交融的画面，这些画面鲜明地呈现在读者面前，让读者感受到了意象“画里”里夜色苍茫，宁静安详的气氛中生与死的威势，生与死的和谐，尘世的渺小与懦弱，死亡的威严与无故。

如在她写“一个瘦长的家伙在草地”中并没有出现长得怪异、令人恐惧的蛇形象出现，而全诗也没出现一个“蛇”字，只是几个意象的叠加并置，“一个瘦长的家伙在草地”“草丛被分开，像用梳子——一支斑斓的箭杆出现—”曾以为是“一节鞭鞘撒落在阳光里我弯下腰去拾取，它却扭曲着，离去——”，诗中也没表示惊恐的字眼，但每每读时，“呼吸发紧滑头里感觉到——”。在她的另外一首诗“剧痛之后有种死板的感觉”重多意象组合，神经在举行葬礼，心灵已然僵硬、双脚僵直、路是麻木呆板的、心情是沉重的，所有这些意象，都让人感觉到实践、场景和肉体的沉重、呆滞。诗人没有着笔于整体意象的加色，而是注重局部痛感的显露。通过意象的并置和重组，诗人将剧痛、冷酷、迟钝、昏迷、僵直和最终解脱融为一体，让读者从中获得一种异化感和孤独感。

按照意象派的理论，诗的意象叠加，即指在一个意象上再叠映另一个意象，两个意象互相渗透交融，形成一种既区别于两个意象而又保持它们一定特征的新的意象。这两个意象更富于暗示、象征等表现力。一般意象叠加是两个意象的交融，但也有多重性的意象叠加，它更能从多侧面多层次的结构上展示事物的立体情态，表现其更为复杂的内部关系。正如早期意象派理论家赫尔姆所说：“两个视觉意象构成一个视觉和弦，它们结合而暗示一个崭新面貌的意象。”如上面提到过的诗歌“因为我不能停步等候死神”这首诗中的意象叠加手法较为高妙，它的叠加大约有这样几个层次：在绅士驾着马车来接我的意象与喧嚣的校园、麦田、沉落的太阳形成意象叠加，其次，我们来到低矮的屋前与朝着永恒的马头又形成了一个意象叠加，多重意象的叠加，正是迪金森不遗余力地细腻而敏感地描绘出生命的波澜壮阔，死亡车辆前行的道路正是从早晨至黄昏，从出生由童年进入壮年以至暮年的生命旅程。在迪金森的死亡诗歌世界中，以音乐式的歌调、以画面式的场景、以多元化的描述实现着死亡路途的挣扎、安静甚至是安逸的，深刻地揭示出了死亡的必然性，迪金森看清了死亡的不可抗拒性，同时，在其经历过比死亡更为痛心的寂寞、孤独、悲伤之后她坦然而理性地面对这份上天赐予的礼物，甚至对其进行了幻想。

还有一种是中心意象的叠加。整首诗大多由很多零碎意象组合而成，其中有较为中心的意象，其他的意象由这个中心意象生发出去。有的诗中的中心意象就基本构成了这首诗的主体。迪金森在下面一首诗中构想了一幅即将消逝的夏日意象。

像悲哀一样难以察觉
夏季已经消逝，
太难察觉，最后，
显得不像是背叛。
一种宁静蒸馏出来，
当黄昏早早开始，
或者是自然自己，
消磨了隔绝的下午。
黑夜提前降临，

黎明有陌生的闪光，
好像一位即将离去的客人，
殷勤优雅，令人断肠。
于是，没有翅膀，
也不用舟楫，
我们的夏季轻盈地逃逸
进入了美的光景。

诗人选取的中心意象是人们不易觉察到的白天与夜晚交替变化。由夏入秋时，白天时间慢慢变短，而黄昏与黑暗会来临得越来越早。这虽然是一个常识却并不容易为人们感知。因此，从这一角度来看，迪金森对夏季正在消逝这一意象把握得极为到位。尽管夏季以“难以察觉”和“不像是背叛”的方式消逝，诗人依然在结尾安慰自己：夏季的消逝是“进入了美的光景”。有主体意象衍生出的其他意象则道出了夏季正在消逝的表现：早早开始的黄昏、离开的客人、有陌生的闪亮、快速飞走的小鸟，象征着在我们尚未察觉中，夏季轻盈地逃逸。基于对自然的热爱与欣赏，迪金森构想出了这样美妙、贴切的意象。可见，诗的意象叠加，并非是取某种简单的比喻，而是融合多种手法包括比喻和象征在内的复合结构。一般说来，叠映前的意象都比较清楚，而叠映后的意象往往就不那么明晰，因此很适合于某种情绪的抽象表达。

迪金森对意象叠加的运用不仅仅停留在“视觉和弦”，事实上，在她的诗歌创作中，我们不难发现，除了视觉的和弦之外，还有声觉的和弦，即除了视象的叠加外，还有声象的叠加，以及声象与视象与时空互相交融的情况也是常有的。本来，声音是不具形的，因而它没有具象。但它能引起人们一定的声感形象，这种声感形象在强意识浸润下，也可以叠映的形式出现。比好白居易关于琵琶乐声的著名诗句：“大弦嘈嘈如急雨，小弦切切如私语。嘈嘈切切错杂弹，大珠小珠落玉盘。”这里的“大珠小珠落玉盘”的声响效果，是由大弦“急雨”般的声响，与小弦“细语”般的声响交错叠合而成的，即是由两种声音叠合的，不是由“急雨”和“细语”两个视象叠合的。（举例说明）在描写蜂鸟的诗歌中，迪金森就非常巧妙地将视觉意象、动觉意象与听觉意象融合在一起，看下面这首诗（“一只旋转的飞轮”）：

一只旋转的飞轮
一条转瞬即逝的路线——
一声翡翠的共鸣——

一股胭脂红的急湍——
灌木林梢的花朵
端正碰歪了的头——
多半是突尼斯的信使
在清晨轻快的驰骤。

这首诗歌言简意赅，一系列凝练的修辞手法再现了蜂鸟的迅速。“转瞬即逝的路线”如同隽语般引人深思，飞行中的蜂鸟是真实的，但是却又是转瞬即逝的，这一意象给人亦真实亦幻觉的感受。诗人将一个具体的飞轮意象比作蜂鸟振动的翅膀，“翡翠的共鸣”一个异常巧妙的通感，将听觉意象与视觉意象完美的融合，“翡翠”在读者眼前呈现出蜂鸟叫声的清脆与空灵，同时引发人们联想出出翠绿色的蜂鸟形象；而“胭脂红的急湍”则是将动觉意象与视觉意象结合的另一个通感。红色的急湍象征着速度与生命的激烈与活力。迪金森使用意象重叠、交融的技巧娴熟自如，她的这种意象使用技巧具有超前性，在现代诗中这种技法仍被用来表达诗人复杂的感情，如哈特•克莱恩（Hart Crane）的《致桥》一诗中，自由的飞鸟、恬静的海湾意象与办公室里报表、档案以及城市里繁忙枯燥的意象重叠交错，起到相反又相成的效果。迪金森并置于叠加的意象在“形象”中存在逻辑、逻辑又富含“形象”的，因此“意象之组合”虽属“逻辑思维”的范畴，却又能兼顾“形象思维”的部分，使两者“互补与融合”。

迪金森不愧为意象诗先驱，其用意象的精准与生动，独特与才情为她的诗歌赢得了非同一般的艺术感染力。意象是诗歌的灵魂，是诗人表达感情、寄托情感的一种重要方式，意象也是诗歌的重要载体。迪金森是美国文坛上的重要代表人物，其诗歌创作过程中，十分善于使用意象，独特新颖的意象为她的诗歌增添无比的魅力和色彩。她的诗思如此之快；而且她对瞬间敏感的把握住是超越时空的，她的意象灵活善变，并且，其诗歌意象具有省略跳跃性，也就是说，诗中的意象前后看似没有什么联系，完全没有连接的并列出现，当然，这种跳跃是完全出乎预料的，而且连过渡性的关联词也没有，这些跳跃多变的意象富有感性、抽象且离奇不但使诗歌变得简练、经济，也加快了情绪的节奏，加大想象的跨度和感情的起落，给人留下了无限的遐想空间。

我们感受到了迪金森那颗乐于冥思的心灵；体会到了诗人那种坚强的个性和刚毅的精神，透过这些清新透明、扑朔迷离的意象，我们分明看到了诗人那种爱默森式超越一切直观宇宙的个人主义，同时通过对其诗歌意象进行解读，可以对她的作品有更加深刻的了解，从而可以加深对诗人的创作风格、创作意图的理解。

第二章　艾米莉•迪金森诗歌自然意象群

第一节　自然意象群概说

人类原以自然界之一物出现在世界上，大自然创造了人类并为人类提供了赖以生存的物质条件，同时，自然也是人类的认识对象与审美对象，是人类的非有机体。人赋予自然物以生命与情感，以超越的精神驾驭自然，使之向人的精神方面提升。自然意象便是这种运动的结果。它来自于自然存在之物质外形，同时又被灌注了人的精神。“在自然意象中，往往寄托了诗人的全部心意和美感。自然意象不是单纯的客观，而是诗人主观和客观的相互拥抱。

一、艾米莉•迪金森诗歌自然意象的缘起

在19世纪新英格兰乡下小镇的艾米莉•迪金森一生足不出户，总是身着一袭白裙在茉莉花与三叶草中漫步，在书房与厨房观察着周边的自然，沉浸与想象的世界。诗人为新英格兰乡村中原始的自然风景、四季的循环、日落日出光影变换所吸引，她的诗大多取材于新英格兰乡村生活和自然景色为，带着浓郁的乡土气息。她以一种质朴而超然的意趣，在她诗里呈现了新英格兰的自然景色，如森林、草地、陵墓、小屋后的花园。迪金森为世人呈现了英格兰乡村日常生活。

1840年到1847年在阿默斯特学校学习时，迪金森曾经非常崇拜她的地质学教师爱德华•希契科克。希契科克在信仰上帝的同时又信仰科学，他是自然主义者，同时也是基督教徒，他相信亲近自然是了解上帝的一种途径。同样重要的是，他的教学和写作总是富有诗意的。因此，迪金森狂热地向希契科克学习，并

且植物学和园艺学成绩突出。在阿默斯特学校的学习激励了她对自然世界敏锐的感知和观察能力。迪金森对自然的观察与生动描述并不局限于她所居住的小屋里，她外出细心观察自然，用诗歌的形式记录大自然中的事物，而且她经常描写人们容易忽略的微小事物。迪金森以自然为主题的诗一般分为两大类：描写大自然奇观壮景的自然景色诗和揭示宇宙与人类生命奥秘的哲理诗。当然，这两类诗歌之间并没有明显的界限，在一些诗歌中两者得以相互交融，共同体现。

她诗歌里颂扬的事物基本可以分为两类：自然美景和动植物。自然美景如：四季更迭、宇宙天体、山河、海洋、日出日落，迪金森经常描写日出和日落，这种自然现象经常激发她的想象力和对生活的思考。升起的太阳它有“改变世界的面貌”的力量（诗歌1148）。日出和日落的往复循环就是人的象征，她把自然景色与自己的生活相结合，这样太阳被描述成了充满激情的人。迪金森写得最好的也是最有趣的关于自然的诗就是那些描写动物和昆虫的诗了，其中涉及动物的，如蜂鸟、青蛙、蛇、苍蝇、蜘蛛等，包括对它们形态、色泽、声音、习性等的描绘；涉及植物的，如玫瑰、枫树、牡丹、雏菊、睡莲、草莓、紫罗兰等植物；小鸟经常在她的诗歌中出现，但却未局限于一个笼统的概念。她在诗中把它们定义为“森林中美丽的居民”“知更鸟是我评判乐由的标准”“布谷鸟—统治着夏天”（诗歌285），还有“一只旋转的轮子—蜂鸟”（诗歌1463）都是有力的证据。此外，她的爱还延伸到那些常人认为恐怖甚至恶心的蛇、苍蝇、老鼠、蝙蝠、蜘蛛，而蜘蛛在其诗中可以作为此类阵营的代表。“蜘蛛作为艺术家”拥有着“无法超越的品质”。蜘蛛在她笔下被描述成一位勤恳的工人，每晚熬夜在孤独和黑暗中为别人织网。在她的眼中，蜘蛛并不是邪恶的。从她的诗歌可以看出，她对自然的爱已经渗透到自然的每一个生物当中。

迪金森与自然沟通，自然成了她的知心朋友，自然成为迪金森诗歌中的永恒主题，也是迪金森诗歌中最喜爱表现的主题之一，在其诗歌中大自然的表象与诗人的情感与心态密切契合，成为诗歌中的重要的艺术符号。这些意象即是人类共同的普遍一致的深层无意识的流露，也体现诗人独特的生命感受。她有句格言式的话：“自然是一幢幽灵出没的房子，而艺术的宫殿则设法招惹幽灵。”也就是说艺术家应尽量在神秘的大自然中发现灵感，使自己的艺术带有自然景象的特征。她曾在诗作中写道：“这就是诗人，就是他/从平凡词意提炼神奇的思想。/从门边寻常落英/提炼精纯的/玫瑰品。”她认为诗人不同于常人是因为诗人比常人善于观思考，看似平凡的词句，就如同门边寻常落英，不被人们所注意，但在诗人的妙笔下，通过简单平实、精确凝练的语言，表达了丰富深刻而富有感染力的寓意。

迪金森的创作植根于19世纪美国主流文化思潮中的浪漫主义思潮与爱默生的超验主义思想。美国的浪漫主义时期始于18世纪末19世纪初，19世纪20年代繁荣起来，被称为美国的“第一次文艺复兴”。美国浪漫主义文学经过几十年的发展形成了独具美国民族特色的文学体裁和形式，之后的超验主义，又以其独立的、全新的看待自然界的眼光，对人和直觉的重视，对人的发展潜力的推崇，将美国浪漫主义推向了巅峰。在这场思想文化运动中，“自然”成为美国浪漫主义文学的一个重要主题。在美国尚处于殖民地时期。离欧洲大陆的清教徒们为了在美洲这片未开化的土地上建立起他们理想中的“伊甸园”，制定了严格的宗教信条。这种严厉的宗教氛围以及由此而形成的道德、法律、习俗，使人的天性和情感受到了极大的约束与禁锢。因此，自然在人们眼里就成为一种精神的避难所，自然也成了作家笔下反复出现的一个重要主题。在荒无人迹的森林或草原中，人们至少可以获得片刻的、心灵上的放松，呼吸到一丝自由无拘束的新鲜空气。描写自然的这一传统，在随后的美国文学中得到了承续和发展。特别是随着西进运动的发展，这个美利坚民族历史上一个“真正全新的经历”让自然更成为这一时期作家取之不尽、用之不竭且颇具独特风格的创作素材。在那广袤的未开发的土地之上有着与欧洲、英格兰迥异的自然风光，原始印第安土著奇异的文明一这一切无不构成这一时期美国作家的创作源泉。美国的浪漫主义文学思潮前期的从华盛顿•欧文、库柏到布莱恩特要么把自然视作一种理念，要么把自然作为人物行为与活动不可或缺的背景，要么使自然成为直接讴歌和赞美的对象。而到浪漫主义后期的爱默生、梭罗、惠特曼等人在创作中，自然不仅是他们的主要表现对象，而且他们对自然的独特理解和表现，使得自然呈现出不同的含义。

迪金森所处的时代正是被称为“美国文艺复兴”的浪漫主义时期，崇尚直觉、追随自然的爱默生发起和引导的超验主义文学运动推动了当时美国思想文化界的空前繁荣，因而，超验主义文学运动为高潮的美国浪漫主义时期被称为“美国文艺复兴”。爱默生的超验主义思想和他领导的超验主义运动，对于她脱离宗教，转向大自然，坚定自己诗歌创作的信念及形成并保持其独特的创作风格具有重要的影响。凯普斯认为，在所有的美国作家中，迪金森是受爱默生超验主义思想影响最大的，爱默生的思想塑造了迪金森诗歌的灵魂，为其诗歌和生活提供了不尽的源泉，也成为迪金森思想的基石，对她的诗歌创作产生了决定性的影响。在她的书信和诗歌中，她多次引用过爱默生的诗句。“她选定超验主义作为信仰，精神上与‘不朽之光’联系在一起”。1882年爱默生辞世时，迪金森在给友人的信中说：“爱默生……触及了秘密之泉……”，是爱默生帮助她找到了她的信仰，她的教堂。自此，她达到了超然物外，与自然融为一体的境界，在诗人的笔下，自然是慈祥、博爱的象征，自然中的一切皆具有灵魂，所以诗人渴望与大自然融为一体。从这个角度看，迪金森对自然的态度与爱默生的自然观是相近的。这样影响到她在用诗歌表达自然、死亡、宗教等意象时大胆、新颖。笔者将在后文论及这些新颖奇特的意象。

二、超验主义对艾米莉·迪金森诗歌创作的影响

超验主义（American Transcendentalism）是美国的一个重要思潮，它兴起于19世纪30年代，是美国思想史上一次重要的思想解放运动。它宣称存在一种理想的精神实体，超越于经验和科学之外，通过直觉得以把握。因为此次思潮从新英格兰地区兴起，又是美国文学的第三个阶段，与拉尔夫·沃尔多·爱默生、玛格丽特·富勒以及梭罗相关的一种文学和哲学运动，它真正影响美国的文学风格的开始，所以美国超验主义又叫“新英格兰超验主义”或者说“美国文艺复兴”。

超验主义的核心观点是主张人能超越感觉和理性而直接认识真理，强调直觉的重要性，其认为人类世界的一切都是宇宙的一个缩影——“世界将其自身缩小成为一滴露水”（爱默生语），其随着实践哲学诞生而淡化。超验主义有三个主要思想观点：首先，超验主义者强调精神，或超灵，认为这是宇宙至为重要的存在因素。超灵是一种无所不容、无所不在、扬善抑恶的力量，是万物之本、万物之所属，它存在于人和自然界内。其二，超验主义者强调个人的重要性。他们认为个人是社会的最重要的组成部分，社会的革新只能通过个人的修养和完善才能实现。人的首要责任就是自我完善，而不是刻意追求金玉富贵。理想的人是依靠自己的人。其三，超验主义者以全新的目光看待自然，认为自然界是超灵或上帝的象征。在他们看来，自然界不只是物质而已。它有生命，上帝的精神充溢其中，它是超灵的外衣。因此，它对人的思想具有一种健康的滋补作用。超验主义主张回归自然，接受它的影响，以在精神上成为完人。这种观点的自然内涵是，自然界万物具象征意义，外部世界是精神世界的体现。

出生在新英格兰地区牧师世家的爱默生被认为是超验主义的领袖人物，他把人从过去以上帝为中心的生活带入了以人为中心的生活，赋予人以神性，人具有上帝的尊严，自此，人可以自尊、自立和自强，不再需要上帝这根拐棍了。超验

主义以爱默生为代表的超验主义视宇宙为上帝精神的体现，认为作为宇宙组成部分的人与自然都具有“神性”，因而同样体现着上帝精神。人与自然的关系是融洽的、一致的。爱默生在《自然》一文中写道：“尽管大自然的作品无穷无尽，各不相同，但它们所表现的结果都是简单和单一的……那就是美，即完美与和谐。”超验主义者认为人类与大自然是和谐统一的，人类可以感知自然，但无法用语言道出，大自然的神奇远远超出了人类的智慧所及。

迪金森诗歌创作受到爱默生“天人合一”思想的影响。爱默生认为，人与自然之间存在一个神秘的结合物，而且自然向人类展示有关人类和自然的征象。自然是心灵的记忆，人类可以在自然中找到安慰。自然被描述为教人向善的导师，医治社会疾患的妙方和人类永生的希望，虽然大自然的奥妙难以用语言表述，却可以为人所感知，人类可以用自己的智慧来歌颂自然，欣赏大自然和谐之美，人与自然是可以实现统一的。诗人是美的发现者，从大自然中的一草一木里捕获它们散发出来的美的信息，同时，诗人还是万物的命名者和语言的创造者，人和自然之关系可以概述为：自然是上帝的化身，是上帝的象征、超灵（宇宙精神）的外衣，人可以通过直觉（或悟力）从自然中感知上帝的神启；直觉所感应的生命的内在法则完全同自然的外在法则相对应，而外在法则是由感官所感知的各种自然形象揭示出来的，因而自然万物皆具象征性；与自然环境直接、瞬时的交流能（长远地）作用于人的灵魂，使之逐渐得到净化和升华。梭罗和爱默生都认为：大自然只是表象，上帝的精神法则才是本质；上帝的精神是通过大自然的物质现象显现、展示出来的，外部世界是精神世界的体现。受爱默生这一思想的影响，迪金森创作了像“蜜蜂嗡嗡叫”等一系列表现人、自然和上帝融为一体的诗歌。在这些诗歌中，她肯定自然之智慧总是神秘地为人所感知。在自然面前，人们放弃自我，到大自然的怀抱中发现一切神圣的事物，在与自然的接触中，人的精神素质会得到不断提高。

然而，在超验主义“天人合一”思想影响下，在迪金森早期的部分诗作中，确有迎合这种乐观、唯心的超验主义自然观的表述，但是很快她便从这种思想束缚下解放出来，因为爱默生和梭罗所奉行的超验主义自然观仍然无法完全解释艾米莉•迪金森内心深处对“自然之谜”的疑惑，在她看来，以借诗的创作模仿自然，但却绝无法实际拥有自然“自然”与人之间的疏离感是无法打破、甚至改善的。于是她虽师承爱默生却并没有拘泥于她的思想，而是有所批判和发展，在她四十岁后所写的“什么秘密弥漫于井中”一诗中，诗人对人类是否能认知自然的命题给出了否定的回答。“井”隐喻自然之谜，“井”中青草对“井”的深不可测毫无畏惧，正如同莎草对“海”的浩瀚无垠不为所动一样，作为诗人的迪金森与“自然”的接触似乎从来都以“貌似熟悉”开始，“实则陌生”结束；超验主义式的“一厢情愿”遭遇“自然”的严酷威胁和冷漠拒绝，由此引发诗人在自然面前的自我悲悯，如“我害怕第一只知更鸟”中，随着春天的到来，逐渐长大的知更鸟有一种力量使“我”受到重创，黄水仙异样的“礼服”款式刺伤“我”的内心，低矮的小草现已长成得最高的小草，伸长身子来打量“我”，“我”无法容忍蜜蜂们的回归，不确定他们在那些“隐约的国度”会怎样地谈到“我”，在迪金森看来人类的存在和出现并未对自然构成恐慌和威胁；相反，情绪不定的人在循例铺开的自然美景前觉得烦恼甚至惊惧，因为自然超然独立于人的意志之外，对人的内心世界、切身利益不闻不问、毫不关心；自然本身的一切发展和秩序都按部就班地依照规律进行，从不驯服于人的精神，不会被轻易中断或逆转。独立于人的意志之外的“自然”表现出对人类的种种精神需求的麻木和冷漠，除此之外，在迪金森看来，“自然”与人之间的疏离是无法逾越，也无法打破，诗人对“自然”的敬畏感日渐累积，逐步奠定了她对超验主义自然观冷静的质疑。她认为，大自然并不是一部神圣的教科书，人类不可能完全读懂大自然。

超验主义自然观在迪金森“自然”诗作中呈现出了对立和延展的特性。经常被当作迪金森“自然”诗代表作之一的第273首“自然，是我们所见”中，诗人以平和的语调记叙她和各位康科德思想家眼中“共同”的自然。自然在迪金森看来不仅是“超灵”的化身，与“知识”更同属一体，然而“我们的智慧”（无论逻辑，还是悟力）最终无法洞悉这“淳朴而简单”的自然。迪金森对超验主义自然观的继承和同时衍生的不自觉的“背离”在这首诗中已可见一斑。她曾试图通过诗歌来给予“自然”一个定义。

其一：“自然”，是我们所见——
午后的光景，山峦——
松鼠，野蜂，阴影——
自然，甚至，是乐园——
“自然”，是我们所闻——
大海的喧嚣，雷霆——
食米鸟叫，蛩鸣——
自然，甚至，是和声——
“自然”，使我们所知——
我们却无法说明——
要道出她的淳朴——

我们的智慧无能——

其二：但他们都在这里了；没有一种造物没来——
没有一枝花朵回避
即使是对我—基督之母——
也不会温和地遵礼——
他们每一个经过时都向我致意，
于是我，我的简易的羽饰，
竖起，凄凉地答谢着
他们不假思考的鼓声的敲击——

自文学形成以来，自然就已经成为文人经常探讨的主题，迪金森对这一主题却持独到的见解，诗人把大自然定义成我们熟知的事物，如高山、动物、昆虫、大海等。“乐园”这个词体现了迪金森对自然的热爱，在迪金森的生命中，“第一诗人—然后太阳—/然后夏天—然后上帝的天国”，可以看出迪金森对诗人这一身份追求的原因，也能看出以太阳和夏天为代表的自然在迪金森生命中的地位，而“上帝的天国”排在自然之后。迪金森笔下的自然被赋予了乐园意义，自然是她创造过程中的一面镜子，是她一切感觉的基础和来源，其意在阐明自然中任何事物都可作为自然本身的象征，与人建立一种联系与默契。这实际是诗人内心情感的折射，表明尘世生活也充满天国般的欢乐，同时也表达了诗人回归自然，对一种宁静而沉思的生活的渴求对她来说，大自然不仅是美丽的，而且也是神圣的，大自然尽管五光十色，千姿百态，其本质仍然是单一、和谐的。正如爱默生在《自然》一文中所述：“尽管大自然的作品无穷无尽，各不相同，但它们所表现的结果都是简单和单一的，……那就是美，即完美与和谐”。超验主义者认为人类与大自然是统一融洽的，自然可以被感知但无法用语言道出，大自然远远超出了人类的表达范围，在大自然面前人类的智慧显得苍白无力。爱默生和梭罗所坚持的自然对人类具有抚慰心灵、疗治痛苦的作用的观点在此受到迪金森的挑战。从两首诗的对读中可以看出，“自然之子”或“自然”的化身（如蜜蜂）在他们的王国里怡然自得，人类的存在和出现并未构成恐慌和威胁；相反，情绪不定的人在循例铺开的自然美景前觉得烦恼甚至惊惧，因为自然超然独立于人的意志之外，对人的内心世界、切身利益不闻不问、毫不关心；自然本身的一切发展和秩序都按部就班地依照规律进行，从不驯服于人的精神，不会被轻易中断或逆转。独立于人的意志之外的“自然”对人类种种精神需求的回应是麻木和冷漠的。

露——是草丛里的山洪——

好比许许多多微小的磨
不受察觉地在我们脚下转动
碾磨工安然地静卧——
我们窥视森林和山峦
自然在这帷幕间表演
错把外表当成内在
谈论着我们所见
自然表演的大篷车外
广告牌上的评论者们
是否能像个孩子似的，获准“进入”
在某个周三的下午

在这首诗里自然与人之间的疏离感被推向了极致：“自然”被喻为一个流动的马戏团，“我们”这些谈及“自然”的人好像渴望观看表演的孩子，在帐篷外体验着目光所及的情景（森林、山峦）带来的兴奋，但永远不会得知真正的“表演”——自然之谜——其实早在不知不觉中在“我们”四周展开（脚下的草地，草丛里的露水）。在这首诗里，迪金森再次强调人只能是“自然”的旁观者，“自然”允许我们观察、体验，但“自然”的本质不能为人类洞见；同时，诗人对前文提及的“‘自然’，是我们所见”的观点进行了补充：真正的“自然”非我们所见，因为我们“错把外表当成内在”了。

自然与人之间这种永恒的疏离感是迪金森后期自然诗作的基调和主题之一，这是迪金森对超验主义这信奉的“亲切、友善、与人类心意息息相通”的“自然”面目的完全反叛。迪金森毫不怀疑爱默生倡导的人的自由独立之精神，也有接受，并在自己的人生历程中有意识地践行着后者关于“孤独、安静地生活，以熟悉自己的思想，最终从自然中领受神启”的教诲，可是诗人的伤感、挽留、诘问都无法改变自然界中不变的夏去秋来、四季变换；在诗人“遭遇自然”时失落感的不可抑制和“被自然环抱”时难以名状的孤独感让她对爱默生的“人心和宇宙间的对应关系”“人的天性和自然相通，人可以回归、亲近自然，并找回本源精神”“人是自然的主人，自然界的一切都服务于人类”“诗韵有控制自然的力量”的论述心存疑虑，通过对她耳目所及的四周环境的细心观察和对超验主义的反复审视和辩证思考，迪金森对人与自然之间的关系有了更加丰富、多层面的领悟和体验，人与自然有着和谐共处的一面，但除此之外，自然的神秘与威严以及人与自然各自的敌对与孤立让人与自然之间横着一条无法跨越的鸿沟，人与自然的关系并非完全的亲密无间、融合为一，人只是大自然的旁观者，并不能完全融入它的世界，也并不能完全理解自然的内涵和领悟自然的真意。第1624首诗歌“我一早出发，带着我的狗”描述自然中令人恐怖的一面，很好地诠释了迪金森对人与自然的辩证思考。全诗如下：

I started Early—Took my Dog—
And visited the Sea—
The Mermaids in the Basement
Came out to look at me—
And Frigates—in the Upper Floor
Extended Hempen Hands—
Presuming Me to be a Mouse—
Aground — upon the Sands—
But no Man moved Me — till the Tide
Went past my simple Shoe—
And past my Apron — and my Belt
And past my Bodice — too—
And made as He would eat me up—
As wholly as a Dew
Upon a Dandelion' s Sleeve—
And then—I started—too—
And He—He followed—close behind—
I felt His Silver Heel
Upon my Ankle—Then my Shoes
Would overflow with Pearl—
Until We met the Solid Town—
No One He seemed to know—
And bowing—with a Mighty look—
At me—The Sea withdrew—

我清晨出发——带着我的狗——
去看大海——
海底的美人鱼
露出水面看着我——
战舰——在水面行驶
伸出大麻般的手——
把我当作一只老鼠——
在沙滩上——动弹不得——
没人惊动我——直到海潮
爬上我朴素的鞋子——
淹过我的围裙——和腰带，
也没过我的紧身胸衣——
他仿佛要把我一口吞下——
如同一滴露珠

落在蒲公英的花瓣上——
这时——我又开始动身——
而他——他紧随其后——
我能感到他银色的脚踝
踩上我的双踝，——接着我的鞋
便溢出颗颗珍珠——
最后我们在可靠的小镇相遇——
那里似乎无人认识他——
他向我鞠躬——认真地——
凝视我——海潮渐渐退去——

在这首诗歌中“大海”一改在迪金森诗歌中充满强烈“爱意”以及无限生命活力的形象，以奇妙、神秘、不可接近和敌对的特性出现在读者面前。诗人本想带着狗出访沙滩，观望美好的大海风光，没想到与如猛兽般邪恶狂妄的大海相遇。诗的开头，“我”不仅一早就出发，而且还是独自一人，只有“我”的狗引导着我的“简朴的鞋”，我们在这看似轻松的笔端感受到一种隐隐的忧虑，诗歌做用到得到“早晨”这个词有两重含义，一指清早，二指生命的早期，结合全诗，我们可以理解为，在迪金森对人与自然的思考与观察有着不同的阶段。在家人醒来之前出发，表明这次“冒险的旅行”间接上是逃离她周围压抑的环境，这样就把诗歌最后一行提到的“坚固的城镇”的稳固性与大海可怕的流动性做了鲜明的对比。对“一个从未看过海的人”来说，大海的奇妙、神秘、不可接近和敌对的特性非常恰当地表现在“basement Came out me.”（海底美人鱼钻出水面来一齐盯着我看）这句诗里。或许我们可以把“Basement”解释成迷惑人的幻象或是深海里的塞壬（siren），诱惑人们走向毁灭。“Frigates Upper Floor”（浮游在海面的护卫舰）则可以解读为伟大的船长，一位但丁或莎士比亚式的人物，他有着深刻的人生体验，能够轻松伸出“Hempen Hands”（大麻般的手），把我们这位小小的、孤立的、被强大的破坏力量袭扰的诗人带回到安全的港湾。美人鱼，传说中居住在海里，游出海面并非是“迎接”诗人，而是“look”（观察）她，这似乎是一种不太友好，甚至是敌对的姿态。第六行里“伸出大麻般的手”是迪金森奇特的想象，诗人用一只老鼠瘫（搁浅）在沙滩上，意指自己的胆怯。这里可以看出这样一种对比：无腿的、半人半兽的美人鱼自如地待在海洋的家里，而奔向大海的人类只能因恐惧、惊愕而无法动弹、呆呆地站在岸边。第三节开头“man moved me”可按字面理解。“moved”这个词既有情感上的流露，也有身体上的含义：人因为恐惧和渴望而无法移动，而大海却在不断地向她逼近，海水淹没了她的脚踝，继而是她的膝盖，腰部和胸部，最后威胁吞没她的头部，将她完全卷入深不可测的海浪之中。由此，诗人对海的恐惧来自大海施与她的强大压力。当她整个人将要陷于生命危险的时候，她凭自己的意志和理性，成功地拔出僵直的身体，远离大海的喧嚣与威胁。她曾经是那么兴高采烈地想要去看海，现在却要远远地逃离它。第五节中对“他”的重复表现了一种巨大的力量，这一力量所蕴含的恐惧心理使她感觉到大海在不停地追赶她用它“银色的脚踝”（“silver heel”）踩她的脚踝——海潮像一只猛兽，貌似温和可亲，实则阴险莫测，狰狞可怖。大自然残忍、诡谲的一面跃然纸上，诗人营造了一种令人毛骨悚然的恐怖氛围。短语“No One he seemed know”（他似乎不认识一人）似乎指的是被大海追击的绝望。在诗人与海的相互关系中，只有当诗人到达熟悉而稳固安全的家，能让她放心的城镇，这种追逐才会结束。这个城镇与海的不羁相比曾经是很压抑的，现在却成了她的避难所。由于诗人回到家里，海“白了我一眼”（mighty look），对她的力量表示了惊愕，似乎很明显，他不会再冒险前行了。从迪金森的个人经历出发，这首诗可以看作人想离开自己封闭而稳定的世界去寻求大海那种流动、自由的一种可悲努力。现实生活的刻板与大海的自由张扬形成了鲜明的对比，在迪金森的心中，无时无刻不想逃离那座“坚固的城镇”，迎向大海的冲击。只可惜诗人的心灵没有她想象中那么坚强，她还是胆怯了。

这首诗所描述的场景如同一场历险记，美丽宁静的大海充满了自由、桀骜不驯、阳刚的男性气质，它又犹如欺凌少女的邪恶狂妄的猛兽，诗人则呈现出少女般的胆怯、恐惧和压抑，试图要和大海亲近的愿望破灭了，只能远远地站在高处观望着大海。诗人希望与大自然“融为一体”，建立亲密关系的尝试失败了，诗人得出结论：人与海洋即人与自然的关系并非完全相容并蓄，亲密无间，而是各自孤立，相互疑惧的，再次说明诗人洞察到人类只能做大自然的旁观者，不能融入它的世界。迪金森对自然的描写既散发着和谐温馨的浪漫气息，又流露出人对自然的紧张、疏离、恐惧甚至敌意的情绪，她并没有简单地接受超越主义中“天人合一”的思想，迪金森认为自然既友善，又冷漠，既仁慈，又残忍，是一个矛盾复杂的综合体，人和自然并不总是和谐相处的，自然与人还有着相对立的另一面，自然神秘、圣神威严，不可侵犯，人类对自然中万物生灵应怀有尊重和“敬畏”之心，从这一点看来，迪金森对自然的看法突破了超验主义的局限，迪金森这种自然与人之间存在永恒的疏离感的自然观是对超验主义者们奉行的“自然与人类亲切、友善、与人类心灵息息相通”的自然观的修正，也是迪金森对于如何批判地继承爱默生带有唯心主义色彩的超验主义自然观做出的大胆选择。

第二节　水意象

水作为原始时代即进入人类生存关注视线的一种自然物质，从远古牧业到原始农业，“缘水而居”的人类对水的依赖几乎超过了陆地任何自然物。在水之于人的恩惠祸患中，逐渐成为装载有极复杂的深层文化内涵的原型意象。

水是西文化中常见的本体意象，是一个源于具体经验而进入共性抽象的特殊的“共相符号”。在西方传统文化中水意象从来就是一个矛盾的综合体，即它既是生命的张力，是滋养生命的物质，又是死亡的威胁，既象征纯洁又象征新生。追本溯源，我们不难发现宗教经典中水喻的衍生对西方文化产生的显著影响。《圣经》作为宗教经典对西方人的思维影响甚大，其中取水的比喻义约有20余处。《圣经》所描写的水的象征意义主要有三个方面的含义：生命、再生、罪与罚。大洪水的“破坏性”作为水的主要意象出现在西方宗教原典中，如“变化无常”“放纵的情欲”“弃置的物品”等水意象。《圣经·创世纪》记载神创造世界时灵光运行在水面上，并说：“水要多多滋生有生命的物质”。于是水相聚露出旱地长出了植物，水相聚处成为海，海水中有鱼。在这本西方世界精神支柱的典籍里水总是与生命相对接，它即是神赐予福又是神惩罚人类生命的工具，当见到人在大地上罪恶很大，总日所思想的尽是恶的时候，上帝很后悔，于是用洪水除灭他所造的各种活物。基督教有关“水”的故事层出不穷，因此在西方文化蕴涵了极具宗教色彩的“水”意象。

水是一个宽泛的概念，只要符合化学标准尽可以称之为水，江水、河水、井水、泉水、雨水、雪水、海水……概而括之，都称为水，它也是文学恒久蕴涵的意象之一，弗莱认为：“水的循环的四个方面（雨、泉、河、海或雪），是生命的四个阶段（青年、成年、老年、死亡）。”“水”一般可分为静态水和动态水，都可以作为独立的意象进入诗人的视野。但是在迪金森笔下的水意象较常处于动态。其水意象呈现两种亚原型形态：河流与海洋。河流和海洋作为一种无所不在的客观实体，具有运行的持续性，延绵性，形象地体现了事物运行递进的单维性与持续性。河流的奔腾，义无反顾的直线运动方式，海洋的深沉与广阔等特性诱发了诗人深层心理中的崇高感和虔诚的情感。

一、河流

《我的河流向你奔去—》
我的河流向你奔去—
蔚蓝的大海！可欢迎我的到来？
我的河流等待着回音——
海啊——请对我宽容——
从阳光斑驳的密林深处——
我将为你引来溪流——
告诉我——大海——你愿意收留！

“河水”是具有原型意义、元素意义的情欲意象。要追溯“河水”意象的所积淀的文化心理，就要考察水意象形成的源头，众所周知西方文学是源于古希腊，那么希腊神话势必是溯源之焦点。米尔顿在《黎西达斯》里提到了的一个关于河流的希腊神话故事。阿尔菲俄斯河的神曾经追求山林女仙阿瑞苏萨，她逃到西西里时，月神把她变成河流；他便带着他的河流穿过地下和海底赶到西西里和她合流。此外希腊神话还记载了一个关于水变形体“雨水”的故事，在这个故事里水秉承了希腊神话中性的隐喻，阿耳戈斯国王阿克里西俄斯把公主达那厄囚禁在铜塔之中，众神之王宙斯化成一场金雨从唯一的天窗而下，使公主受孕。在这些人类先民所创造的故事里，水呈现的是“那本能之躯中的液体，是血以及血的流动，是动物之气息，是充满着激情的肉欲”以河水的奔流之状比喻和暗示自己的感情特征在东西方诗歌里古已有之。中国古代爱情诗中河水也是频繁出现的审美对象，它与爱情的联姻而产生了鲜明丰富的象征意义，从性的隐喻出发，扩展到对情人的渴念和追求。

迪金森笔下河流总是充满激情，富于流动性。河流大胆的呼告，急切的询问，一旦获得所爱的人的应允，情感就会喷薄而出。奔腾的河流饱含情感喷发的力度，宣泄着诗人的情感，再现了诗人等待爱情时渴望、惆怅、喜悦的复杂心情。勇敢、直白、热烈的爱情表达，对于一位19世纪维多利亚时代的淑女来说是不可思议的，在男人统治的社会里对女性的理想模式要求是：美丽、娴静、柔软、隐忍、谦卑。但是诗人冲破传统社会和习俗对女性角色和价值定位的藩篱，以和男性处于平等地位的心态，主宰命运，大胆表露自己的爱，追求自身爱情和幸福。

二、海洋

海洋文化伴随人类历史而诞生，大海，文学作品中许多作家表现的意象，积年沉淀汇成了一种品格，一种承载民族心理和人性思考的原型。正如弗莱认为一种原型的产生不是凭空的，其背后是强大的民族文化心理积淀。一个民族的自然观集中体现了其观照自然时的审美取向和思维方式，特定的自然观一般总是与其民族的主要生产方式、生活习俗有机联系着。

作为海洋文明的代表，英美民族作为海洋民族，与海休戚相关、相依为命，一方面享受海上航运和海上贸易带来的实惠，另一方面承受海上波浪的威胁，承载着船毁人亡的苦难，自然人们对大海有着特殊的亲密感情，他们对于大海既畏惧又热爱，大海的力量使他们却步，但大海的魅力壮阔也使他们向往，这种深深的情感羁绊使他们对大海有着最真诚和热烈的爱。

与江河湖意象为主的中华文明有着明显的差异，英国和美国的文学家在意象的选择上，更多的选择海意象。这种对于海意象的执着与钟情，反映在他们的文化精神上，海洋往往承载着一种奋勇向上的昂扬斗志和对生命存在的哲理性思索，也催生了海洋民族浓厚的冒险精神，哪怕海上充满未知，风浪不断，船只经常有去无回，也不能阻挡他们对于海洋进行探索，他们热爱航海生活，并且在这种体验中与大海建立深厚的感情。英美民族在创作文学作品中，大海是一个神秘而伟大的存在，拥有不可抗拒的伟大的神秘力量，海意象往往展示出英美民族在同海打交道时生发强化的对生命人生及人世间美好事物的感情，折映出其自然观中亲近大海的情感，对大海的驾驭征服感，而这正反映了人类本性中的归依情结，面对浩渺无边的大海产生的对港口的依恋。从古老的史诗《奥德修斯》和《埃涅阿斯记》开始，西方海洋文学渐次形成了一种海洋品格，黑格尔在《历史哲学》中如此概括："大海给了我们茫茫无定、浩浩无际和渺渺无限的观念：人类在大海的无限里感到他自己的无限的时候，他们就被激起了勇气、要去超越那有限的一切。"同时，这种无限也带来了孤独、恐惧，伴随着逃遁、追寻和归依。

同时，海意象也反映了英美民族的爱情观，爱是一切美好的事物，爱情是伟大的、自由的、不被约束的，正如同海洋一般，英美诗人对于美好爱情的渴望如同他们对大海的渴望一样，海的风物特性引发人们畅言爱情强烈感受，是抒发爱情话语时惯用的意象。海意象的选择与使用，在很大程度上也体现了他们的爱情观：爱情是至高无上的，爱情饱含着泪水、欢笑和遗憾甚至是愤恨，海的博大和开放正如同诗人们对于爱情的强烈向往与热烈讴歌，海意象的使用使得爱情表达更加自由奔放，爱情在大海意象之中，不再遮遮掩掩，不再细水，而是波澜壮阔、直达内心，甚至是无法拒绝的。在对比中西诗歌爱情表达差异时，我们可以看到，中国爱情诗歌含蓄内敛，英美诗歌更加开放、热烈奔放、无所阻挡。这种爱情表达的不同也与意象选择有着密切的关系。而海意象作为英美诗歌中的重要意象，在抒写爱情方面有着不可替代的重要作用。

佛莱曾指出："我们说每个诗人都有他自己的特殊的形象塑造。但是，当许多诗人使用许多同样的形象时，这里面一定有较传记问题大得多的文学批评问题。正如奥登先生在其杰作《愤怒的洪流》一文中所说，像大海这样一种重要的形象，不可能为雪莱、济慈和柯勒律治的诗所独有，它必须为许多诗人所运用，而形成文学中一种原型的象征。海洋意象也是艾米莉•迪金森诗歌中非常重要的一个象征。诗人将大海作为陆地的对照，以航行象征人生，展示了对人生命运的思索和人性深度的挖掘，再现了大海的象征意义，表达了生命的厚重和存在的孤独以及疏离与责任的生存状态。迪金森不仅延续了西方海洋文学的原型意义，而且在她的作品中，海洋既是异己的力量又是精神的共鸣体，丰富了大海所承载的原型象征意义。在诗人笔下浩瀚无垠的大海时而汹涌澎湃，时而温和平静，既可畏又可亲，既神秘莫测又迫近人间，既展示了空间的辽阔又让人体味到时间的永恒。

那样一只小小的，小小的船儿
那样一只小小的，小小的船儿
蹒跚着驶出了港口！
那样一片壮阔的——壮阔的海洋
就这样把它唤走！
那样一个贪婪的，贪婪的巨浪
把它从岸边吞没；
华美的巨轮一点儿也不知道
我已失去了我的小舟！（水草与珍珠：64）

爱情伴随着甜蜜与苦涩，编织进海意象中，海意象的巨大包容力不仅因其为自然客体，同人的情感对象——异性爱侣形成了某种接近性联想，也由于海震撼力，给人以无限的遐想和情思，同时海的豪放粗犷的风物特性引发诗人畅言爱情的强烈感受。受到海洋诱惑的小船离开港口，战战兢兢的前行，最终迷失方向。用孤船在巨浪滔天的大海中陷入困境，挣扎航行这一具体意象重现了诗人面对爱情的复杂感受：渴望、迷茫、恐惧等等强烈的情感。孤舟、巨浪营造的意境以及诗歌中反复吟唱的形式使全诗情感艺术表现力得到极大的加强，全诗处于一种变幻的流动状态，这正与诗人渴望爱急切，迷茫心情相配合。

海洋是艾米莉•迪金森作为个体独立意志自我移情外射的最佳体。当个人面对大海如叔本华在《作为意志和表现的世界》里所说，“他觉得自己一面是个体，是偶然的意志现象，那些力轻轻一击就能毁灭这个现象……而与此同时，他又是永远宁静的认识的主体。作为这个主体，他是客观的条件，也是这个世界的肩负人，大自然可怕的斗争只是它的表现，它自身却在宁静的把握着理念、自由而不知有任何欲求和任何需求。”从诸如《奥德赛》《白鲸》《古舟子咏》《老人与海》这样一些文学巨著可以看出，许许多多作者已经使用海作为一种显示人和宇宙的深刻现实的东西。大海浩渺与恒久震撼着人的生命意识，从浩渺与永恒中人们试图探索人的命运和身份，死亡与永恒的意义，同时海的缥缈迷离与广袤无垠也引起人的孤独之感。所以将海意象与永恒的精神理想联姻是人类意识遭遇自然的产物，它有着深远的原型意义。

浩瀚烟波
浩瀚烟波
孤帆不语
嗨，领航的人哟！
你可认得那一处海滨？
那里没有咆哮的巨浪——
风暴终于止息？
那西方宁静和暖
停歇着无数小船——
铁锚牢牢系紧——
我将引你而去——
哟嗬，陆地！永恒！
终于到达了彼岸！（水草与珍珠：1）

这首诗歌充分地融注了上述原型意旨：她对死亡本质的洞察以及对永恒的探求，这也是迪金森诗歌的鲜明特色之一。将死亡与对永生的向往紧密联系起来。弥漫无边，深不可测的海洋这一意象符号让诗人体味到广阔与神秘的震撼由此联想到人类生命的有限以及对永恒的企慕与追寻。人的一生恰似目标既定的小船行驶过海面，历经坎坷与风雨，在空旷与孤寂中朝向死亡。人生之舟经历“巨浪”的考验，越过死亡海洋才能投入永恒的怀抱。迪金森有一首著名的爱情诗“夜夜暴风雨，夜夜暴风雨”，如下：

暴风雨夜，暴风雨夜，
我若和你同在一起，
暴风雨夜就是
豪奢的喜悦！

风，无能为力——
心，已在港内——
罗盘，不必，
海图，不必！
泛舟在伊甸园——
啊，海！
啊，我能——今夜——
泊在你的水域！

初看这首诗歌中的“暴风雨”与“大海”或是勾勒出和与情人相会的“暴风雨”般的场景或者指明了一对有情男女在可怕的狂风暴雨之夜幽会的情景，不论情况如何，叙事者“撕下雏菊式的羞涩面纱，大胆表达出遭受爱情‘饥饿’折磨的女子对‘盛宴’的渴求，表达了情人之间思慕团聚和眷恋不舍的强烈情感。可是仔细解读会发现因为某些关键的意象的内涵和外延意义在一定程度上相互冲突，使得这首诗的意义扑朔迷离。罗丝•米勒（Ruth Millex）在著作《艾米莉•迪金森的诗歌》中指出在评论这首诗时评论家们大多注重它所隐含的性的倾向而忽略了诗中关于航海的隐喻的含义，在书中她试图解读这些隐喻的含义，如她认为最后一行中的“海”象征着港湾之外的船的安全停泊处。

这首诗中最矛盾的意象是港湾和大海。港湾象征着安全，宁静，稳定，可靠。大海的词典意义是人人皆知的。然而其内涵意义及其在这首诗中的象征意义是什么？根据互文性理论，某个文本的意义与整个文学史中所有同类题材的作品的意义都有直接或者间接的联系。在文学艺术作品中大海被定型为愤怒的，沸腾的，激情澎湃的。在莎士比亚的作品“李尔王”及“暴风雨”中它都是激情的象征，愤怒的海也经常出现在与迪金森同时期的维多利亚时代照明画家的笔下。著名画家科尔•托那多（Cole Tomado在其作品“美国的森林”及“逐出伊甸园”中用狂风暴雨下翻滚，挣扎的大海来表现强烈的激情和痛苦。费兹•朗恩（Fitz Lane）在他的海景画“暴雨欲来”中也描绘了愤怒的大海，在这里大自然尽情地宣泄着他的激情：狂风裹着怒涛，气势汹汹地扑向海岸，摔打在礁石上，如千军齐发，万马齐鸣；泡沫飞溅，乱石穿空，如群龙斗罢，乱鳞纷纷。

在这首诗中“夜夜暴风雨，夜夜暴风雨”作为诗歌的起始行，顿挫有力地表达了海的气概。大海在这里象征着狂暴，黑暗和危险。港湾和大海这一对矛盾蕴含在一颗充满了激烈矛盾的心中。它一方面向往着安全，宁静，不需要“罗盘”也不需要“海图”，另一方面却渴望着经历冒险，体验激情。在诗的最后一行中说话者表达了“在你处停泊”的强烈愿望。可是这里“你”的指称却含混不清。有人认为“你”指的是被爱的人，这样就顺理成章地得出了诗歌的主题是渴望与爱人团聚的结论；也有人认为‘你’同时指的是大海和爱人，这个结论来源于对大海这个意象的误读。如果抛弃我们看到这类诗时心里产生的先入为主的偏见，从诗歌本身出发进行分析，我们会发现，这里的“你”指的就是大海。

首先最明显的原因在于第十行的“大海”是第十二行中“你”的最近的指称对象。另外稍微分析一下诗歌的逻辑，就会发现“泛舟在伊甸园”，然后看到大海，然后渴望在大海狂野的怀抱中停靠要比在伊甸园中划船，看到大海，又想到要在爱人的怀抱停泊意义更连贯、更符合逻辑。再者，这首诗中海与船是最突出的意象，聚焦了诗的外延和内涵。比较起来，“爱人”的意象就单薄，遥远得多。那么最后两行点明的诗歌的主题就不是说话者渴望与爱人结合，而是她对于危险，激情，狂野的向往和追求。然而这个解释使我们面临另外一个矛盾，那就是说话者的渴望，即“停泊在大海上”是可能然而也是不可能的。出于常识，人人都知道船停泊在港湾而不是在大海上，除非驾船者是个狂热的冒险家，在完全不能停泊的地方停泊对于他而言是挑战，是刺激，会给他带来极大的兴奋和满足。把绝对可能基于绝对不可能之上，这种奇特的表达在迪金森的诗中是经常见到的。如她著名的那句“我品尝从未酿制过的汁液”就是于反差对照中突显意象，从而获得了深刻的艺术效果。然而怎样理解说话者这个矛盾的愿望呢?这个愿望的解析与第九行“泛舟在伊甸园”的含义密切联系。因为这一行处在一个承上启下的位置。在这一行前面是一颗宁静而安全地停泊在港湾的心。这颗心不需要罗盘也不需要海图。这一方面暗示着这颗心稳定而不飘忽，知道自己的方向和归宿，另一方面也可能暗示着永远停泊，不再航行，因为罗盘和地图是航海的必需品。而在这一行之后就出现了“大海”这个意象和停泊在海上的愿望。伊甸园和大海形成了对比。

通过对大海和伊甸园这两个意象的解读，我们才会发现这首表面风平浪静的诗中蕴含的澎湃的激情和燃烧的渴望。诗人要表达的不是把爱之船停泊在爱的伊甸园，与爱人安然相守，而是要驶向大海，经历暴风骤雨和电闪雷鸣。在她的另一爱情诗“我的河流奔向你”中迪金森也表达了她渴望奔向大海的愿望。“我的河流奔向你，蓝色的大海，你会接纳我吗?我等待着回答，哦，大海，你是如此壮观!……说吧，说你带我走为只有在黑暗中才能理解光明，只有在危险中才能感受安全。是暴风雨赋予大海以气概，是大海赋予航船以生命。”诗人的爱之船最终划出了伊甸园，驶向了大海，让爱在天风海雨的洗礼中燃烧得更加激烈!

迪金森诗歌中的海意象无论是作为爱情的表达，还是象征对美好而无常的生命、世界万物的孜孜不倦地渴求与执着，都源于诗人所代表的西方强悍的海洋文化，诗人体会到爱情的转瞬即逝，生命的短暂脆弱，对于人生、生命乃至一切美好而强大的事物有着极其强烈的感情归属体验，而海意象作为伟大、无常、自由、冒险的象征不断激发着诗人的探索精神。

第三节　植物意象

一、花

19世纪著名园艺家Waterman在他的畅销书《花典》中这样说："花的语言近来引起了人们极大的关注，熟悉这种语言看来已是定势，即使不是礼仪教育的必选部分，至少也是一种优雅高贵的修养，是女士们先生们书房中渴望得到的东西，尽管不一定是必需的东西。"广泛阅读英美两国浪漫主义作品，我们可以发现："鲜花"意象几乎是浪漫派作家的一个结构性的意象。每一个浪漫主义作家笔下都有"花"意象出现，或做叙事的实际背景，或是抒情的触媒，抑或是诗人幻梦的栖居之地。在花园这个结构性的意象里，浪漫主义美学的一个核心理念"自然之崇拜"被视觉化了和原型化了。维多利亚时期诗人常用花特别是玫瑰来比喻、象征爱情的甜蜜和忠贞。浪漫主义文人则不仅描绘花卉给人的各种美感享受，还根据古典神话或民间传说，运用花卉表达丰富的象征意义，包含了爱情、品德、思想状态，也常有政治、社会和宗教等方面的意义。

迪金森非常喜欢花，她的父亲在14亩的庭园里为她建了一座花房。极具男权文化意识的父亲认为，对于一个女人来说，种花是一种比写诗更适合的职业。自13岁起，迪金森就开始在自己的花园中种植各种花卉。迪金森在诗歌中喜爱描写各类花卉，如玫瑰、蒲公英、番红花、龙胆根、水仙花、银莲花、铁线莲、郁金香、石竹等等。但由于其生前只发表了7首诗，所以当地的人们都知道她是园丁，而不知道她是诗人。花卉种植生活启迪和丰富着迪金森的诗歌创造，里奇指出，迪金森一生在自家小院里培育花卉，可以说在一定程度上为花卉主题诗歌的创造奠定了基础。

迪金森十分熟悉各种花卉的特性，在诗中除真实地再现了它们的植物特性之外，她还对它们所代表的象征意义很感兴趣，她对花卉的诠释与当时的流行文化赋予花卉象征意义是大相径庭的，迪金森所生活的19世纪中叶的美国新英格兰，是一个典型的父权制社会，在19世纪维多利亚时代的美国仍是以男性的价值观和价值标准为依据的父权社会，女性长期处在社会边缘的地位，女性只是以男性社会所规定的社会角色而存在着，即作为男人的妻子、情人或家庭中孩子的母亲而存在着，女人被完全限制在家庭生活中，成为合格的女儿、妻子和母亲，是她们人生的唯一目标，她们没有自己的事业，经济上依附于丈夫，在家庭和社会活动中都没有话语权。一个典型的维多利亚传统家庭，父亲在家中有绝对的权威，母亲则扮演着‘房中的天使’；男孩被送到学费高昂的学校读书，女孩则被关在家里接受廉价的家庭教师的指导。而“家庭天使”是人们对完美女性形象的要求，也成为一种主流文化，对各阶层女性产生了深刻影响，首先外形上要求妇女能优雅，以满足男性的感官需求，其次，女性需要培养含蓄、谨慎、贞洁、节俭尤其是贞洁与服从的品质，努力提高她们自身的魅力以胜任家庭主妇这一角色。而女性要争得文学领地的一席之地，则受到更多的传统文化的阻碍与拘束，要摆脱文化中的这种拘禁，需要女性作家抵制文化价值体系中的女性自我牺牲的信条在男性世界中积极探索和定义女性身份，迪金森深谙此理：“要说出全部真理/但不能直说——/成功之道，在迂回，/我们脆弱的感官/承受不了真理/过分华美的宏伟”。因而迪金森将自己的女性意识和女性经历杂糅到自然意象中，委婉地说出了关于女性在这个父权制社会下生活的“全部真理”，同时迪金森选择了与众不同的生活道路，她拒绝成为那些被迫顾影自怜，失去个体独立性，成为男性附属品的传统女子，而是勇敢地选择做一位倍受关注但毫无权利和自由的人，做一个默默无闻的女诗人是自我发展中的不懈追求，她勇于像男人一样维护她的自尊、独立和价值。

然而，从对迪金森诗歌的具体分析可以发现，她很少在自己的诗作中表现出愤怒与仇恨的感情，而是使用温婉的语言来表现自己的拒绝与反叛。这也是诗人对抗强势文化所采取的一种策略，她明白自己所面对的敌人的强大，所以她没有采取公然宣战式的斗争，而是明智地选择了蔑视和不合作，以此表示对禁锢和限制的抵抗，无论在现实生活中还是在诗歌创作中，顺应维多利亚时代对女性的道德规范要求，以温良恭顺女性形象出现在世人面前，在诗人看来，弱者的怒发冲冠只能宣泄愤懑，而冷眼藐视一切的气概和居高临下的视角才能够对那些自以为是的敌人以致命的打击。她甚至把自己比作耶稣，唯有忍辱负重才能温暖世界。

因此，“花”的柔软、微小等植物特性以及人类历史文化赋予它的女性气质是与迪金森创作策略相契合的：使用温婉、柔弱又极具自己个性特征的意象表达自己的拒绝与反叛，以一种温和的方式进入到社会体制的内部，一方面避开了被迫害的可能性，另外一方面能够从内部向那些束缚人的不合理的法则发出挑战。因此，我们可以看到迪金森对“花”这一原型意象的继承与创新，“浪漫主义文人常以花卉象征着女子的娇嫩、纤弱、纯真和多变，而迪金森则以独到的见解和叛逆精神看到花卉所隐含的更深的文化内涵和潜在特征”。

（一）玫瑰

作为一个古老的象征，玫瑰最初出现在希腊、罗马神话中，玫瑰是从垂死的美少年阿多尼斯的鲜血中生长出来的，因为阿多尼斯是爱与美的女神阿芙洛狄特爱恋的对象，同时，爱神维纳斯和丘比特常戴玫瑰花冠，所以，玫瑰成了爱情的象征。按古希腊、古罗马习俗，玫瑰用于装饰新娘。红玫瑰献给朱庇特，大马士革蔷薇献给维纳斯，白玫瑰献给狄安娜，玫瑰代表了爱、美和秘密，它就被视为爱情、美丽的象征，其永恒的美丽和短暂的花期也常用来比喻美人、美貌，玫瑰花香则使人想起年轻的正欲恋爱的女子。公元前6世纪，希腊诗人阿那克里翁称玫瑰为“集花之荣耀与魅力，春之兴趣和关照于一身，并使众神欢愉之物”。玫瑰的芬芳早已遍及西方文学、艺术、宗教、商业乃至人们的日常生活。可以说，除了象征爱情，玫瑰的特征几乎都被用于象征。玫瑰盛开在暖春，但花开短暂，经过一至二周的花期就凋谢。玫瑰拥有美丽的花蕾和花朵，但茎秆有刺。玫瑰芬芳四溢，但面对花虫和强风显得脆弱无力。在其永恒的美丽和短暂的生命之间，在其娇艳欲滴的花朵和带刺的茎秆之间，在其含苞待放的花蕾、怒放的花朵以及娇嫩脆弱之间都存在着强烈的对比，因而，玫瑰还用来比喻青春与生命的易逝。

在The Golden Bough一书里，玫瑰作为肥沃多产、生息繁衍的象征多次出现在原始的节日和仪式当中。诺斯罗普·弗莱认为玫瑰是一个神启意象，属于圣经神启世界中植物象征的范畴，而弗洛伊德则认为花朵是女性生殖器官的标志。在基督教象征体系中，玫瑰象征圣母玛利亚、耶稣殉难和纯洁在基督教中，玫瑰既象征基督的爱，又象征基督献身的血。在萨尔斯堡大主教的祈祷书中有一幅描绘“生死之树”的插图，树上开满了红色的玫瑰花。

在中世纪抒情诗和传奇中，玫瑰代表贞洁和尘世的女子。在但丁的杰作《神曲》中，玫瑰既是天堂的象征也代表了上帝之爱与尘世之爱的统一。文艺复兴时期的诗人们逐渐从中世纪神学的束缚中解放出来，大胆地运用玫瑰这一隐喻来形容世俗之爱、女性美和自己的情人，并将其与“及时行乐”的主题和“玫瑰有刺”的教训联系起来。浪漫主义时期，玫瑰逐渐成为一个不确定的象征，用以表达诗人们微妙的思想、复杂的情感和遥不可及的精神理想，而这些是其他音与义的组合所无法传达的。本书认为，玫瑰意象既是一个原型也是一个个人象征并试图对迪金森诗歌中的玫瑰意象进行分析。作为一个原型，迪金森的诗歌为其增添了生机与新意。

对于维多利亚时期饱读诗书的知识女性，玫瑰仍是迪金森抒发情感的最佳媒介，与维多利亚时期不同的是，玫瑰在诗人笔下更多的是以花自喻，为玫瑰的短暂生涯和不为人知的处境而叹惜，以此影射自己多舛的命运和孤寂的一生。

无人知道这小小的玫瑰——
它可能只是个朝圣者
如果我不是从路上把它采下
把它举到你的眼前。
只有一只蜜蜂会思念它——
只有一只蝴蝶，
从远路匆匆赶来——
落在它的胸脯上——
只有一只小鸟会惊异——
只有一阵微风会叹息——
哦小小的玫瑰——
像你这样死去，多么容易！
Nobody knows this little Rose—
It might a pilgrim be
Did I not take it from the ways
And lift it up to thee.
Only a Bee will miss it—
Only a Butterfly,
Hastening from far journey—
On its breast to lie—
Only a Bird will wonder—
Only a Breeze will sigh—
Ah Little Rose—how easy
For such as thee to die!

诗歌中的玫瑰孤寂的生活在大自然中，低矮弱小，不为人注意，凋零之时，谁又会为“我”叹息呢？只是一只匆匆赶路的蝴蝶、鸟，或一阵风而已，玫瑰非玫瑰，而是孤独的“我”，这也是迪金森一生的缩影，这首诗歌韵脚采用悠长的i:与ai，像极了哀叹之声，此时“我”的情感、生命与玫瑰花合为一体。迪金森认为诗即花，花即人，她诗歌中的花都有着极为丰富的人格化的象征意义，迪金森好像是自然之子，能够从寻常的花中思考感悟到生命的真谛，花开花落往往能引发诗人诸多感慨。在除了玫瑰，还可以见到诗人常常用一些不知名的花自喻，如下面这首“多少花儿在林间枯萎”。

多少花儿在林间枯萎
多少花儿自山中凋落——
不曾有机会知道
她们是美丽的——
不曾有机会知道
她们是美丽的——
多少花儿在清风初起时
撒落一颗无名的种子——
一点也不知道自己火红的身影——
曾怎样灼痛了人们的眼睛——（水草与珍珠：113）

诗歌开头，诗人惆怅于花儿的凋落而不为人所知。而这无声无息地绽放与凋谢正是诗人一生的折射。但是，在诗歌的末尾，迪金森为花儿的一生做了一个肯定的评价，虽然悄无声息的枯萎，但也曾热烈的绽放，“灼痛了人们的眼睛”。而这正是诗人对自己隐居一生的评价，是对独立人格的捍卫和自我价值的肯定。

玫瑰在迪金森诗歌中还具有表达复杂情感、超验主义精神理想或内心追求的不确定象征。十八世纪的人部分时间见证了英国文学史上古典主义的兴起，古典主义者们崇尚理性、秩序、习俗、固定的条例以及希腊语和拉丁语文学作品中的典范，他们对玫瑰意象并没有表现出多大的兴趣。在沉默了一段时期之后，玫瑰意象再次出现在浪漫主义诗歌当中，并逐渐成为一个意义不确定的象征，用以表达复杂的情感、超验的精神理想或内心对不可言喻的真理的追求。浪漫主义时期的诗人们相信诗歌应当表达诗人自己的思想、想象和情感，诗人们流动的情感以及经他们的情感加工过的自然或人工的事物才是诗歌必不可少的原料，诗歌的主题不应是人们的行为，而应当是诗人自己的经历、思想和感情。如在《颂诗：忆童年而悟不朽》一诗中，华兹华斯称赞道：“彩虹来了去了，美丽的是玫瑰。”在他眼中，玫瑰不仅仅是自然美的象征，它像草地、树林、溪水、土地一样，都“装饰着天空的光芒、荣耀和梦的清新”。而这些只在年少时才能感受到，年岁的增长会让它们逐渐消退。对华兹华斯而言，“被风吹拂的最不起眼的花朵也能给予深邃的、令人流泪的思想”，他的玫瑰笼罩在一种近似于神启的神圣光芒之中。而在济慈理想的世界里，“五月中旬最早开放的是沾满露酒的麝香玫瑰”“当忧郁从天空袭来，似一朵滴雨的云层”，济慈“向清晨的玫瑰吐露他的悲伤”。此处，清晨的玫瑰传达了忧郁的主题，不禁令人想起美丽的易逝。而在迪金森的诗歌世界里，她强调自己的理想、情感、内心世界，追求着潜藏在自然和事物表面之下的精神与理想意义，一方面她对自然持有深奥莫测的态度，另一方面，她强烈依赖着自然，将自然拟人化，并赋予其精神，自然物质世界是其充满想象的内心世界的外在投射。玫瑰意象在迪金森笔下已经成为一个意义不确定的象征，用以表达复杂的感情、精神理想以及内心对真理的追求。请看下面一首诗：

当玫瑰不再开放，先生，
紫罗兰也凋谢枯萎，
当大黄蜂庄严地
飞过太阳的那一边
那停止采撷的手
在这夏日的一天
将闲散地垂下，晒成褐色——
那时，请接受我的花，祈祷！

迪金森善于把心灵中的朦胧图景，化为恍惚迷离的意象以表现复杂矛盾甚至惆怅莫名的情绪，所以她的诗歌含蓄隐晦引起读解的困难与多解性，读者往往不能清楚地把握她的创作意图、内心世界和思想感情，不能明确诗人是在写上帝，自然还是社会，精神还是艺术，这就丰富了审美感受，也导致不同的人对她的诗歌有不同的理解。在这首诗歌中，意象群组是清晰明了的：“玫瑰”“大黄蜂”“手”，但是诗人着意在诗中留下的空白，扩展诗歌表层结构内在的“审美场”和“意义场”。从而增加诗歌的稠密度和多义性。这里的“玫瑰”是诗人以花自喻，还是被用作爱情和友谊之象，或是与宗教情感相关？“停止采撷的手”与“请求接受献花”之间给读者留下了较大想象空间，似乎有意识地制造含糊，在含糊中蕴藏自己的思想感情，诗歌的蕴涵变得有多种不同的解释，让读者去猜测、思考，揭出谜底。

联系诗文中出现的“紫罗兰”意象，诗歌出现了多种意义的解读。在民间传说中，紫罗兰是从贞女的坟墓里长出的花，除了忠贞也与忧伤和死亡相联系。英国有一首古诗中曾说到“忠诚”的紫罗兰：“紫罗兰代表忠诚，它永驻我心头；

也望你别让它，从你心中溜走，愿你常保忠诚，永远都像开头；你要是让它永驻，就把我心儿夺走。”《哈姆雷特》中的奥菲莉娅由于没有紫罗兰给他哥哥而感到伤心，因为她“父亲一死”，紫罗兰就“全都凋谢了”（第四幕第六场）。华兹华斯（1770—1850）在“露西组诗”第一首《她住在人迹罕至的乡间》中说，露西犹如“青苔石边的一颗紫罗兰，半隐半现”，暗示她的谦卑。

在迪金森这首诗歌里，“玫瑰”与“紫罗兰”同时以凋谢的状态呈现。在迪金森看来，“玫瑰”与“紫罗兰”是“自然之链”的一个环节，“玫瑰”与“紫罗兰”的凋零与枯萎不仅是自然现象，更是遵从上帝的旨意，是上帝精神的体现。而“我”只能谦卑地接受安排，表达对上帝的敬爱和信任。尽管迪金森从未皈依基督教，但这并不代表她对上帝缺乏信仰。相反，由于幼年时受到基督教气氛熏染，她对宗教的信仰根深蒂固，对上帝充满敬爱和信任，上帝一直存在于她的意识当中。同时，这首诗也反映了诗人对死亡的看法和态度，迪金森在她的第976首诗中写道：“死亡是一场对话，进行在灵魂与尘土之间。死亡说，‘分解吧’。灵魂说，‘先生，我却有不同的信念’。死亡对此表示怀疑，争辩从头开始。灵魂转身远去，只是为了留作证据，脱下了一袭肉体外衣”。我们可以看出迪金森本人对待死亡的态度：祥和、宁静、安然、豁达，对于死亡的来临，不朽的灵魂只需脱去一层肉体外衣，没有痛苦，没有无奈，只有平静和理智。当玫瑰与紫罗兰凋谢时，“我”却仍执意献花，这里似乎是矛盾的，但实际上，将第976首诗歌联系起来分析，我们可以理解诗人迪金森在诗中思考了人死亡后，肉体与灵魂的归宿，诗人执着的相信，相信人死后会获得永恒，人们失去的是躯体，而灵魂将获得永恒，“我”献出的是自己宝贵的灵魂。这首诗歌可以理解为死亡主题的诗歌，但没有单纯的表现人类对于死亡的恐惧，而是在离奇的想象中，对自我价值的肯定。

在迪金森的诗歌中，“鲜花”意象常常表达女性的爱情观，或者象征着情感世界的矛盾性、自然性、唯美性。如诗歌“我隐藏在，我的花里，/这花在你的花瓶中凋落——”（903），诗人借用童话中的拇指姑娘原型，隐匿在美丽的花蕊中，却让心中的王子眼睁睁看着自己随花一齐枯萎凋谢。这首诗既抒发了诗人对爱情的渴望，又表达了对恋人无动于衷的哀怨。这样具有发掘力的“花”的原型让诗歌读起来似乎每一句都是一幅美画，画中的花反过了变成了诗，每一句都深刻入心。

例如，在其诗“Bloom——is Result——to meet a Flower（盛开的鲜花，以满

足结果）”中，通过明丽的色彩、精细的线条、飘忽的动感和细腻的笔触，以蒙太奇的手法勾勒出一组花蕾将要绽放盛开时的画面：簇拥的花苞，展翅的蝴蝶，蠕动的花虫，晶莹的露珠，和煦的微风，潜行的蜜蜂。诗人不仅细致入微地描写了花的绽放瞬间，还在诗的结尾描述了鲜花盛开的象征意义——光明与希望。

（二）雏菊

雏菊是迪金森诗歌中出现频率很高的一个鲜花意象，在英美国诗歌中，雏菊之美是为诗人所津津乐道的。雏菊的学名是Bellis，与林中仙女柏莉得斯（Belides）相联系。传说柏莉得斯为逃避花园与果园之神维尔土姆努斯的追逐，呼吁诸神帮助，于是他们把她变成了雏菊。据此，法国耶稣会会士拉品在他的一首诗中说道，雏菊是“仙女的花冠”，也是“花坛的优美”，但它曾经有过“处女的容颜”之美称。在圣经中，雏菊象征基督教的许多美德：纯洁、知足及谦逊，也是天堂里极乐灵魂的象征。在中世纪宫廷抒情诗盛行的年代里骑士如果赢得了女主人的芳心，就可以在他饰有纹样的盾上刻一朵雏菊，因此雏菊的俗名又为“有度之爱”。雏菊是情感之花，是春天女神奥斯塔拉和爱情女神弗蕾娅的圣物。在俗语中，雏菊还代表无法诉说的爱情，埋藏在心底的爱。在波堤切利的名画《维纳斯的诞生》中，一位仙女将一件织满雏菊的袍子递给女神。因此雏菊也是纯洁之美的象征。在莎士比亚的《哈姆雷特》中，纯洁的奥菲利亚用雏菊、荨麻和野草编成花环，在把它挂上水中的柳枝上时失足落水，花环飘散在溺水的奥菲利亚四周，一缕芳魂伴着歌声悠然西去，莎士比亚在此用雏菊祭奠单纯可爱的奥菲利亚。法国诗人缪塞的著名诗章《雏菊》更是用婉转而又清雅的格调，谱写了心底无以言说的爱情。

迪金森本人喜欢雏菊，她的朋友Bowles就曾送给迪金森一个别名——雏菊（daisy），暗示迪金森的纯真和羞怯。尽管迪金森在现实生活中终身未嫁，但却毕生都在追求爱情，先后共经历了两段刻骨铭心的爱情，一段是与沃兹沃斯牧师间难以自拔的爱情，“在他身上，她仿佛看到基督耶稣的光辉，看到勃朗特姐妹小说中的男主角西斯克里夫和罗切斯特的身影，又仿佛看到来自异域的古代犹太人领袖摩西的形象”。另一段则是其步入中年后与罗德法官间的难了真情。“罗德法官是父亲的挚友，也是迪金森的忘年交。父亲去世后，在迪金森的不惑之年，两人的友情甚至发展成爱情，几乎到了谈论婚嫁的程度”。两段爱情虽未将迪金森带入婚姻之殿，却让她对爱情有了多元的体验，在她的诗歌中，诗人采用了多种方式展现了这些爱情的体验。在这些爱情主题诗歌中，诗人常常以柔弱温顺的雏菊自居。

雏菊悄悄地跟随着太阳——
直到他走完所有的辉煌——
然后羞涩的偎在他脚边——
醒来后——他看到那花朵——
为什么——你这闯入者——要在这里躲藏?
因为，先生，爱情是这样甜!
我们是花儿——你是太阳!
饶恕我们吧!若白昼隐没时——
我们依向你的身边!
你西去的流影教人心颤——
那宁静——那飞翔的姿势——那紫晶般光焰——
那夜晚蕴藏的无限!(水草与珍珠：44)

“雏菊悄悄地跟着太阳转——”“雏菊”是处被动地位的女性化身，她们迷恋爱人，渴望爱情，却又羞于表露，只得悄悄跟随爱人——“太阳”，在默默守候中苦盼爱情的到来。在这场与太阳的爱恋中，“雏菊”卑躬屈膝地等待爱情来临，娇羞又卑微。“雏菊”意象的使用揭示出迪金森根深蒂固的女性意识，她采用女性语言，以柔弱的女性语调，大胆表露心迹。“雏菊”看似柔弱、卑微，但对爱情却义无反顾，勇敢大胆。

雏菊与太阳模式经常出现在迪金森爱情诗中。在她的诗中雏菊如希腊神话中的太阳花，相传是一名水泽仙子，因暗恋太阳神九天九夜不吃不喝，痴痴地从日出望到日落，以露珠为伴，最终站立成地平线上一道憾人的风景——多情女子空悲叹她虽苦犹甜，无怨无悔，始终对太阳神扬着笑脸。这一神话在19世纪60年代的文学作品中得到广泛的运用，太阳与花的结构在迪金森的诗歌中也频繁出现，这也是迪金森真实感情生活的一个写照，她本人也在演绎着这个动人的爱情神话，在自己的理想王国中，在诗歌的园地里与梦中情人牵手，渴望走向永生。如虔诚的太阳花般，雏菊追随着太阳，除诗歌外，在三封被评论家休厄尔称为“最炙热的情书”里也多次出现雏菊与太阳模式，“太阳——雏菊”模式一般呈现出柏拉图式的精神依恋。雏菊柔弱谦卑的气质充分展现了维多利亚时代妇女温淑的品性和无助的处境。Adalaide Morris认为应该借助向心运动规律来解释雏菊从太阳那里得到裨益，而不是主张用理性、权利或者互惠原则来阐释，因为雏菊对太阳的爱是一种不可避免的本能反射。的确，通过对诗歌中各类意象的分析，笔者发现迪金森常借用自然界中恒久不变的阳刚之物，如太阳、高山、大海、风、蜜蜂等象征情人模式中的男性形象，而阴柔的雏菊、花朵、玫瑰、小草等则是纯洁无瑕的女性形象。在这类诗歌中，迪金森竭力说明，爱是出于一种无法摆脱的感情驱使，完全无法用理智加以控制或解释。“花”对“太阳”的爱从来无须理由，也不期待回报，这中关系更像是一种强者对弱者的强迫式征服。因此，可以这么说，情人模式中的男性形象的权威地位是这类诗歌的基调，其神圣犹如上帝。

（三）百合花

百合花也是迪金森诗歌常用的花，迪金森赋予百合花以人的特性，象征着精神与情感的历程而非喇叭花似的植物特征，她的百合花是一种喜爱富饶黑色土地的钟球状或漏斗形花朵。对迪金森来说，它是大自然完美与和谐的化身。在诗歌“*Through the Dark Sod as Education*”中，第一个词“Through”给人一种运动着的状态。

Through the Dark Sod— as Education—
The Lily passes sure—
Feels her white foot— no trepidation—
Her faith— no fear—
Afterward— in the Meadow—
Swinging her Beryl Bell—
The Mold-life— all forgotten— now—
In Ecstasy— and Dell—（392）

这首诗中，百合花象征人的灵魂。“黑色泥土里洁白的脚”指代与世隔绝的女尼在倾听上帝的心声。百合花浅绿色透明的风铃在青翠的草地上摇曳的容姿与阴暗的黑土形成鲜明对比的画面呈现出一种风、音乐和运动的通感意象。百合花在幽谷中的欣喜若狂象征被上帝净化了的人类灵魂神秘的意趣，而百合花那摇曳的风铃具有宗教的内涵。19世纪60年代，作为艺术领域的宠儿，百合花成为诗人墨客吟咏的对象。艺术家们多以油画、水彩画、石版画来刻画傲然绽放的百合花。而迪金森更倾向于描述含苞待放的百合花以此来暗示她隐居的生活。在她早期的诗歌中，各种形态的百合花象征着重生的灵魂或对宇宙奥妙的顿悟，如66首“Many a Bulb will rise—（许多球茎要成长）”，而在其后期诗歌如1255首“What Constancy must be achieved/ Before it sees the Sun!（在见到太阳之前/得有怎样的信念）”中则不断思考花的球茎所具有的坚韧的品质。392诗就是从思考百合的球茎开始的：盛开的鲜花来自于球茎；光明来自于黑暗。百合花盛开的过程象征着从黑暗走向光明。此外迪金森诗歌中的百合花还有着其他十分丰富的象征意义，有的象征朋友之间的深情厚谊（1037），而有的则有着浓重的宗教意义（1545）等。有的象征荣誉和爱情，如第332首诗歌：

有两种成熟——一种——看得见——
它力似球形风
直到天鹅绒结果
将香料撒入土中——
一种成熟更朴实——
如针球生成的过渡——
将严寒的利齿毕露——
于十月远风深处。

（四）花与虫组合意象

意象是自足的，它有独立的表现性，但意象并不是孤立封闭的，一个意象总是要与其他意象组合在一起，创造和扩大广阔的艺术表现空间，从而形成意义更为丰富、审美更为蕴含的艺术天。在迪金森诗歌里存在一些较为稳定的意象组合模式，在植物意象里有：花与蜂蝶，雏菊与太阳这两类组合，诗人用以表达自己跌宕起伏的女性经历和鲜明的女性意识，追逐鲜花的蜜蜂或者蝴蝶往往是男性的意象原型。在一些诗歌中都有这种蜜蜂追逐鲜花过程的描写。如：“花，不必责备蜜蜂——/寻求他的幸福/频繁地登门——”（206），再如“如果蓝铃花为爱慕她的蜜蜂/松开她的腰带/蜜蜂是否还会一如既往/对她虔敬崇拜”（213），爱情中征服与被征服的角色转换，不经意间被诗人描写得如此富有情趣和充满寓意，用这些意象组合为我们勾勒出了男权社会下女性经历的风景图。

其一：《蜜蜂驶着他亮锃的车驾》
蜜蜂驶着他亮锃的车驾
大胆的奔向了玫瑰花——
并将他和他的车子——一起
在她的上面落了脚—
其二：《花，不必责备蜜蜂》
花，不必责备蜜蜂——
寻求他的幸福
频繁登门——
只须教会你的女仆——
若再来客，就说，
女主人“外出”。

花意象往往与性相关联“花对于女性，作为一种图像符号的意象定位，有着双重的意义：美与性。花是一种阴柔无骨，娇羞欲滴的美，是一种承受甘霖雨露的性欢爱之美。”古往今来，男人或女人常常会用花的语言含蓄地表达爱意。对于女性创作者则常以花来自喻。而男性创作者的则常以“蝶蜂”自喻，如：徐志摩在《沙扬娜拉》组诗中，多处以“夜蝶”“花蝶”自比：“不辜负造化的匠心，她们流渺中有无限的殷勤；不如熏风与花香似的自有，我餐不尽她们的笑靥与柔情——沙扬娜拉！”

蝶蜂萦绕花作为发生在自然中的典型场景势必具有普遍一致的先验形式。亦在迪金森心灵中占据一角。飞翔于百花之中的蝶蜂是男性的象征，在诗人笔下的而蝶蜂总是一位勇敢大胆的求爱者，可以不顾传统习俗，对含苞欲放的鲜花紧追不舍，直到最终达到目的。等待蜜蜂的花则是女性的象征，花总是以庄重的淑女风范出场，时而对求爱者不屑一顾，时而对追求者恋恋不舍。“鲜花——蝶蜂模式”一般都是描写充满热烈气氛的欢爱场面。

在迪金森的花园里，风信子是太阳神的所爱，风信子花是维纳斯的所爱，水仙花是回声女神的所爱；稚菊追逐太阳神，太阳神追逐桂花神……他们各自代表着爱与美的不同形式。迪金森用她对自然和生活独特的解读，用花的语言诉说着一个个人间童话。她像神话里的达芙妮坚贞不屈，又像太阳花一样羞涩、纯真，她既是伊甸园里的百花仙子，也是爱与美的追求者。

迪金森对花寄托了她对爱与美的追求。无论是娇小稚嫩的雏菊还是高贵典雅的皇冠花，无论是光华灿烂的太阳花还是普照静夜的月亮花，都被诗人赋予了人的神韵。自然的花也好，空灵的花也罢，在迪金森的精神伊甸园里，她们都是不朽的，神圣的。她们是灵魂的种子，依托着花的美丽外形，用只有护花人才懂得的花语，诉说着天籁之美，圣洁之美，自在之美。

二、果子

早在公元前三百年，欧洲就已有关于苹果品种的记载；之后，罗马人开始对其进行栽培、嫁接并繁殖。由于长时期、大面积栽培，苹果是西方社会广受欢迎的常见水果，产量也一直名列各类水果前列。两千多年以来，“苹果”这一词汇及形象与西方文明史并行发展，广泛活跃于西方语言、宗教、文化和艺术史，并且作为最为古老的经典意象之一，复现于自希腊罗马神话、《圣经》至今的各种体裁的文学文本之中。实际上，直到17世纪，在宗教、神话、民间传说中，“苹果”

一词作为异族水果的统称，可代指除浆果以外的所有水果。因此，凡本文提及的17世纪之前文学文本中的“苹果”一词，根据索绪尔对于语言符号的定义，仅限于语言“能指”（signifier），并不明确对应一种现实“指涉”（reference）。由于其象征意义的流传面之广和熟识度之高，“苹果”几乎已演变为“西方文化”的识别符号。因篇幅所限，本书着力在西方文学文本框架之内的“苹果”意象的传统及意义中探讨迪金森诗歌里所提到的“苹果”“草莓”“禁果”等果子意象。

1.永恒的“苹果”：初现与再现

“苹果”首先和“爱情”“美丽”等寓意相关联。例如，希腊神话中的爱与美的女神阿芙洛狄忒，经常以手持苹果的形象出现在经典的壁画、油画、雕塑作品中。在希腊神话中，即使是在奥林匹斯山众女神里，阿芙洛狄忒的美貌也是无可比拟的——她有着深邃温柔的眼睛，丝绒般长长的卷发飘垂在细腻的颈项和雪白的胸脯上，还有纤细的手指和白里透红的双足，都增添了她动人心魄的美丽和优雅。这位女神和她的儿子厄洛斯（即丘比特）司掌着爱情，四处播撒情感，激发众生万物内心的爱欲，使神界、人间和自然界得以繁衍后代、生生不息。因为爱神的形象如此深入人心，“苹果”的原型意象自然总能让人在第一时间联想到温柔、甜美、可亲的女性以及浪漫动人的爱情。事实上，希腊罗马神话中几则与“金苹果”有关的故事都具有美丽与爱情的主题。比如，希波墨涅斯与捷足善走的美丽猎女阿塔兰特展开一场竞走比赛。最后他不仅赢得了比赛，也如愿以偿地迎娶了阿塔兰特，其秘诀在于，阿芙洛狄忒赛前给了他三只金苹果，于是在比赛途中，希波墨涅斯不时抛出一只苹果，诱使阿塔兰特捡拾，从而大大延宕了她的步伐。此外，还有著名的“不和苹果”。不和女神厄里斯在珀琉斯和西蒂斯的婚宴上抛出一个金苹果，上面刻有“给最美丽的一个”一行字。为争抢金苹果，天后赫拉、智慧女神雅典娜、爱神阿芙洛狄忒竞相贿赂裁决人——特洛伊王子帕里斯，结果帕里斯将苹果判给了爱神，因为后者允诺他世间最美的女子的芳心。帕里斯后来成功地诱拐了斯巴达王后海伦，因而引发了延续十年之久的特洛伊战争。

除此之外，苹果也是“智慧”“性觉醒、性启蒙”的象征。《圣经•旧约》第一部《创世记》中，受到蛇的诱惑，夏娃和亚当吃了禁果而开天眼，醒悟到二人都还赤身裸体，赶忙用无花果树叶缝制了围裙穿上。这是人最初的心智开启，但却违背了上帝意愿，从而造成了人的原罪和“乐园的失去”。《圣经》中其实并未明确将“禁果”定义为“苹果”，但在其后以《圣经》故事为蓝本创作的大量中世纪、文艺复兴壁画、油画作品中，“禁果”又多以“苹果”的形象出现。据《圣经》描述，“禁果”在夏娃的眼中“好作食物，也悦人的眼目，且是可爱的，能使人有智慧”。在西方文化的众多水果中，大概只有鲜红喷香的苹果最符合这般描述了。

其一：《篱笆那边》
篱笆那边——
长着——草莓——
篱笆那边——
使点劲，我爬的过去——我知道
莓子是多么甜美！
可是——如果我弄脏了围裙——
上帝定会发脾气！
哎呀！——我想他也要是个男孩儿——
他也会爬过去的——只要他可以！（水草与珍珠：93）
其二：《禁果有一种滋味》
禁果有一种滋味
为合法的果园所耻笑——
青豆，何等鲜美
豆锅被分别贴上封条——

诗人无视基督教关于人“堕落”与“原罪”的判定，坦然承认了自身对禁果的向往与渴望，“禁果”在诗人心中别有一番滋味，那是“何等鲜美”！

另一方面，苹果的喻义也颇为复杂。自希腊罗马神话、《圣经》以来的西方文化传统中，它也暗示着堕落与原罪、计谋与野心、纷争与祸根、希望与无望之争、权势与自由之争。《创世记》记述中，苹果因其无法抵御的诱惑力，成为人堕落的伊始。关于苹果和计谋的关联，很多神话传说都家喻户晓，比如，众仙女赫斯柏里得斯为天后赫拉看守位于西方极乐群岛之上的金苹果园，园内果树上所结的金苹果有使人长生不老的神力。大力神赫拉克勒斯施诡计诱骗阿特拉斯帮他盗取金苹果，最终成就了他著名的十二项英雄业绩之一。鲜艳芳香的苹果拥有致命的诱惑力，无论神还是人，似乎都无法抗拒它的吸引。这种吸引除了可以促成希波墨涅斯和阿塔兰特喜剧般的结合，也会导致纷争、灾祸和流血牺牲。“不和苹果”的故事中得到苹果的阿芙洛狄忒兑现承诺，促成了帕里斯和斯巴达王后海伦的爱情，却因两人的私奔引发了希腊诸国和特洛伊之间长达十年之久的战争，最终导致特洛伊的覆灭。这里，苹果似为美貌的奖赏，但却由来不正，是阿芙洛狄忒行贿所得，是神的虚荣和自私作祟；其次，它似乎见证了帕里斯和海伦的爱情，但这私心泛滥的情欲却出自没有家国责任感的帕里斯和不忠于丈夫的海伦，是凡人的脆弱多变和轻浮放荡；最后，它引来了血光之灾，不仅特洛伊从此消亡，希腊诸国也因此国力受损，据史书记载，一度辉煌的迈锡尼变得千疮百孔，一场战争拖垮了一个文明。

诗人试图在描写“禁果”的诗歌里讨论“上帝”与“合法”的一个问题。篱笆与草莓由于诗的自指功能，就成为人生中某种生命体验的象征意象，篱笆从实用的工具，变成了社会的禁锢与压迫的力量象征，而草莓则是被压迫的新思想新事物的象征，篱笆内的草莓象征着被禁锢与压制的新思想新事物，因此未经主人允许而食用此果实，犹如亚当夏娃在伊甸园中偷食禁果，“那么甜蜜，那么鲜美”则把偷食禁果者的生命愉悦表现得淋漓尽致，使这首诗获得了极强的意义与生命的激魂化腐朽为神奇。上帝是世界的创造者，是他所创造的世界的主宰。而这其中的“法”则是上帝的旨意，上帝所规定的宇宙秩序。智慧之树是文明之树的象征，智慧之果即知识之果、文化之果。对智慧之果的欲求乃是对知识的欲求，对文明的欲求。吃了智慧之果后人类能知羞耻、明善恶，实现人的自我意识和理性意识的觉醒。亚当与夏娃偷吃禁果，这就违背了上帝的劝诫，是对上帝的不顺从和叛逆，就是一种“违法”的行为。因此基督教所宣扬的“原罪”只不过是对人的自然本性，对人类追求理性与智慧的欲望的压抑而已。在诗人看来偷食禁果由人的自然天性所驱使，是人类对智慧、理性的必然追求，因而上帝对人类始祖亚当与夏娃偷食禁果这一事件本身是不会也不该感到不满的。

在第二首诗歌中诗人公然肯定了“禁果”，认为“禁果”于“合法”的果子别有一番风味，这表明深感到基督教刻板而压抑的教义和宗教意识扼杀了人的天性，摧残人的精神与情感，诗人以赞美“禁果”的勇敢精神表达了对人类“堕落”与“原罪”之说的反抗与挑战，充分肯定了人类的自然本性以及人类对理性与文明的追求。

迪金森敢于挑战基督教权威，对教义与教规进行批评，是有其时代背景和社会文化土壤的，随着社会生产及科学发展，到19世纪宗教，特别使基督教作为一种崇拜、一种力量、一种使人至死不渝的忠诚信仰正在走向消亡，上帝创造世界的观念正在被自然科学的发展和人类文明的进步成果所动摇，加之，超验主义的兴起对美国宗教界来说是一场深刻的思想革命，在爱默生以人为中心，颂扬人类思想的神奇力量，人可以超越上帝思想的影响下，迪金森迪金森开始在诗歌中对宗教进行了自觉的思考和探索，迪金森对基督教，对上帝的态度是充满矛盾的。她既无法完全接受基督教，特别是它的教义教规，然而，深受清教主义思想影响的迪金森去又不能完全也无法完全抛弃上帝和宗教，成为一名唯物主义者。在自己内心的苦恼和矛盾中，迪金森对上帝的态度由敬爱和信任转变为蔑视和怀疑，直至最后反抗和抛弃基督教上帝，她以自己独特的方式对信仰问题进行探讨，经过长期的寻觅、追求和思考，她最终决定构建一套自己的宗教神学体系，其中心即对永恒的信仰和追求。在诗歌创作中，她坚持自己独特的道路，不向传统的诗歌创作方式和文学评判权威妥协，创作了大量歌颂永恒，表现其宗教思想的诗篇。

第四节　动物意象

迪金森诗歌意象系统中，动物意象是其重要的构成因素之一。地球上，人类和动物一样相生相克，不即不离。动物既是人类的食物，又曾被当作神圣的宗教信物而膜拜。人类和动物同为生灵，生存于自然环境之中。人和动物是怎样的关系，这也是诗人所关注的一个问题。在她的诗中涉及的动物有鸟类、昆虫、兽类等。知更鸟、蜜蜂、蝴蝶、小鸟、青蛙，甚至蛇、苍蝇、蜘蛛等都是诗人诗歌中常描写的对象。动物的出现使迪金森的诗歌空间热闹非凡，充满了活力。

爱默生在《自然》一文中所述的，“虽然自然界的事物千千万万，形态各异，但它们所表现的结果则是相同又单一的——完满与和谐，也就是美”。迪金森自然诗中的另一显著特点是诗人将她的视角不仅仅停留在美丽的自然事物上，她还刻画了那些易被人忽视的、外表可怕的生物，如老鼠、苍蝇、蛇、蜘蛛、蝙蝠等。诗人在诗歌中不是去表现这些动物穷凶极恶，丑陋的一面，诗人把大自然看作完满和谐的体现，在这和谐中，不管是丑陋的还是美丽的，在诗人眼中一律是具有灵魂，都是平等的，在诗人的笔下这些丑陋的生灵也深深打上诗人的情感烙印，成为具象征性且包含有丰富心理文化内涵的典型意象。

一、蛇

“蛇”作为一种隐喻符号，在中外文学作品中成为举世公认的典型意象是有其历史根据的。蛇具有不同的属性：一方面，它外形可怕，往往蛰居在阴暗潮湿的地方；另一方面，它生命力旺盛，斗志昂扬，能蜕皮新生，且能昂首直立。

这些不同的自然属性使得蛇的原始意象旨趣十分广泛，褒贬不一：有时，它代表狡猾、阴险、和邪恶；有时又代表坚毅、刚强、抗争；有时是女性和生殖力的象征；有时又是智慧和理性的长者的化身。人们赋予了它不同特质的文化内涵。我们通过对一些文学作品的分析可以看到，人类对“蛇”的认识，经过了从神性到人性的转变。这些意蕴沉淀在人类集体无意识的深处，在后代的文学中继续繁衍发展。如果我们考察一下世界各民族的原始神话，便会发现“把蛇作为生殖神或创始神的象征，乃是一种普遍的文化现象”。在古希腊神话传说中，“大自然的所有的大女神，这些女神之母在基督教里就以上帝母亲的化身——圣母玛利亚的形象继承下来，她们都是以蛇作为象征的”。中国神话传说中化育人类、炼石补天的女娲便是“古神女而帝者，人面蛇身”。

在基督教文化中蛇与女人及性的意蕴关系最早可以追溯到创世纪神话《旧约·创世纪》中，亚当和夏娃听信了撒旦所变的蛇的诱惑，偷吃了智慧树上的禁果，唤醒了性的意识并被上帝永远逐出了伊甸园，于是，有了人类的第一次交合，从此，女人负起生育之责，生生世世饱受妊娠之苦痛，被丈夫管制，并且蛇永远与女人为敌。而在希腊神话中，有一个美丽的少女，名字叫美杜莎，招致了智慧女神雅典娜的嫉妒，雅典娜施展法术，把美杜莎的那头秀发变成了无数毒蛇，美女因此成了妖怪。更可怕的是，她的两眼闪着骇人的光，任何人哪怕只看她一眼，也会立刻变成毫无生气的一块大石头，真是致命的诱惑。

从正面看，“蛇”则体现人性美好和善良的一面，《圣经》中不独表现“蛇性恶”的一面，也有体现“蛇性善”的内容。较为明显的、可体现蛇善的一面的是耶稣派门徒们去各处传教，要他们“灵巧像蛇，驯良像鸽子”。这里的蛇就代表了善的一面，这也正是人类崇拜蛇活动能机敏灵活的心理反映。在西方著名诗人的诗中，“蛇”也被塑造成一个可爱而正面的形象，美好且神圣。19世纪英国著名的湖畔派三诗人之一柯勒律治的《古舟子咏》，以简洁的结构和朴素的语言向人们讲述了一个生动的罪与赎罪的故事。一艘船出海航行，被风吹到了南极，困在了冰山之中。这时，一只信天翁出现了，它带领船只离开南极，脱离困境。而船上的一名老水手却将其射杀。最后，悔过了的老水手看到了美丽的水蛇，下意识地为他们祈祷，正是此举得到了神明的认可。老水手在经受了无数肉体和精神上的折磨后，才逐渐明白“人、鸟和兽类”作为上帝的创造物存在着超自然的联系。柯勒律治在《古舟子咏》中跳出了传统西方文学领域关于“蛇”是魔鬼和邪恶的化身的窠臼，赋予“蛇”以美好的形象。

由此看来，蛇这个象征符号本身包含着不同的文化意蕴，“蛇”这个意象，是“一种表意之象，一种象征性的形象”，在包罗万象、色彩缤纷的蛇象征符号中蛇的象征内涵是一个多层面的构成。在诗歌的历史发展中，蛇的各类文化意蕴累积并沉淀在诗人的集体无意识，成为引发某种固定情绪和习惯性联想的程式化意象，致使后来的诗人都自觉或不自觉地利用这些文化意蕴。这也势必影响了迪金森的创作取向。迪金森在诗歌创作中使用了陌生化的创作方法，塑造出充满新鲜、陌生的自然世界。她在写诗时喜欢设置谜语，有时整首诗都不直接点明所写对象究竟为何物，而是通过具体可感的形象来暗指，到最后才让人恍然大悟。这方面最典型的要数《一个瘦长的家伙在草地》一诗，如下：

一个瘦长的家伙在草地
有时奔驰——
你也许见过你也许没有——
他的通报突然而至——
草丛被分开，像用梳子——
一只斑斓的箭杆出现——
分开处又继续向前——
他喜爱沼泽，那过分阴冷
不宜稼穑的泥土——
但我还是孩子，赤着脚——
不止一次，在中午
相遇，曾以为是鞭梢
散落在阳光里——
我弯下腰去拾取，
它却扭曲着，离去——
不少自然的居民我都熟识，
他们对我，也不认生——
我常为他们感到一种
亲切的喜悦激情——
却从不曾见到这家伙时
不论有伴或是独自一人
不是呼吸发紧
骨头里感觉到零——。

这首写蛇的诗中却不见一个“蛇”字，说话者从来没有把这个“家伙”指称为一条蛇，而是把它指称为“它”“家伙”和一个“自然的居民”。这些指称因为都不是具体的，便造成了一种既熟悉（朋友之间不用道明名字）又疑惧（没有名字暗示着陌生）的感觉。诗人如孩童一样带着新鲜、好奇的眼光观察世界，为我们塑造了细腻的感知世界。自然界中每一生命体、每一形态、每一声音都会成为诗人诗歌中的描述对象，引发欣喜的共鸣。

以爱默生为代表的超验主义运动在19世纪中叶盛行美国，对美国文化的发展产生了深远影响。超验主义视宇宙为上帝精神的体现，人的心灵和自然界都与这精神相通，人与自然都具有神性，因此人与自然的关系是融洽、一致的。而在迪金森看来大自然是美丽的，但同时又是冷漠的甚至是充满敌意的，它永远是一个谜。人类居于自然之外。人类可以观察自然，体验自然，甚至于欣赏自然，但是，人类却永远不能了解自然的秘密或与自然融为一体。

与蛇的相遇使迪金森对自然充满无限的困惑与畏惧，就如同传说中那对单纯无辜的爱侣（夏娃与亚当）冒失地闯入伊甸园一样，与蛇相遇，眼前的蛇变换伪装时而是“斑斓的箭杆”时而是“鞭梢”，它的滑行充满让人钦佩的力量与速度，受到惊吓与引诱的诗人仍试图与之亲近并控制住蛇，“弯下腰去拾取”但是它却走开了。与之亲近却受拒绝，“我”与“蛇”的相遇象征和暗示着人与自然的一种原始的冲突关系，自然独立于人的意志之外，对人根本漠不关心，两者之间的疏离感永远无法打破。诗人对蛇的情感正表露了诗人内心深处面对“自然之谜”时一种错综复杂的情感：恐惧、崇敬以及困惑。“蛇”象征了自然之美和自然之谜，她在自然中确实发现了美，发现了寓于其中的永恒、真理，因此她试图与之亲近，并热烈地讴歌，写下了不少歌颂自然的诗歌。但同时她也感到自然并不像超验主义学说认为的那样，自然的美和永恒的真理存在于人和自然之间的完美关系中（这也是浪漫主义的观点），人在与自然的和谐当中可以倾听到上帝的声音，上帝存在于自然，自然可以给人以上帝的教诲。然而，在与“蛇”的相遇中，她并没有感到“天人合一”，相反，自然常常是冷漠的，对人类的命运漠不关心。她没有从自然那里听到上帝饶恕她的声音，但她又总在自然里不停地寻找和摸索，总在清教主义的上帝里努力反抗，讥讽上帝，又在超验主义的自然里求救，祈求得到上帝的宽恕。所以，综观她的全部诗歌，她所写的主题很少：上帝、永生、真理、爱情、自然、死亡。她所阐述的都是她面对这些主题时的心灵感受。她也有自己的主见，但这些主见常常是矛盾的，时而坚定的，时而犹疑的。

二、苍蝇

在西方文学中对苍蝇意象的描写不胜枚举，从生存意义这一层面来讲，苍蝇是作为富有生命力的具体形象存在的。在迪金森首诗歌中“苍蝇”与传统人类文化中“苍蝇”贪婪、邪恶、肮脏形象完全不同，诗人以对自然、人类独特的理解赋予苍蝇一种新的含义，在她的诗歌中，“苍蝇”懵懂、冒失却充满活力、生命力与幽默感，或给人带来愉悦与欢快，或给人带来出其不意的意味。请欣赏下面两首诗歌：

其一：
蜂儿！我盼望着你！
昨天还同咱们的熟人说
你该来了——
上星期青蛙们回到了家——
安顿下来，正忙着干活——
鸟儿们好多也回来了——
红花草已长的热烈繁茂——
十七号之前你就能
收到我的信；请回信，
或者，最好快来和我相聚——
祝好，苍蝇（水草与珍珠：190）

其二：
我听到一只苍蝇嗡叫——当我死去——
屋里的凝滞
像暴风歇息——
固定于空气——
周围的眼睛——已将它们绞干——
为最后的一击
呼吸集合坚定——当国王
证明——在屋里——
我希望我的纪念品签发
属于我的可转让
部分——有一只苍蝇
用分忧——
干预——含糊不清的嗡鸣——
在光亮和我——之间——
接着窗户消失——然后
要看的东西无法看见——

第一首诗歌里的苍蝇与蜜蜂组合意象风马牛不相及，却产生了极强的幽默效果，自然界中，美的，丑的，好的，坏的，不再以人类的价值观为评判标准，苍蝇与蜜蜂成为好友，实现了众生平等。迪金森打破传统人类文化中“苍蝇”贪婪，邪恶，肮脏的象征，赋予苍蝇一种新的含义，它代表了和谐与生命力。可见即便是一个人见人恨的微小生灵在诗人的诗歌中亦获得一席之地，在迪金森眼中自然界中的一切事物都是有灵魂的生命，自然中的非人类存在物也有其自身的存在价值和目的，万物都是平等的，它们都有自身繁殖、发展、繁荣、死亡的目的，它们为自身的目的而存在，而不是将人类的福祉作为其存在的终极意义。苍蝇写给蜜蜂的信，这种想象新颖奇特，让人忍俊不禁，诗人以一只苍蝇的身份用轻松幽默的笔调，勾画出了和谐的大自然在春天里的生机与活力。诗人评判自然界中生物不是以利益为准绳，将其分为“好”和“坏”“益”和“害”，而是以一种平等的心态去对待每一个生灵，诗人的自然即是充满人性的存在，可怕的苍蝇与美丽的蜜蜂共同分享着春天到来的喜悦，大自然中一切都和谐相处，平等交流。因此，在诗人看来自然即是充满人性的存在，人类作为有理性的生命应对其他生命怀有敬畏和热爱之心，人类与大自然中的其他非人类存在物同属于自然共同体的一部分，大自然中一切都和谐相处，平等交流；唯由此才能与其他生命和谐共生。

第二首诗歌中，苍蝇出现在了凝重的死亡主题诗歌里，在这首诗歌里迪金森对死亡那一瞬间作了特别的描述。整首作品以一个将死之人的视角展开，有窒息，有无奈，有留恋，有不舍，然而在将要死去的人告别世间之时出现的确是一只苍蝇。叙述者保持客观冷静，不动声色的态度提出一个现实：在生命的终结并没有出现传统宗教宣扬的上帝的灵光，引导灵魂从死亡走向永生的道。恰恰相反在寂静濒临死亡的时刻，唯一的生灵之迹是苍蝇，在19世纪的美国，一个几乎人人都信仰清教主义的年代，这种不相称的描写极具讽刺意味，是一个黑色幽默，起了诙谐作用的苍蝇稀释了死亡的恐怖与阴暗，使死亡变得平淡，无奇，甚至毫无痛觉。死亡不再那么可怕，而只是多了一份枯涩和失落罢了。在更深的一个层面上看，诗人着眼于“以死观生”这一哲学思考，苍蝇的闯入以及“嗡嗡叫”声是毫无意义的，这就与意义重大的死亡构成一种不协调，甚至是滑稽，而这种不协调与滑稽让人感到生命的荒诞与无谓。整首诗沉浸在诗人想象死亡，渴求死的癫狂状态中，诗人凭着异常强烈的“死亡本能”试图探求生命存在的意义，面对荒诞的世界，死似乎是对生的最好抗争方式。

三、蜜蜂

“蜜蜂”，意象在迪金森诗歌中有情爱的喻意外，诗人还对这种传统的蜜蜂为“辛勤劳动者化身”的原型模式进行了创新，把蜜蜂既会嗡嗡歌唱，又有毒刺蜇人而且有翅膀，会飞走等多重特性用以比喻世人孜孜以求的名誉声望。把名声的利弊和瞬间即逝的实质分析得鞭辟入里。如下面这首“名声是一只蜜蜂”：

名声是一只蜜蜂.
它有一首歌——
它有一根刺——
它也有翅膀

她把“名声”比作蜜蜂，立意与众不同，“蜂蜜”的甜象征着口蜜腹剑，“蜜蜂”还有一首歌指的是自吹自擂、阿谀奉承之歌；“蜜蜂”有翅膀，能飞走，意味着“名与利”瞬间即逝；“蜜蜂”的刺，这就在告诫人们“名利”如同深埋着的刺会伤人但是，就如诗人在第442首诗歌中告诫那样“所有为名誉而拼搏的男人/只是一场空苦——/当他们停止拼搏/声名狼藉或眠于坟墓——”将“蜜蜂”这一比喻意象使人耳目一新，我们不得不为迪金森巧妙的比喻和对世事的深刻洞察力而折服。通过这个巧妙的“蜂蜜”意象，我们感受到了迪金森对“名利”的反感和厌恶。在诗歌第291首，诗人很明确地表达了名声的“无意义”。

失去我自己的名声，若判断，
所有其他的赞颂
没必要——是多余的
激动——
失去我自己的名声——尽管
我的名字在别处值钱——
却是没有名誉的名誉——
一定无意义的王冠——

迪金森的人生目的就是做一棵小草。她生前拒绝别人发表她的诗歌，认为把作品公之于世是对自己的灵魂的拍卖。——“无名”观念成为她行动的准则。这样，哲学上的“无名观念”促成了她社会活动的孤独状况，这其中的显示物象就是“小草”（小草在狄更生的诗歌中多次出现。小草这一意象载体中，我们可以把握到“无名”观念的脉动，也可以寻查“孤独”状态的流变，一方面，“无名”加强了“孤独”；另一方面，“孤独”又使“无名”观念更增坚牢。这种二轮卡式环链的循环，可能就是进入狄更生艺术人格阶庭的钥匙。在迪金森看来，人生的追求与价值在于追求自我圆满和个性完善，在1861年前后，她写下的一首短诗里，这种人生的“无名”观念及其核心意义得到充分体现。

我是无名之辈！你是谁？
你也是无名之辈？

那咱俩就成了一对——别出声！
他们会排挤咱们——要小心！
做个大人物多没劲！
多招摇——像只青蛙
对着欣赏的小水洼
整日里炫耀自己的名号！

诗人以决绝的态度感叹“出名”的无聊，把“无名之辈”引为知己，其心理因素在于对名人的反感和厌恶：他们忙于摇唇鼓舌，浪得虚名，生命的价值并不如名气那么显赫。

迪金森诗歌中的蜜蜂意象除了上面所述含义外，“蜜蜂”在自然诗歌中主要有三种类型。最常见的一类主要是作为自然世界整体中一部分的“蜜蜂”，它属于大自然的生灵，宣告着自然的生命力与活力，装饰自然的美景，在万物复苏的春天，蜜蜂是春光灿烂的浪漫景致“南风把他们推搡/蜜蜂成群飞来”（123），“尽管辛勤工作的蜜蜂/以及热忱开放的花朵”（157）。在夏日的热烈与辉煌中，蜜蜂是生命的欢乐与魔力四射，“露珠一瓶——一两只蜜蜂”（117）。自然的无上风景中，蜜蜂与诗人所观察到的众多生物和自然现象和谐呈现在眼前：“山峦—午后的风光/松鼠—日月食—蜜蜂”（170），“蜜蜂不怕我/我认识蝴蝶/树林里的美人儿/待我好亲切—”（128）。以至于诗人自己也仿佛融入自然之中，与其他生灵和平共处，以此来体现世界的美妙与开阔，以及自我在融于自然时沉醉流连的心情。

在第二类蜜蜂形象中，诗人将个人思想与情感融入蜜蜂这一形象中，蜜蜂获得主体性地位，诗人对它进行拟人化描写，在诗歌中，诗人往往以蜜蜂的眼光，与自然发生联系和对话。与前一类千篇一律的田园牧歌式描写的蜜蜂相比，这一类的形象更加丰富、更体现了诗人的强大想象力。虽然有些诗篇的主题依然不能脱离浪漫抒情：“草儿要做的事儿不多——只有一方纯绿的天地/仅让蝶儿流连，专供蜂儿嬉戏”（154），让作者情不自禁“但愿我也是甘草一把”，但蜜蜂形象却发生了根本性的变化，由静态走向动态，无声走向有声：“长刺歌就在那里/一只老蜂对我们致辞”（116），在这样的诗歌中蜜蜂不再是无言的装饰品，而是气宇轩昂的演说家。诗人有意识地借蜜蜂来书写自我内心情愫，某些时候，蜜蜂俨然成为诗人内心世界的代言人，表达独立和自由的愿望以及对自我疏泄情感的渴求。如“贵族般的蜜蜂……一个个……喃喃地……成排挺进!”（119）和“她的康乃馨头点多轻快……她的蜜蜂跌跌撞撞，喝得烂醉……”（122）两首诗歌便是赞颂这种骄傲，自由的心态。迪金森对蜜蜂的主体性描写，隐喻地表达了作者不甘传统写作中妇女沉默无言的状况，试图通过写作，建立妇女主体性地位，恢复自由表达思想和姿态的权利。

第三类则是诗人以蜜蜂为引子，叙述诗人改编和反抗传统写作的决心。以西方文学中最常关照的圣经叙事为例，波特认为，迪金森是创造了一种“带有她本人标记的人物模式，一种基于《圣经》却带有个人想象特色的人物模式，把嫉妒和《圣经》人物移植到叙事者个人生活经历中”。对于世界为我们提供的一切，她不必说面包和鱼让五千人皆能吃饱，而会说“这些是自然之家的仪式——这种殷勤的款待/对乞丐，对蜜蜂/同样敞开”（191）。对于永恒和超越，她并不在逻各斯书自的泥潭纠缠不清，而是回答“它像光一样……一种无形的欢畅/它与蜜蜂相似，一种永久的……旋律”（146），“判决仪式……末日审判/对于蜜蜂，无关紧要/他与他的玫瑰的分离/在他看来……才是最大的煎熬”（167）。关于梦想的生活，诗人不要哲学王来统治，更不愿把自己赶出理想国，她只是偏爱红花草和蜜蜂的搭配，这就是梦幻乌有之乡“这，我的心，以及所有/在红花草居住的蜜蜂”（112），而这一构建的过程，必然是与传统意义的理性和历史格格不入的：“红花草的什么公寓，适合蜜蜂做窝”（207），“蜂蜜的家谱，蜜蜂并不关切—/一朵红花草，任何时候，对于他/都是千金小姐—”（229）。这是写作带来的改变，改变的是“整个写作史……同一种自我爱慕、自我刺激、自鸣得意的菲勒斯中主义。”——积极肯定男性权威和两性差异，并引导妇女对这一权威顶礼膜拜，把男性塑造为文明，从而宣称文明对野蛮统治的合理性。在这一中心下，写作如同一具巨大的机器，运转并生“真理”：告诉妇女—世界和历史是理性的，创造和写作是具体的逻辑分明的，妇女先天是感性的，因此成为理性的附庸，装饰和反例是理所当然的。然而诗人却对这一说法不置可否：“造就一片大草原需要一朵红花草和一只蜜蜂/一朵红花草，一只蜜蜂/还有白日梦/光白日梦就行/如果蜜蜂零星”（236）。在诗人眼里，创造是一种自然的，亲密的，想象的，比喻的过程，是不可为逻辑所解释的存在。与女性写作一样，产生于逻辑和哲学之外，因而无法定义，无法为以菲勒斯中心主义为基础的理论体系所定义。

四、自然界的声音意象

迪金森生前对音乐兴趣浓厚，经常参加赞美诗歌唱活动，这些经历锻炼了她听觉上的敏锐度。根据Martin Wand和Richard B.Sewall的研究，迪金森患有眼疾，使她很多时候足不出户。也许正是由于视力的下降，使她更关注声音的世界。对迪金森来说，“听”是至关重要的艺术反应。风景经常是美国诗人凝视的对象，视觉可以掌控大疆界大视野大风景；迪金森却捕捉自然的声音，将蜜蜂、甲虫、蝴蝶、蜈蚣、蟋蟀、苍蝇、萤火虫、飞蛾等昆虫的“歌唱”写进诗行，关注它们声音的力量。如在诗作“我听到苍蝇的嗡嗡声——当我死时”中，即将死去的人对世界的最后感知是“苍蝇的嗡嗡声”。在“在夏季的鸟鸣之外”一诗中，迪金森将蟋蟀的叫声写成宗教仪式中的音乐：晚夏之时，草丛深处正有一场弥撒，音乐不绝于耳，亦无音律变化，一成不变的声音扩大了寂寞。在这里，“赞美曲”是幽灵般的，因为看不见歌者。诗的叙述者从声音（“隐蔽处的弥撒”）听到了季节的变迁。在诗里，“小小族类”的“声音”成为当之无愧的主角。迪金森生前经常将她的诗在不同时间寄给不同的人，因此有些诗有不同版本，《在夏季的鸟鸣之外》便是如此。

在1865年寄给Gertrude Vanderbilt的版本中，最后一节出现声音的发出者——“蟋蟀”的名字：“But witness for Her land-/ And Witness for Her Sea-/ The Cricket is Her utmost/ Of Elegy,to me.”

在迪金森将诗寄给出版商Thomas Miles的信中，把该诗称之为“我的蟋蟀”，但诗中已无蟋蟀一词。1883年，诗人将该诗寄给Mabel Loomis Todd，随信寄出的是一只真的蟋蟀。也就是说，在该诗的最后版本中，蟋蟀“小小族群”的名字是被隐去的。随着诗作的不断修改，迪金森让诗的主角越来越消隐。被叙述者听到的“小小的弥撒”是谁在举行也许并不重要，更重要的是“小小族群”声音的力量：名字也许未为人所知，但它们的“赞美曲”已经“为自然增色”（“Enhances Nature”）。与惠特曼诗中自我的张扬、波涛汹涌的豪迈不同，迪金森带着谦逊的自我意识，审美地聆听昆虫或小鸟等小生灵的声音，在“声音”的包围中进入“无我”的疆界。在《在夏季的鸟鸣之外》的创作中，随着诗人的修改，除了诗的主角“蟋蟀”越来越隐身之外，诗的叙述者也越来越隐匿。在寄给Mabel Loomis Todd和Higginson的版本中，迪金森去除了描述某个人磕磕碰碰寻找方向和知识的内容，取而代之的是诗中人物深藏不露的最后两节诗，消除了诗的第一人称色彩。修改过后，诗中的情绪中心变得模糊了：诗中提及的“感觉”是谁的？“孤独”是说话人扩大的情绪，还是蟋蟀的？于是，诗的情绪跟感知者联系起来，也跟被感知者联系起来。此外，诗行开始的形容词短语“Further in Summer”“Pathetic from the Grass”“Antiquest felt at Noon——”，都以无人称形式出现。最后，诗人远离了张扬自我，将说话人从中撤退，使诗中“说话人”的重要性小于对声音的纯粹感知，冲淡了感知个体的印记。

昆虫的声音——隐遁之声对空间的超越迪金森生前很少外出，只发表了众多诗作中的几首。在《藏起来很好，听他们捕猎》（Good to hide, and hear' em hunt!）中，诗人说："让别人听得到，而不完全被别人看见，是很好的。"昆虫有着隐匿自我于群体之中的特质，与小鸟相比，昆虫的独特性和个体性都低。迪金森生前像昆虫一样不为人所见，很多时候也被迟钝的"耳朵"所忽略，处于人类视线的边缘。在隐秘的昆虫等小生灵中，诗人找到了共鸣，和这些昆虫一样，诗人不停止歌唱，却不追问为谁而歌唱。在《在夏季的鸟鸣之外》一诗中，诗人摆脱房子或其他任何事物的空间束缚，写出了一种空间的延伸。未知身份的叙述者被各种声音包围，而声音缥缈不知处诗人扩大了感知空间，在平凡日常中开拓出一种空间的延伸，使后院平凡的自然世界扩大成迪金森的社会世界。对迪金森来说，所谓的大家大国，也许就存在于蟋蟀这些小小族群（"Minor nations"）在盛夏过后的歌唱当中。

在迪金森的年代，女性的生活和社会空间是极其有限的，诗人每天的生活也非常简单，几乎足不出户。然而，《在夏季的鸟鸣之外》中缥缈无形的声音，超越了有限视觉空间的藩篱，也超越女性的有限生活和社会空间。迪金森在其生前没有热切地寻求发表诗作，同时没有选择放弃写出自己的"声音"，也没有放弃通过与朋友的通信发表自己的看法：就像隐匿处的小小族群一样，即使不被人所见，也坚持自己的"小小弥撒"：隐匿，又时刻"在场"。迪金森通过敏锐感知昆虫的声音来"倾听"世界。这些隐遁、无名族群发出的声音，是诗人自己隐匿于世、默默无名的人生写照，诗中"个体"印迹消退，一如那发出声音的昆虫，不为人所见。然而，"无名"的声音也时刻"在场"。在诗人去世之后，迪金森诗中传达的"声音"也终于越过其生前足不出户的小小寓所，飘散到世界各地的无数角落，一如其诗中"蟋蟀"的鸣唱一样，为"自然增色"，获得超越有限生活和社会"空间"的更高存在。她的第668首诗告诉人们，大自然尽管五光十色，千姿百态，其本质仍然是统一的、和谐的。她在第191首诗中写道："苍天不能保守秘密!把它告诉了青山/青山，只告诉果园/果园告诉黄水仙!/小鸟，偶然，飞过一无意中听个真切/如果我贿赂那小鸟/谁知她会不会说!可是我想还是不要/还是不知道，更好/如果，夏季是公理，什么妖术能使雪飘守着秘密吧，天父，我不想，即使能，知道，那些蓝宝石家伙在你崭新的世界里干些什么?"从这首诗中可以看出，迪金森相信，自然界的山水花木和谐之美中，蕴涵着一种神秘的规律。她很想了解其间的秘密。她相信只要"贿赂那小鸟"便可获得其秘密。然而，为了让大自然在她的感受中永远保持神奇色彩，让自己的内心永远保持着对大自然的亲切感，使自己永远陶醉在大自然的美景之中，她决定，“还是不知道，更好”。可见，大自然赋予人的美感，使人的精神变得更为圣洁，更为崇高。随着人对大自然审美力的提高，人类将更加热爱大自然，投身大自然。

第五节　四季意象

四季的变换在迪金森诗歌中占了很大一部分，而且四季在她的笔下呈现出独特的风味。春天是迪金森最喜爱的季节，也是最能表现她对四季的热爱之情。

一、春意象

寒冬过去，大地回春，万象更新，让她摆脱了沮丧失望之情，让她感受到了世界的五彩缤纷。

我岂能无动于衷地迎接春天——
我忆起旧时情怀——
缠绵，混杂，匆匆而来，
一个美丽的辩解——

然而诗人在感受春天美的同时，并没有忘却她的心境涟漪，她的审美趣味会忽然转向她的情感色彩之中。

新的脚在我花园里行走——
新的手指在拨弄泥土——
榆树上一位民谣歌手，
歌声里有寂寞流露。
新的孩子们在绿茵上游戏——
新的困倦者在地下熟睡——
忧郁的春天依旧归来——
白雪，依旧晨曦比以往更柔和——
毛栗正变为深棕——
浆果的脸颊更加丰满——
玫瑰已离开小镇——
原准时飘现。——

诗人将春天作为新生的意象，新春的万物迸发出勃勃生机，庭院里鸟语花香，满园春色，奏出了一首春天的歌。

二、夏意象

在迪金森诗歌中夏季意象通常与爱情联系在一起，对她而言，夏季就是爱情的象征，在现实生活中诗人从未找到过爱的港湾，但是她却一直在憧憬着爱情，在想象的世界中体验了爱的滋味，因为爱情是其诗歌创作中一个尤为重要的主题。

但愿我是，你的夏季，
当夏季的日子插翅飞去！
我依旧是你耳边的音乐，
当夜莺和黄鹂精疲力竭。
为你开花，逃出墓地，
让我的花开得成行成列！
请采撷我吧——秋牡丹
你的花—永远是你的！

诗人将自己比拟成秋牡丹，对所爱之人满怀热恋，希望能成为爱人的夏天，即使在四季轮回中，夏日的时光飞逝，但是对爱人的情感犹如夏天，炙热且充满活力，即使有一天所爱之人身边的黄鹂和夜莺已经精疲力竭，不再歌唱，她爱的琴弦仍将为爱人奏出爱的乐章。而在第二段中叙述者满心希望爱人能将自己当作秋牡丹，哪怕有死亡的阻隔，她亦跳出坟墓，为爱人尽情绽放，把花开的成行成列，成为他永远的爱人，直至永远。

在迪金森诗歌中，夏季不仅是一个恋爱的季节，象征着纯洁和炙热的爱情，还是一个收获爱情的季节，在诗作中，她想象自己是新娘、妻子的角色。

我们曾在一个夏季结婚，亲爱的——
你最美的时刻，在六月——
在你短促的寿命结束以后——
我对我的，也感到厌倦——
在黑夜里被你赶上——
你让我躺下——
一旁有人手持烛火——
我，也接受超度亡魂的祝福。
是的，我们的未来不同——
你的茅屋面向太阳——
我的四周，必然是——
海洋，和北方——
是的，你的园花首先开放——
而我的，播种在严寒——

然而有一个夏季我们曾是女王——
但是你，在六月加冕——

在诗的开头，诗人似乎在回忆那场发生在夏季的婚礼，在夏季与爱人收获了爱情，然而，这也是爱人“寿命结束”的时刻，相爱的两人被死亡分开。随着爱人生命结束，诗人对自己的生命也厌倦了，一场想象中的亡魂超度出现了，诗人与逝者一起接受着死亡的祝福，在迪金森诗歌中常常会出现头脑中想象的死亡与葬礼，在诗人头脑中呈现的死亡并不是什么恐怖的、让人忧郁的事物，而是一种特殊的光荣，意味着坚定、庄严、永生。诗人清楚地知道，死亡让“我们的未来不同”，逝去的爱人居于茅屋却获得了“解脱”面向着太阳，而我从此将犹如“孤船”深陷充满恐惧、迷茫的海洋中，战战兢兢地向未知的北方航行。挣扎航行这一意象在迪金森众多诗歌中反复出现，这一具体意象重现了诗人面对逝去爱人后的复杂感受：迷茫、恐惧等等强烈的内心情感，让我们能感受到爱人的离去给诗人带来的极大伤痛。在诗末尾，诗人归于平静与坚定，与爱人的美好时光将驱走她生命严寒的唯一温暖。

在迪金森诗歌中夏季往往与爱情、婚姻相联系，但却又总是和死亡、分离交织在一起。如果联系到迪金森生平经历，是不难理解的，牛顿的早逝、她和沃兹沃斯没有结果的爱情以及爱人最终的辞世，让诗人在变幻、流动的生命中体验了爱与死亡的滋味，在其诗歌中将人们带入神秘奇境，体验生命、爱情带来的复杂矛盾甚至惆怅莫名的迷茫情绪，激起人们对生命、爱情的热爱与深思。

三、秋意象

诗人将秋天的晨曦、浆果、原野、枫树等都人格化了。秋天的美丽景色触动了诗人的心境，她一改往日的“古板”，将一枚“别针”佩在胸，以免自己与眼前的景色格格不入。可以看出，青年时代的迪金森比较开朗、慧黠。但是，随着年龄的增长，忧愁也在她的心头慢慢堆积，对于同样的秋天，诗人却有着不同的感受：

安静下来了，溪涧的喧嚣——
关闭了，芳香的阀门——
催眠的手指轻轻抚摸着
多少精灵的眼睛——
也许会有个松鼠留下——
分享我忧郁的情思——
哦主，赐给我阳光灿烂的心吧——
以承受你劲风的意志！

显然，秋天已不再是脸颊“丰满”，身着“红衣衫”，头披“艳丽的头巾”的美丽姑娘，而是一个使万物进入休眠状态的自然之神。诗人担心自然中的“精灵”闭上眼睛会使她更加“忧郁”，以至于秋天的灿烂阳光照射不进她那阴郁的心扉。

四、冬意象

在迪金森的诗歌中，正午是最具超越希望的时刻，夏日里万物生机勃勃，而冬日午后的残阳让人心情沉重、沮丧：“它来时，大地静寂/黑暗—屏住呼吸。”（258）为害怕冬天冰冷的坟墓，迪金森在诗歌中尽量避开描述冬天，但还是有一些诗歌是诗人对冬天进行的描写。诗歌1075描写冬天“天空低垂，雪花飘舞”。迪金森描写冬日情景的诗歌，最为经典的是第258首诗歌“一抹斜阳”，在诗歌中诗人用一系列意象：“大教堂音乐”“阴影”“死神面容”，呈现了令人压抑的冬日之景。

一抹斜阳
冬日下午——
压抑，如大教堂音乐般
沉重
它给予我们，来自天堂的伤害——
伤痕无处可寻
然而内部迥异
存在于——意义中——
无人能将它传授——
这是密封的绝望——
来自帝王的折磨——
通过大气传递给我们——
当它来到，山水聆听——
阴影——屏息——
当它离去，远处
一张死神面容——

半个多世纪以来，在各种版本的迪金森诗集中，这首诗一直被归纳在“自然”这一主题之下。尽管一开始就描写了“冬日的阳光”，但仔细推敲和琢磨，我们可以发现这根本就不是一首关于“自然”的诗；在诗歌中出现的修辞让人费解，“一抹斜阳”中“天堂般的伤害”，“伤害”为什么是“天堂般的”呢？实际上，这是一种矛盾修辞，迪金森将教堂的音乐和冬日的斜阳融合，通过矛盾修辞点明了这首诗的主题是心灵所遭受的“来自天堂的伤害”。诗人敏感纤细的心灵在遭受的无尽的痛苦和忧郁中，在冬日的斜光和教堂的音乐声中，感觉到一丝“天堂”的快乐和“狂喜”。所以，这首诗歌表面上看是写冬日的压抑与沉重，写冬日严寒对躯体的折磨，而实际上这是一首关于“痛苦”的诗。

迪金森接受了人的局限性，认识到有限的生命不可能理解无限的奥秘。这首诗歌描述了诗人由一个渴望生命快乐的少女成长为一个理解思想痛苦的成熟女性的心路历程在诗中，迪金森认为上帝是尘世痛苦的根源，他永远把“神圣的伤害”注入生命缓慢却不可避免的消亡过程，而另一方面，尽管上帝遥不可及，她和爱默生一样，认为大自然是神的代理人，在自然界的精妙与神秘之中，上帝以可视的形象展现——一朵花、一只小鸟、一座山峰，抑或冬季里一道斜射的光。诗中，叙述者感受到“神圣的伤害”非常强烈而又无法表达，因为它无迹可寻然而内心却在发生某种微妙的变化，以前深信，现在怀疑；以前完整，现在破裂。与家人、朋友信仰上的分裂意味着与家庭的舒适、友谊的温暖的分离，诗人需要足够的内在力量去抵抗群体意识的压力。死亡是自我意识萌生的前奏，对上帝的深刻绝望，对死亡的正视，使迪金森萌生出强烈的自我意识，希望成为一个名副其实的人，她逐渐具有了直面困境、直面死亡的能力。迪金森对死亡及永生的态度在她的整个一生中不断发展，死亡激起了她超越人生的有限性、追求永恒的热情。诗人积极思考战胜死亡的武器，即对灵魂永生的思考，她毕生都在找寻发现永恒及实现永恒的方式。

诗人所用的矛盾修辞在迪金森的诗歌中俯拾皆是。比如，“注定要毁灭的人－注视着太阳／带着不一样的欣喜”；在1862年写的“我认为我着魔了”一诗中，她写道：“是神圣的疯狂－理智的危险。”又如，写于1894“她飞向了明亮的东方”一诗的最后两句是“这样生存就迷路了/在家中时无家可归的感觉。”她如此描写日食，“日落于黎明……夜——出现于正午”。迪金森和友人的书信，往往都是她精心构建的散文诗，“矛盾修辞”的例子同样俯拾皆是。她如此向她的“导师”塞缪儿•鲍勒斯追忆她和他相见的一天：“上次我看到你的那一天，是我一生中最新也是最古老的一天。”以上“矛盾修辞”的例子都非常直接地体现了迪金森“对立思维”的习惯和模式，这样一种思维和表达方式有效地唤起了读者对诗歌所呈现意蕴的体验，也激发了对这位一袭白衣的新英格兰女诗人的好奇。

在迪金森的诗歌中，季节是和色彩联系在一起的，而色彩又恰如其分地映射着主题。春光明媚、夏日骄阳、秋叶金黄、冬雪皑皑，这些具有特定色泽的关于四季的形容，我们似乎在诗人那里找不到明确的对应。她可以让春日是玫瑰色与紫色，清新而高贵，可以让夏日是金色的辉煌，可以让秋日是丰收的苍黄，甚至可以让冬天上听上去是大教堂压抑的音乐声。这些都是诗人至情至真的表现，而大自然本来就是丰富多彩的命题，它足以给人们无限的想象，季节意象作为考察迪金森诗歌审美范畴的一个重要指标，它所寄予的也就不止色彩上的美感与动感，在表现时间的飞逝与无情，生命的循环与人在自然中的无奈与怅然，四季回转，也转出了它特有的伤感。

第六节 色彩意象

康定斯基在《艺术的精神》一书中谈“色彩的作用”时讲：“一般来说色彩是可以用来对精神发生作用的手段，色彩是琴键，眼睛是键锤，精神是多为的钢琴。画家是手，一只以某种琴键为中介相应的使人的精神发生震颤的手。”同绘画一样，诗歌作为形象思维的产物，其创作也讲究色彩美，诗人选择各种色彩词汇为诗歌营造出鲜活的视觉化氛围，同时将意义与暗示凝铸于大自然的色彩中，这两者的巧妙结合让诗歌风姿独特，释放出自然美与性灵美的强光。

艾米莉·迪金森正是一位谙熟色彩运用的大师。据笔者统计，1924年出版的《艾米莉·迪金森诗歌集》中仅以自然为主题的111首诗歌里出现的色彩就达19种之多。艾米莉·迪金森诗风朴素、简约。用词经济，其诗常因省略较多而晦涩难懂，但是在以大自然为主题的诗歌里，女诗人尽情泼墨，毫不吝啬笔下用词。面对色彩缤纷的大自然，艾米莉以女性独特丰富的情感体验，非凡的观察力和想象力精准地捕捉了既展现客观世界光色之美又表现内心情感、思想的色彩。透过这些闪耀着光与色的诗篇，我们可以发现诗人手中这些包含着深刻、独特精神含义的色彩诉说着诗人的体验和思想，让诗歌发出神秘的声响，形成一个巨大的有着强烈艺术感染力的诗境，同时色彩的运用给诗歌盖上了“艾米莉式风景”之印章。本书试从色彩的角度分析艾米莉·迪金森诗歌中色彩意象运用的特点及其内涵。

一、色彩对比

艾米莉·迪金森迷恋于将冷色调的紫色与暖色对比。这种较为固定的对比模式体现了诗人独特的审美情趣，对色彩所含精神的深刻领悟；从更深的层面上看，此种主观内省的色彩冲突反映了女性的生存状态，也是诗人为女性力量的存在以及女性作为独立的人所具有的价值而发出的呐喊。诗人描写日出、日落的诗歌里，常可以看到紫色与暖色的对比，在“金色燃烧紫色熄灭”一诗中，太阳是“金色燃烧紫色熄灭”“像豹子般越向天穹”。金色与紫色的糅合道出包含在平凡无奇自然中的神秘。太阳充满男性的力量，以宇宙征服者和统治者的形象出现，似一头凶猛的豹子，它敏捷地跃向苍穹，并熠熠燃烧，放出金色的火焰。此种形象犹如西方神话里那位满头金发，高大魁伟的太阳神赫利俄斯。他头戴万丈光芒的金冠，每天驾驶着火马拉的金色战车划过天空，给世界带来光明、生命和活力。“金色的燃烧”体现的正是张扬的生命和强烈的情感。而在这力量的制高点之后是逐渐的熄灭。在诗人看来，力量的尽头并不是黑色的世界，“紫色熄灭”是日落之后的状态，太阳的熄灭如同它在天顶灼灼燃烧那样尊贵、神圣和威严。熄灭不是寂静的死亡之色，而是以一种神秘、柔韧的方式延续着生命的存在和力量。

在诗人的笔下，不论是燃烧还是沉寂，两极的力量都均衡、和谐相接，犹如硬币的两面构成一个完满的宇宙。如果说诗人在此试图建立一个理想的两性世界的话，那么在其他一些诗歌中诗人用冷暖色的冲突真实地再现了男女不平等的社会现实。如其中一首：“白日缓缓而来，直到五点，/弹起在群山前/像被掩藏的红宝石，或光/突然从毛瑟枪中喷发的子弹。/紫色无法再享有东方，/太阳震动着展开，/……”诗人猜测日出之前是“紫色”享有着东方。但当太阳喷发于山前，如“子弹”从“毛瑟枪”里喷射出来，像流光溢彩的红宝石。“紫色”被打散，无法再遮掩住东方。神圣和威严的太阳主宰着宇宙这巨大的客厅。“紫色”受到支配、压抑和驱逐的情节反复出现在诗人的笔下，在另外一首诗“群山换新颜”笔调急促的画面里，日出之前如女性般温柔的淡紫的光充溢着村庄，但太阳这个“侵占者”出现在山头，驱逐着山坡上迟迟不肯离去的紫色，占领了广阔的地方并在草地上毅然留下鲜红的占领脚印。紫色与暖色的对比为诗歌营造出和谐、庄严、神圣的宏大气势。这些色彩不能仅仅被视为记录自然运动的风景画，在物质表层下盛载的是诗人的沉思与默想。金色和鲜红充满力量，暖色复活了人们对男性社会地位的体验。他们光彩夺目，光芒照亮整个“白日的大客厅”，翻腾的光热让“世界的心智变的滚烫”。就如同“太阳”“山脉”“控制海潮的月亮”“火焰”等形象一样具侵略特质和控制力量，是世界的征服者和统治者。而冷色调的紫色则表现出了被支配、统治，隐忍、谦卑但不平庸的特点。他们是被“毛瑟枪中喷射出的子弹打散了的”色彩，是日出之前被红色所驱逐，还恋恋不舍于“山坡”的色彩，是以“森林”为依靠，欲意开放还需求得同意的色彩。色彩之间的僵持则投射出男性占主导地位的社会里女性的生存状态：被动、受控制、受压抑。尽管19世纪工业化的进程鼓励人们为自身的尊严和幸福努力奋斗，但是艾米莉所处时代的妇女社会地位依然没有很大的改变，她们并不能享受自由与自主的权利。艾米莉·迪金森通过色彩的对比与冲突巧妙地反映出那个当时妇女所处境遇及对女性力量的深刻认识。

二、色彩混合

如果说艾米莉·迪金森诗歌中两类色彩的并置引起视觉以及心理上的冲突和不协调，那么其他部分诗歌里多种色彩的布列则是奏响和谐、绚丽的唯美乐章。诗人用多色调所表现出的客观事物和场景弥漫在冥想、超验的氛围之中。如司点彩派画家笔下的光色作品一样，在观者的眼睛里融合、变幻，产生深度的幻觉。现举诗歌“我来告诉你太阳如何升起”加以分析。

我来告诉你太阳如何升起
一条丝带，上升
塔尖浸在紫水晶里
新的世界像松鼠一样跑来。
山峦摘掉她们的软帽，
食米鸟，开始歌唱。
于是我轻声自言自语，
“那一定就是太阳!”
但我不知道他怎样落下。
似乎有一道紫色云梯
黄衣的孩子，男男女女
向上攀去
直到云梯的那端，
一位灰衣袍神父
轻关上这夜的栅门，
领着信徒而去。

响亮的淡紫、明亮的黄色、沉静的紫色以及虔诚的灰色表现了太阳生息的过程。多种色彩的融合给诗歌附加了全新的表现价值。日出时的淡紫，到明亮的黄色，再到日落后的纯紫色，以及最后的灰色，色调的转换在静态的诗画空间里引入运动节奏，它们是用作图画韵律连接的抽象手段。浓淡深浅的节奏变化创造出灿烂辉煌的效果。同时这些色调的组合与诗人内心深处强烈的蒙昧的宗教情感紧密联系。诗人试图通过太阳运行探究生命的轨迹。散发着力量、权威、智慧光芒的生命自有一条既定的轨道，而生命源于何处，为何源此轨道运行人们无从而知。理智与智慧的黄色深陷神秘、迷幻的紫色中，生命的攀登通向灰色的上帝的怀抱。作为拥有理性和智慧的人，诗人努力探求自然中的真理，然而始终无法完全抛弃上帝和宗教，在理智上她怀疑基督教教义的真实性，在情感上她渴望永恒和救赎，渴望得到上帝的接纳，但却无法证明基督教教义中的上帝与永生，对上帝的质疑与依赖彼此共存，相互交织，情感与理智之间的矛盾与煎熬在诗歌中幻化成多种色彩的较量与映衬。

在迪金森的笔下，黄色与紫色的相遇在精神和情感层面上体现的是高明的理智与蒙昧感情之间的较量，而模糊不清的“灰色”宗教信仰，是诗人在追寻与怀疑中构建出的一个上帝，一个从自身的认识来感知的上帝，成为她渴望面对的一个心灵的居所和倾诉者。灰色既是一种形式因素，也是一种表情因素，调和了理智与情感的冲突，与明色调的结合赋予整个画面一种“甘美的哀愁”之感，同时也让整首诗歌笼罩在一种捉摸不定的与宗教情感相联系的氛围之中。

三、色彩的象征

色彩是一个永不枯竭的象征意义的源泉。个人的体验和想象力影响着诗人对色彩的理解和喜好，因此诗人总是有着自己独特的标志色彩词汇。比如，波德莱尔所称颂的绿色，贡戈拉式的蓝色等。紫色、银色和黄色则是艾米莉·迪金森的标志色彩。根据笔者统计，1924年出版的《艾米莉·迪金森诗歌集》中，有23首诗歌包含了紫色；有15首诗歌包含了银色；有20首诗歌包含了黄色。随着心境和情景的变化，诗人充分地表现这三种色彩丰富的精神内涵并赋予他们象征意义。在艾米莉·迪金森的诗歌里，紫色是意义丰富，使用最多的色彩。在前面第一节谈到色彩对比时，笔者提出诗人在创作中倾向于将紫色与暖色进行对比以此刻画女性在19世纪男权社会中所处的压迫与不自由状态。除这层意义外，紫色是力量、生机和活力无限的象征。如在“亲爱的三月，请进来!”中，紫色是“三月的鞋子”，是描绘春天的最佳色彩。“在那儿，紫色的船儿轻轻荡漾”一诗中蝴蝶是“紫色的小船”在水仙花的海洋中飘荡，充满大自然的活力，灵动和神秘力量。紫色在诗歌中的运用更加明显地表现出了诗歌绘画的美，淋漓尽致地呈现了诗人以其独特的女性气质所体验到的自然。

“黄色”是自然较少使用的色彩，迪金森的黄色是大自然赋予的最时尚的色彩，代表美丽与纯洁，因此她谨慎地选择了三种事物与黄色进行搭配：太阳、闪电、水仙花。太阳、闪电的黄色象征着光明、力量和智慧。而水仙花的黄色则象征着原始和纯洁，是自然专属的色彩，它的耀眼夺目，让“我”觉得自己的着装怪异可笑。

诗人在小鸟的歌声中体会到了银色的华丽与神圣。在“音乐在每一个地方奏响”“歌唱的鸟儿在三点半”“剖开云雀，你将看到音乐”等一系列诗歌中小鸟们腹中藏有最美妙、最甜蜜、纯洁、永恒的银色音乐。小鸟在大自然的森林里学会了谱曲，在小小的腹中藏有一卷卷“银色的曲调”，这些乐曲“不为欢呼”而“是独立的欣喜”，就犹如在广阔的内心精神世界放声高歌的诗人，内心深藏超凡脱俗的诗才为灵魂的自由而欢唱。

艾米莉•迪金森的诗歌因色彩而灵动，因色彩而扑朔迷离，在她的诗歌中繁复的色彩别具一格，清新自然、和谐浑融。色彩所包含的广博的情感、独特的个性和丰富的象征义构成其诗歌特有的艺术特征，并散发出巨大的艺术魅力。

迪金森诗中的自然就是一个复杂的矛盾综合体。自然时而是循循善诱的导师，时而是面目狰狞的怪兽，时而娇柔媚人，令人折腰，时而诡秘莫测，令人敬畏。其实，自然的本身并无所谓什么亲近冷漠，优美凄清之说，自然界万物皆具有象征性，外部世界是精神世界的体现，无非是人的主观意绪的折光。迪金森诗歌中的自然当然也不例外，只不过是加工后的自然，艺术化、理想化的自然，或者说是诗人自然观和审美观的投影。她将自然与人类的现实社会等同起来，她对自然的认识其实就是对人类社会的认识，她所体验的人与自然的关系，实际上就是人与现实社会之间的关系。从她的自然诗中，我们可以感受到诗人的那种既拘囿于社会和文化，又超越社会和文化的绚丽的心理图像，艾米莉•迪金森的许多诗歌都从人与自然的关系这一角度进行了生动鲜活的描写，其中最为典型的就是迪金森的一篇代表作，这篇代表作的名字为“自然，最温柔的母亲”。这首诗歌将人与自然之间的关系描写刻画成为一种极为亲切、和谐的状态，人与自然两者互相爱护，互相尊重，不可分离，联系紧密。艾米莉以第一人称的口吻完成了对于整首诗歌的创作，以一种极为亲切自然的情感状态将自然比喻为人类的母亲，并且全诗歌贯穿了这样一个原则。从另一方面看，而在迪金森的诗歌当中，自然生态类的意象占据了主要地位，比如说，天空、森林、草原、江河海湖等意象出现在她的诗歌当中的频率就比较高。通过对这些自然生态意象的描写以及进一步的文学加工，从而进一步构成诗歌中所最终呈现出来的景象，敌对和友好，抗拒与接受，欣喜与害怕，多种矛盾却又和谐地自然地于迪金森的诗歌中清晰地展现在读者面前，虽然大自然的奥妙难以用语言表述，却可以为人所感知，人类可以用自己的智慧来歌颂自然，欣赏大自然和谐之美，人与自然是可以实现统一的。这种形式的建构从侧面表现出了迪金森想要以这样的描述角度和方式表达自己对于人与自然融洽相处的期盼以及理想，并且希望人们对于自然界中所出现的各种非人为的自然灾难能够以一种理性客观的态度进行审视，而不是一味地抗拒以及排斥，甚至引发对自然的恐惧以及敌视，进而对自然产生友善的态度，从内心深处理解自然的美好。

第三章　艾米莉·迪金森诗歌中的家园意象群

第一节　家园意象的概说

“家园”是东西方文学所共有的一种集体原型意象，它在审美认知层面上极富内涵与意义。对无家的漂泊者来说，是内心深处最永恒的依恋。回归家园，也是每个离家出走的游子的永远渴望。德国浪漫派诗人诺瓦利斯说过，“哲学原就是怀着一种乡愁的冲动到处去寻找家园。”正如彭放先生所说“人作为自然之子，自脱离母体以后，就成为无家可归的精神流浪儿，回归家园，寻找母亲—祖国·大地·故乡—母亲的形象，成为永恒的主题。”

在英雄史诗《奥德赛》中，正是诗人这种对家园的眷顾与热爱，使英雄奥德修斯不但经受住了生死的威胁和磨难，而且也抵制住了美色的诱惑，最终回到自己的家园，赶走谋篡者，重新获得了家园的和平与重建。在诗歌学界，家园意识已经作为一个重要的主题纳入学术研究的视野，“离乡、漂泊、返家”也已经成为中西方很多文学作品表现的主题，家园意识作为一种独特的意识，有着自己本身的特性。首先，家园意识是无功利的。它不具备直接的社会价值，不能带来一定的经济效益，但它是我们诗意栖居不可或缺的一部分。其次，它是情感的。在人们为烦琐、浮躁的生活所累时，它能给人们带来一定程度上精神的愉悦。再次，它是整体的。为了营造一种诗意栖居的氛围，它必须挣脱种种利益、价值和关系的束缚，站在所有的最高度来观照人生。另外，相对物质世界而言，精神世界有着极强的自由性。作为精神世界里的一部分，家园意识当然还有着很强的自由性。家园意识作为一种普遍存在于现代社会的意识，当然存在于意识范畴，而艺术和宗教是它所依存的两大园地。故乡、童年、母亲、爱人、文化等，是家园意识具体依附的几个重要物象。

在不同的文化中，家园的最终所指和它所予人的意义存在一定差异。在以宗教为民族文化之基的世界里，家园最终存在于某种彼岸的世界，譬如基督教中的伊甸园，上帝创造人类始祖亚当和夏娃之后，为他们创建了他们的家园——伊甸园，但是亚当和夏娃受蛇的诱惑，违背上帝的旨意偷食了禁果，因而被逐出了自己的家园，来到人间流浪。再如在《圣经·旧约》五经总论的《出埃及记》中上帝（通过摩西）把以色列人从埃及拯救出来，经过与荒凉的沙漠环境和他们自身的"顽固不化"的长期斗争后，把他们带到了"奶和蜜"的地方。这些宗教故事有着家园追寻的意义，成了一个民族的深邃灵魂，它们隐藏了人类最深邃、最隐秘的集体渴望。家园的失落诱发人们对它的渴望，并不畏艰辛的寻找返家之路。这是人类宿命般的渴望，是人类无法割舍的情绪，并在一代又一代中传承下去，逐渐成为一种历史积淀下来的集体意识。正如陈晓兰女士所说，"离弃家园，在尘世中漂泊，最终重返家园与父认同是西方文学及文化中人的生存形态，而且也是西方叙事文学的基本模式。"

对于家园的含义，人们主要是从地理意义和精神意义两个方面给予界定的，李建军指出，"抽象的精神意义上的家园是精神家园、心灵家园，是指心灵以及良知、正义、勇敢、尊严、纯洁、爱心、真诚等神圣原则和绝对命令作为寓存的家园"。其实"精神家园"是一个很广泛的概念，简而言之，即心灵的归宿。人既然是感情与理性的集合体，那么寻找精神家园就包含两层意义：第一，摆脱尘世烦恼，返归自然的企图；第二，通过理性达到了解宇宙奥秘，确定人在社会中存在价值的企图。这种寻求精神家园的冲动，如同人的求生本能一样，是与生俱来的。

对于远离尘世，拒绝皈依宗教，一生将自己"囚"于家中的迪金森来说，"家"对她来说是一个至关重要的存在，家既是物理意义上的房屋，也是心灵的居所，家是她安身立命的物理场所，是安全感和归属感所在，也是她远离尘世，驰骋心灵并获得安全感与归属感的精神空间。根据周建新的研究：在迪金森的诗歌中有大量的建筑或结构方面的词汇，如平面（plane），梁柱（beam），拱形（dome），角度（angle），斜线（slant），度（degree）规划（plan），刻度（scale），纬度（latitude）等；与家居相关的词汇，如家具（furniture）、木匠（carpenter）、房间（room）、房子（house）、家（home）、家宅（homestead）等等也频繁出现。据统计，在她一生所写的1775首诗歌中，home出现86

次，homes出现5次，homesick出现9次，homesickness出现1次，homestead出现4次，house出现74次，说明迪金森不仅熟悉自己居住的家及其中的物件，有很深的家族观念，而且家及其物件也深深影响了她，进入她的诗歌，成为她思考和表达的重要组成部分。

迪金森去世之后，她的哥哥在填写死亡证明的职业一栏，写的是“在家”。“在家”一词意蕴丰富，既是对迪金森生前现实生活状态的客观描述，也是对迪金森生存状态的隐喻。从某种程度上来说，迪金森退隐在家，是一种积极的维持自我独立的式，家让她与外界隔离，实现了自我的独立与完整，家为她抵挡了不可知的充满威胁的外在世界。此外，家引发了诗人对精神家园的追寻，也提供了一个与世界进行沟通的桥梁，诗人从建筑意义上的空间形式探求家园外的广阔空间，外在的世界从门窗进入诗人的视野，并最终进入她的想象空间。“家园”意象及其相关的系列。

第二节　家意象

1830年12月10日，艾米莉•迪金森在阿默斯特小镇大街上一幢名叫家宅的房子里诞生。在这座由祖父塞缪尔建造的两层砖楼，1813年建造的两层砖楼，是当时镇上唯一的豪宅，所位于小镇的大街（Main Street）上，名叫家宅（Homestead）。迪金森度过了与世隔绝，勤于思考和写作，与诗为友的一生，她选择家园作为自己的前沿阵地，因为家给她提供了创作的空间和自由。这种自闭于家中寻求内心精神完满的生活方式自然会让诗人对家有更强的依赖；迪金森一生隐居在家，所获外部经验有限，整日为家务奔忙，熟悉家中的物什，家作为一个物理场所，其结构特点以及家中的物件影响不可避免地渗入了她的写作。

在她的诗歌里，她时常在诗中用与家相关的名称营造出家园的空间感或安全感。家作为一个家园概念也影响着艾米莉•迪金森，在她的诗歌中重现了人类不可企及的家园之梦。

当然，首先在家意味着熟悉的亲密和温暖的庇护。她把家描绘成伊甸园一样美好的地方，伦丁认为，迪金森实际上常常把家理想化了，她把家描绘成一个坚不可摧的地方。翻开迪金森少女时代的书信，尤其是她早期的书信，可以看到，她总是满怀感情地表达对家的依恋和期待。1847年，正在霍利约克女子学院读书的迪金森向朋友阿拜亚描述自己的思家之“离开了家就快活不起来”。

对迪金森的叙述者来讲，家里是安全的，家外却有种种危险，“好奇的野狼前来窥探——/鸱鸮投下困惑的目光——”“饿鹰尖厉的叫声令人丧胆——”（第9首）迪金森的诗歌展现了家所提供的温暖的庇护。家里有温暖，“暖融融的气氛”，还有“财富”“天伦之乐”（第953首）。归家是一件多么幸福的事情，“虽然我到家多么晚——多么晚——/但我到家——这就会皆大欢喜——”（第207首）家外的危险所造成的破坏和伤害在迪金森描写暴风雨的诗歌中有充分的展示。

但是只要在家，便能免遭一切苦难。“风开始揉草——/就像女人揉面——”（第824首）狂风一开始就展露出强大的破坏力，然后是电闪雷鸣，接着“一滴大雨点”将诗歌引入高潮，世界仿佛被摧毁，“洪水掀翻了天”，整个世界仿佛都要被毁灭了，洪水“却饶了父亲的家——/仅仅劈断了一棵树——”在极具破坏力的自然面前，家固若金汤，安然无恙。诗歌中的暴风雨，既是自然的现实事件，也隐喻外部世界的一切凶险，但是，无论外在的世界多么恐怖，在家里，主人公却是安全的，因为家就是一个坚固的堡垒。与此相反的是，脱离了家，自我便失去了“居所”，在这个不可知的世界上，自我变得渺小无力，无法维持其存在，自我的独立受到侵犯。“我一早出发——带着我的狗——/去把大海赏玩——”（第520首），在这首诗歌中，主人公走出了家门，去外面的天地。家外的世界是一个无法把握的世界，有难以预知的危险。叙述者在外面的世界中渺小无助，犹如一只“小耗子/在沙滩——固守——”，海浪涌上来，几乎要将叙述者吞噬：“他跟上来——紧追不舍——/我感到他的银蹄/碰上了我的脚踝——……”诗人用“遭劫”“囫囵吞”等字眼来描绘威胁，而主人公却无可奈何。

家屏蔽了外在的危险，提供了安全，也意味着不被打扰的隐私。随着年岁渐长，迪金森越来越将自我“困”于家中，她骄傲地说出“我不会越过父亲的地盘去任何一个人家，任何一座城镇。”她妹妹说，她是家里唯一需要思考的人，“（艾米莉）必须思考——她是我们家唯一要做那事的人。”迪金森最重要的事情，就是思考，并把她所想的一切表达出来。斯皮勒说：“她的宇宙是灵魂的宇宙，她的独特的任务是让那个宇宙发声。”当她待在家中哪儿也不去时，她便从最大程度上保持了自我的秘密和完整，不仅仅是在物理意义上的家中，也是在她的心灵中。不过，待在家中，她依然与外界保持着联系，外在的一切将从房子的门和窗中，进入她想象的世界，一个比父亲的房子更大的家园将被构建起来。

世界多么恐怖，在家里，主人公却是安全的，因为家就是一个坚固的堡垒。

艾米莉·迪金森一生都生活在安全舒适的家中，家就是她活动的整个世界，她把居住的家宅（Homestead）比喻成“宇宙的大厦”（Mansion of the Universe）在里面她思考人生、爱恋、生存和死亡，她的思考，往往和家园有着紧密联系。例如，她思考自然和艺术，把自然看成一所闹鬼的房子，把艺术看成一所想办法引来鬼怪的房子。艾米莉关于自然的诗歌几乎占她诗歌总数的三分之一，其中有不少诗歌看起来像是从屋内往窗外眺望的。

每次我醒来——
看窗帘和墙之外
一个大大的裂缝——
这风景的角度——
仿佛一个威尼斯人——正等着我——
睁开眼睛——
这其实只是一根苹果树枝——
斜向天空

有些诗歌则把自然描绘成一个家园，如

自然——是最温柔的母亲，
对孩子从不丧失耐心——
无论对最羸弱的——还是最任性的——
她的训斥总是温和的
在森林——和山冈——
过路的人——都听到——
对压抑又骄蛮的松鼠——
或太调皮的鸟儿
她的谈话是多么悦耳——
这是一个午后——
在她的家园——对她一家子——

“在家”是迪金森生活的常态。法国哲学家莱维纳斯认为自我不是抽象的符号，而是作为“身体”生存在这个世界上，所以它必须在这个世界中安顿自己，在这个世界中保存自己。居所的重要性由此可见。在家，意味着自我在这个世界上有了栖居之地。对于迪金森来讲，父亲的房子，就是她的肉身的栖居地，存在的居所。海德格尔更进一步地说，“安居是凡人在大地上的存在方式。”物理意义上的退隐在家，意味着与世界隔离的孤独，这份孤独必然会带来痛苦的体验，包括局限的生活体验，但更重要的是，迪金森正是在这份极致的孤独中体验与构建自我存在的家园。可以说，正是在隔绝与孤独中，迪金森为自己打造了一个自由的家，她的自由与独立，恰恰是以这份孤独为前提的。莱维纳斯认为，与世界的“隔绝”，其实是自我的一种于变化之中的顽强的自我认同意向和活动，以现代性理论言之，是一个积极的、奋发的作为。

（一）房间：死亡的房间

作为一位一生囿于家居的女性，房间是迪金森逃离社会，隐逸于诗文的物质场所，同时亦是诗人的精神空间，在这个空间里诗人设置了时间与精神的永恒，而通往此空间的唯一过程就是死亡。

其一:《什么客栈》
什么客栈
稀客山高水远
夜来何处休眠?
东家谁主?
不见女仆?
瞧，多奇怪的房间!
炉膛没有熊熊烈火——
不见琼浆满斟的大酒杯——
巫术师!东家!
下面是谁?

其二:《安居雪白光亮的屋子——》
安居雪白光亮的屋子——
没有清晨
没有午间——
温顺的复活者安眠——
缎子的椽，
石头的檐。
在它们上方她的城堡
灵光笑轻风——
向耳背嘀咕的蜜蜂，
吱喳可爱的小鸟——
啊，这被毁灭的人性!

以往的研究者在分析迪金森死亡主题诗歌时，认为诗人视死亡为通向永生的捷径，诗人认为对死的描绘目的在于对永生的赞颂。但是笔者认为迪金森对死亡的理解始终处于矛盾与痛苦的境地，诗人渴望的是一种死后的回归，但是死后人所呈现的状态让诗人意识到死后的回归是一种更悠长的寂寞与不被接受。而正是这种矛盾与痛苦让诗人在描绘死亡时，将死人容生的坟墓比喻成现世的“房间”用一种奇特化的手法，逼真地表现了死亡在诗人心中所呈现的既现实又奇特的状态。

对家园的强烈依恋驱使诗人用“客栈”与“房间”来象征坟墓，人死后的托身之所，这两个意象潜藏着：安全、宁静、温馨、身有所属之感。这种意识产生的心理基础在于诗人面对人生无常、神秘莫测的死亡时，产生的对安全、归属、尊严此类精神的需要。诗人也曾多次的探讨过人死后进入天堂的问题，然而在她的诗歌里更多的传达了视死为另一种形式的生。这种“生”的确是一种永恒的状态。但应该注意到：诗人并没有因永恒的实现而欢欣。诗人笔下被剥夺生命的人并没有像宗教中宣扬的那样离开家园进入天堂，他们依然居住在人间的“客栈”“房间”中，依然生活在人们的周围。但是他们的房间是奇特的，有的在“山高水远”之处，房间里“炉膛没有熊熊烈火”“不见琼浆满斟的大酒杯”。有的是“雪白光亮的屋子”，但是看不到外面世界的一切美景，无法享受到尘世的一切欢愉。回归所依恋的家园，这些“复活者”只是“温顺的安眠”。他们再无法与“房间”外面的世界进行联系与交流。这种永恒的状态实际陷入了永恒的独孤与无意识。

从这些描述中，我们可以看出迪金森在死亡问题上的看法：死亡是一种真实的存在。诗人解开基督教死后美妙世界的面纱，死亡最终露出一种逼真的奇特景象。人死后并不是踏上寻求天堂的漂泊之路，而是回归给予安全感和归属感的家园，但是死亡者的家园此时变成一种完全封闭的空间，切断了死者与人间的联系，既存在于人间又消失于人们的视线中，陷入一种永恒的孤寂。而这种状态正契合了诗人遁世归隐的生活，归隐切断了她与外界人世的接触，与世隔绝的生活寂寞悠长，有时如死亡一般地孤独，这让迪金森反复思考、吟咏死亡，也审视自己作为遁世诗人的存在。

（二）诗意的栖居

在迪金森以独特的方式将外在世界纳入内在心灵的同时，她也赋予了内在心灵空间一种家的形式。迪金森说，“自然是一座闹鬼的屋子——而艺术——一座极力要让鬼闹的屋子。”如果自然和艺术都是鬼屋的话，其实她自己也是，有时候她在那无限的意识深处发现的并不是一个隐居的圣灵，而是一个可怕的杀手。“人用不着做一个房间——让鬼魂出没——/人用不着做一座住宅——/头脑有的是走道长廊——胜过/实在的楼堂亭台——”（第670首）她内在的不安、焦虑、恐惧以鬼魂的形式出现，她在自己的家中，更是在自己身体和心灵的家中探险。迪金森对自我心灵的体验，与她对诗歌的感受有一种相通性，二者都是剧烈的、神秘的，甚至带着一种危险。希金森这样记录迪金森说的话：“如果我读一本书，这书使我浑身发冷，什么火也烤不暖我，我知道那就是诗。如果我有一种切身的感觉，好像天灵盖都被揭掉了，我知道那就是诗。”

随着迪金森越来越退居家中，她在内心的探索也越来越深入。仿佛是，她越孤独，就越敞开，占据的空间越小，就越加深入地步入无限。就是在这种绝对的私密与孤独中，她最终获得了灵魂的自由和自治。海德格尔认为，人的生存是诗意的安居。而诗是真正让我们安居的东西。“那让我们安居的诗的创造，就是一种建筑。”迪金森正是通过诗歌的创造，抵达了安居。安居意味着自我的独立和自治。有趣的是，当迪金森说到位于主街的家宅时，她总是称之为“我父亲的房子”，祖父建造的家宅，迪金森家的房子，这个“迪金森”是家族中的男性，却不是诗人迪金森的。迪金森没有遵循传统，做一个无名之人，沃尔夫说：“迪金森通过诗歌获得了上帝的房子的‘国度、权柄、荣耀’；同时，她赎回迪金森之名，成为真正的唯一的继承人。”如果说父亲的房子还不是真正意义上的“家”，那么唯一的办法就是为自己造一座房子，当她把自己比喻成一个木匠时，她就是在构建一个诗歌的房子，用诗歌为自己正名。“我自己被培养成——一名木匠——”，“我们——在修圣殿——我表态——”（第488首）诗歌中的叙述者是一名木匠，她要修建的房子，是一座圣殿，在无人问津的时候，默默地修建，对于迪金森来说，这个圣殿就是诗歌。她一生中默默地写作，并不理会他人的出版的建议，她要建造的房子，不是普通的民居，而是一座圣殿，因为在迪金森那里，“家”已不再是“小我”之家，而是一种社会之“家”，这是作家的一种“文学社会责任”和读者对于作品的“当然诉求”。灵魂的独立与自治，对于迪金森来说太重要了，那种自由的状态通过一个完全自足的房屋意象来表达：支柱扶持着房屋/直到房屋建成/然后支柱撤走/房屋则像样，端正/自己把自己支持/不再回想/钻子和木匠——/正是那样的回顾/具有完善了的生命——/木板和铁钉的前尘/还有迟缓——然后脚手架倒下/确认它一个灵魂。（第1142首）如果说上一首诗歌是诗人在宣扬自己的决定，要让灵魂得到独立和自由，那么这一首就是灵魂的独立宣言。无论是诗歌还是灵魂，这所房屋作为一个独立的自我支撑的意象都表明了诗人心灵的力量。灵魂的成长，经历了一个过程，当脚手架倒下那一刻，它的独立和自由得到了认可。此时，诗人正处于创作的高峰，她与她的诗歌都已经成熟，一种确定感和庄严的氛围贯穿诗歌始终。没有不安和恐惧，也没有戏谑的打趣，这所诗歌与灵魂的房屋在庄严的氛围中被构建起来。诗歌的居所对于迪金森来说有着重大意义和价值。

我居住在可能里面——
一座比散文更美的房屋——
有着数目更多的窗户——
门——更是超凡脱俗——
房间如同雪松林木——
眼睛难以穿透——
一个永久的屋顶
由斜折形的苍穹造就——
来客中——
最美的——
栖身在——
这间房——
展开我窄小的双手
把乐园收罗——

显然，对迪金森来说，诗歌是更加奢华的房子和家。如果说父亲的房子是她身体的栖居地，那么诗歌，才是她最终的心灵家园，它通往无限与天堂。“更多”“更美”“超凡脱俗”“永久”等等，每一个词都指向无限，迪金森用房屋、家园等来将无限具体化，然而她的目光又超越具体的门、窗，诗歌中所有的具体意象都与无限、无数、至高至远相连。门，超凡脱俗；窗户，数目更多；房间如密林，无法看透；屋顶竟然是苍穹，这座诗歌的房子，无限阔大，并且无限高远。这个房子完全是诗人自己的，它不再是“父亲的房子”，它是自己灵魂的栖居地，自我在这里完全成其为自己。诗的结尾部分，主人公伸开双手，把乐园收罗，意味着她拥抱这个家就是拥抱乐园，这个乐园，不是天上的天国，而是她构建出的尘世的天堂。自治、权威，上帝的荣耀和高贵，在这个诗歌的乐园里，她一一享有。她抛弃了传统教义对她的引导，不是等待死后进入上帝的天国，而是在活着的时候就把天国邀请到了尘世，正是在诗歌里，她把她在世俗生活中体验到的一切，自然风景与家庭生活，还有她对永恒的超验想象，汇聚在一起，构建起了一个完美的尘世天堂，她身体与灵魂的栖居地。

第三节　门意象

“门”是一个象形字，我们可以从《现代汉语词典》中找到“门”字的解释：“①房屋、车船或用围墙、篱笆围起来的地方的出入口。②门径。③形状或作用像门的东西。”我们可以看出，门除了是生活中出入口之外，在文学作品中往往有深层的象征意义。在社会的不断发展中，门的文化内涵也逐渐地丰富起来，尤其是在文学作品中，门被赋予了丰富的象征意蕴，普通的门获得了独特的文化意义。

门出现的确切时间，难以精确地考证。不过，早在人类祖先穴居于岩洞的年代，门的雏形可能就产生了。大概是人类产生了生存意识，产生了家的意识，也就产生了门。原始人在洞口挡些石块、树干之类的东西作屏障，就是最初的门，许多人也正是通过这扇门才看到了人类的初始状态。随着社会制度和人类价值观念的不断发展，门的防御和庇护作用逐渐地被忽略门的原始含义也逐渐被抽象出来，取而代之的是门所蕴含的丰富象征意义和文化内涵。

一、等级之门

随着时代的演变、社会的发展，门已经成为身份和地位的象征，“这一点在古代体现得尤为明显，富贵之家的门不仅高大，华美，涂有红漆，而且门口通常有石狮把守，一见而威，富贵与否，一望‘门面’便知。而小家小户的，对门也就没什么讲究了。”家越穷，家门就越矮小。只有那些富贵人家，门才讲究：门楼高巍，门扇厚重，精雕细刻，重彩辉映。这样既可与一般老百姓严格区分开来，又可以炫耀于长街，于是也就有了朱门、豪门、侯门与寒门、贫门、柴门之分。这时门对家园的保卫功能已经不在显著，更重要的是门成了不同阶层的标志符号。

二、沟通之门

齐美尔在论述“门”的作用时说：“我们所追求的有限总是局限于任意一点有形的或先验存在的无限之中。因此，门就成为人们本应或可以长久站立的交界点。茅屋是有限单元，是人们在无限空间中为自己选定的一点，门将有限单元和无限空间联系起来。通过门，有界的和无界的相互交界，它们并非交界于墙壁这一死板的几何形式，而是交界于门，这一可变的形式。门是可以关闭的，门又是随时可以敞开的，它以敞开的形式接纳，世界走向世界，敞开正是证明了它本质上是与世界沟通的。”从齐美尔的表述中可以看出，门是一种可变换的几何形式，是有限与无限、有界与无界的连接点。门是可以关闭的，但关闭只是为了防御保卫、而不是封闭，更不是与世界和自然的隔绝。更重要的是门又是随时可以敞开的，它以敞开的形式，开放的姿态，接纳并走向世界，同时与社会进行接轨和沟通。

在基督教文化中，门同样代表着沟通，它是通向天国的入口，代表着天国的赏赐到达人间的通道，使人们有可能进入美好的天堂。在《圣经》中，雅各曾梦到耶和华，醒后他说：“这不是别的，乃是耶和华的殿，也是天的门。”（圣经：耶利米书7：1-11）皈依耶和华，侍奉耶和华是“入他的门”，值得称颂。荣耀的基督本身就是门，一道通向天国的门，“我就是门，凡从我进来的，必然得救。”（约翰福音10：7-18）《启示录》中主耶稣基督说：“看哪，我站在门外叩门，若有听见我声音就开门的，我要进到他那里去，我与他，与我一同进席。”开了门，人便能够与神同席，超越自我的肉身，进入最高的现实。

三、性别之门

法国作家西蒙娜•波伏娃在女性主义名著《第二性》中谈到这个问题：“怎样才能让老婆既是伴侣又是奴仆，这成了男人的重要课题。”几千年以来，男人的态度不停地改变，也使得女人的命运一直在变化，波伏娃把女性的这种状态定义为“第二性”。一直以来，女性被视为“第二性”，处于被歧视的地位，在物质和精神上都受到了男性社会的束缚，没有自由。

门是迪金森死亡与宗教主题诗歌中常常出现的一个意象，对诗人来说有着非常重要的意义，它在诗人的诗歌中隐喻化程度最为突出。作为从“家园”原型意象中生成而来的意象，门在诗人诗歌中具有更为丰富的内涵，它容纳着无限的诗意空间：家园与世界，开启与关闭，有门与无门之间，展示了诗人对精神家园的苦苦追求，以及对世俗社会的反叛与斗争，以及对人生本真的呼唤。笔者梳理迪金森诗歌集中的门意象，总结出该意象所蕴含的几类主要寓意。

（一）对隐私和安全感的心理诉求

门从原始世界起便担负着防卫与保护的功能使人类避免自然和社会的各种

侵害，此后漫长岁月这一功能从未改变，在它使人类免于自然与社会的侵害时，门后便是温暖与宁静，安全和隐私紧密相连。所以当人类追求安全感时，这个意象如潜意识一般自然的进入思维。迪金森对门后心理安全感的渴求，可从她对独立密闭空间的需要和对隐私的重视中略窥一斑，对于远离世间喧嚣，隐居家中的迪金森来说，内心世界的动荡主要倾吐在诗歌和书信中，而迪金森敞开心扉之时就在门后的空间。门后这一环境形象在心理上属于她的灵魂、她的思考和她的艺术，并体现在她的诗歌中：

我看信的方式——是这样
首先——我把门儿锁上——
再用手指推推——然后——
以确保叫人心花怒放——
然后我走到最远的一头
为的是敲门声不至打扰
然后抽出我小小的信
在慢慢把封口往开挑——
然后——从墙壁到地板
我的目光细扫
以便确信一只耗子
先前未被撵掉——

密封的信封像上了锁的门，手指伸到信封底部准备取信纸相当于敲门，把信纸取出等于开锁推门，阅读（进屋）前先好好看看信纸的背面（墙壁），再看看写着字的信件正面（地板），以确认信纸沾上了墨汁或其他污渍（老鼠）。写信和看信犹如天堂般喜悦，而这种喜悦需要紧锁的门后。迪金森从20岁后开始有意识躲避社交，35岁后几乎闭门不出，对于迪金森来说，门后的孤独生活并非狭隘单调，而是“迷人的”，在门后孤立的世界让她超脱现实中的束缚，在逼仄的空间里，诗人感觉到了安全与自由，“独与天地精神相往来”的迪金森获得了恢宏的视野、敏锐的洞察力和顿悟的智慧，关闭的门不仅为迪金森提供了易于思考的心理和生理环境，更影响了她对人生、死亡和永恒问题思考的倾向，也决定了诗人将活跃的思维和充溢的才华诗化为文字，借以展现自己的灵魂：

灵魂选择自己的伴侣，
然后，把门紧闭，
她神圣的决定，
再不容干预。
发现车辇在她低矮的门前，

不为所动，
一位皇帝跪在她的席垫，
不为所动。
我知道她从人口众多的整个民族
选中了一个，
从此封闭关心的阀门，
像一块石头。

这首诗成功地用几个意象，寥寥数笔便将自己的忠诚表现得淋漓尽致。“灵魂”选择了自己的“伴侣”，一旦抉择，便“再不容干预”，表明心志的坚定。第一段亦总领全诗。第三小节中作者刻意将“我”与“她——灵魂”拉开了一定的距离。做出选择的不是“我”，而是“灵魂”自己，这就表明了“灵魂”的独立性。“门紧闭”与最后“封闭关心的阀门”前后呼应，而“阀门”较之“门”而言更多了一个“拧”的力度，更加密闭、严实，更表明意志的坚定。“车辇”“皇帝”与她“低矮的门前”相比，在俗世的眼中，他们不知有多尊贵，可是“灵魂”“不为所动”，两处的“不大所动”，更表露了这种忠诚。“从人口众多的民族——选中了一个——”，“人口众多”与“一个”对比，更确定了选择的唯一性。在结尾处，“从此，封闭关心的阀门——，像块石头”中“从此”更是给这一行为加了一个无限的期限。而“石头”的意象更是表明了意志的坚定不移。“石头是实心的，有内涵的。“伴侣”已经充盈了“她”的整个内心世界。对“灵魂”来说，“一个”就是全部。而“灵魂”视之为全部的“伴侣”到底是什么呢，学者多从以下三个角度来理解：①友情：从审美的直观感受来看，这首诗仿佛是在抒发自己忠贞不渝的爱情观。但鉴于迪金森终身独身，虽有过几次恋爱经历，但都无疾而终。学者更倾向于这是她对友情的宣言。当家里有人来访，只见墙角有白衣倏忽而过，她与社交保持一定的距离，却渴望与志同道合的少数朋友Benjamin Newton, Leonard Humphrey, Charles Wadsworth, 还有她的嫂子Sue Gibert.迪金森曾寄给她的嫂子300多封信。她的“灵魂”选择了这些朋友作为她的“伴侣”，那么就再不管外部的熙熙攘攘，她只想过属于自己的安静生活。②宗教：“有些人过安息日教堂去——我过安息日，则留在家里让食米鸟充当唱诗班领唱——礼拜堂是果园的园地——”此处可以看出迪金森有着反传统的宗教思想，她并不认同大多数人所信奉的“上帝”。从她上学开始，她的同学、朋友还有家人，几乎都经历过“上帝”的恩典，她几乎也要信服了。可是让她觉得不安和痛苦的是她从来没有听到“上帝”的召唤。她深受爱默生超验主义的影响，心中有一个自己认为的“上帝”。“上帝布道是著名的牧师——布道之从不冗长——于是，即便不去天堂——最终，我也胜似前往”“我相信虽然安息日在家里，可我可以直接对上帝对话，聆听他的布道。我在这里，尘世的生活已经让我体验到了天堂的快乐。”从中可以看出迪金森对自己心中的“上帝”有着坚定地信仰，尽管很多人嘲讽她的信仰，可她不为所动。她相信她的“上帝”可以带给幸福，快乐。她的“上帝”即是她的“伴侣”。③诗歌事业：艾米莉从35岁起过着隐居的生活，仅与自己的事业——诗歌终身为伴。理查德•舍沃尔认为“迪金森是在以一种负责的，非传统的方式执意表达她的心灵状态。”他说迪金森几乎是用宗教般狂热来赞美自己生活的选择——成为一名诗人。她曾把诗歌寄给一位报社的希金森先生，但他建议她加以修改。迪金森热爱自己的写作风格，不愿让自己的诗迎合别人以求发表，竟将发表推迟到了身后。诗中所说的“伴侣”即是作者认定的诗歌创作事业及自己的写作风格，她的选择是针对生活方式的种种可能性，及自己诗作风格的独特性，表达了她对自己诗歌创作事业坚如磐石的忠诚。门后的迪金森拥有了更好的思考心理和生理环境，拥有自我有本真，拥有无限的可能性，专注于诗歌事业的她让自己的思维有前所未有的广博和超脱，但她惊人的智慧和才华被门阻隔着无人识别，只有通过诗歌和书信迪金森才能将热情升华。门的阻隔性决定了只有通过艺术的手段，他们才能将生命的能量释放和传达。

（二）对永恒的追求

“门内”和“门外”在传统意象中象征着两个状态：“已知和未知、光明和黑暗。”同样也标志着两个世界：生存和死亡。在迪金森的诗中，坟墓和死亡常被诗人比喻为“门后未知而黑暗的空间”，坟墓常以房间的形象出现，门的开与闭在诗人笔下意味着生死相隔。“门”意象与迪金森对人生和不朽的思考息息相关，与诗人的生命意识紧密相连，在其诗歌作品中，通过“门”意象的构建，表达了诗人对生命的价值和永恒的深切思考。

其一：我们跟尘土在一起
最远走到那土门——
然后门心板反转——
我们再看一再也不能。

其二：当我们动身时我们不知道这就是离开
我们仙笑着关闔了门——
命运接踵而来在我们后面扣上了栓儿

我们再也无缘相逢——

在如坟墓般的房间中，迪金森有着强烈的死亡感，她对死亡的过程、体验等进行全方位的观察、思考和想象，催生了600多首关于死亡的诗歌。萦绕在迪金森头脑中的不仅有对死亡焦虑还有对死后永生的困惑。对于上帝迪金森态度始终摇摆不定，这使得她在虔诚的宗教家庭中有着强烈的负罪感和焦灼感，另一方她又无法忽视自己真实的感受和对上帝的怀疑。同样对上帝承诺的死后的永恒，迪金森也忧虑万分，自己的价值是否能够得救是迪金森一贯的思考。

为什么，他们把我关在天堂门外?
是我唱的，歌声太高?
但是，我也能降低音调
畏怯有如小鸟!
但愿天使能让我再试一试-
仅仅，试这一次一
仅仅，看我，是否打搅他们
却不要，把门紧闭!

迪金森在永生面前的犹豫和痛苦溢于言表，但迪金森一生沉迷于对永恒和不朽思考的，即使上帝的天堂之门大开，迪金森或许也不会踏入。

（三）对精神家园的追求

迪金森紧闭的门扉之后是她的灵魂之所，她的思考和艺术都在这一安全的空间中生成。“门”后的世界同样也是孤独的，这种孤独不仅有回避亲人、朋友，独自承受的人生思考和诗歌创作才华，同样也有宗教信仰的无所依靠。迪金森曾在诗歌中这样写道：

我是家里最卑微的一个——
住在最窄的房间里——
夜晚，有一盏微明的灯，
一本书——
一株天竺葵

夜晚门后的小房间，是诗人最为孤独的时刻，同时也是诗人思索最为深沉和凝重，诗歌绽放的最为绚烂的时刻。即使面对心中热烈向往的爱人，迪金森依然保持着她的孤独和独立，因此我们必定要远远相望——/你在彼岸——我——在此间——/门户半启。迪金森一生没有皈依任何宗教，不去教堂做礼拜，但她终生都在思索上帝和永恒。“门”在基督教文化中有着重要的内涵，基督本身就是一道为人类赎罪进入天堂的门：“我就是门，凡从我进来的，必然得救。”（《约翰福音》第十章）基督的复活被描绘成游子归来，轻敲的家门：“人子近了，正在门口了。”（《马可福音》第十三章）根据教义，没有皈依的迪金森永远无法迈入“获救”之门，无法与亲人朋友再次相聚，无法获得永生。“门外”的迪金森显得格外孤独：

其一:《离家多年的我》
离家多年的我
如今,又站在门前
不敢开启,怕的是看到
一张从未见过的脸
冷冷地凝视着我
问我的来意——
我的来意——只是我留下的生活
它是否还住在这里?

我搜寻着自己的勇气
目光从一扇扇窗上掠过
沉默像大海波涛汹涌
撞击着我的耳膜
我干涩地笑了
竟然会惧怕一扇门
我可从未动摇过
即使面对危险和死神
我把手伸向
门闩颤抖着小心翼翼
怕的是那冷硬的门反弹回来
只留下我孑然独立——
我把手指轻轻地挪开
似乎是怕打碎了玻璃
然后堵住耳朵,像贼一样
喘着气从那大屋前逃离——(水草与珍珠:162)

其二:街上,一扇门微微打开
迷路的我——于此时经过——
刹那间门缝里飘出——一丝温暖
辉煌灯火——笑语欢歌。
大门转瞬间就有关闭——而我
迷路的我——与此时经过——
愈加迷失——彼岸的繁华——
教人再添落寞——

从迪金森的经历看，诗里所述并非写实，乃是她的想象。在这里，家（Home）是迪金森深恋的精神寓所，是伊甸园（Eden）或乐园（Paradise），甚至代表着永恒（Eternity）。门（Door）在这里指精神的家门。天堂之门给没有皈依的迪金森带来的是孤独和迷茫，对于天堂和永恒的思考长久的刺激着迪金森，与对上帝和永恒的思考热情伴随的是终生的孤独感，而这种孤独感只能在她在此诗歌中消除。在前一节中笔者已经论证了诗人在死亡主题诗歌中将房间比喻成坟墓折射出诗人强烈的回归家园意识。那么，这两首诗歌《离家多年的我》，《街上，一扇门微微打开》所涉及的“门”这一意象则主要是与家园失落联系在一起。在诗人看来，“门”关系着“存在”的开启与关闭，是生与死的分界。从诗人的经历看，这些诗里所写的历程并非写实，只是存在于她的想象之中。世代积淀的家园意识深深影响着诗人对死亡的认识，诗人设想着死去之后回归家园的场景，灵魂经受了危险和死神的考验执着的要返回“门”后那熟悉的温暖之中去。曾经的家园近在眼前，但是“门”内和“门”外却是永久的诀别，无法跨越的距离，人因死亡而成为永远的流放者，家园最终存在于可望而不可即的彼岸世界。

如果说“房间”是诗人灵魂与精神的归宿和圣地，是一个独立于世界的精神家园，“门”则是精神的家门，“门”则是游离的灵魂受接纳或遭拒绝的象征，是游离的灵魂人进入家园的桥梁。门内的温馨是艾米莉深恋的精神寓所。

肉体挡在外面——
这更加方便——
如果灵魂想躲藏，
总有个高耸的殿堂
那大门虚掩着——安全——热情
它从不背弃那谦卑地
要求庇护的灵魂(水草与珍珠：156)

在诗人看来，人的灵魂并不是躲藏在肉体之中，而是由安全，热情的精神家园所庇护，通往精神家园的“门”处于一种半开半闭的状态，这种“半开”正是诗人人生状态的写照，约翰逊编辑的《迪金森书信全集》中谈到诗人自幼就喜欢关门说话，在门窗紧闭的屋子里，她感到远离外界袭击的危险，也能安全地享受到难能可贵的自由空间。半开的“门”使个人的灵魂与外界产生一定的距离，使灵魂的隐蔽成为一种可能，只有这样灵魂才可以安全舒适地思考和追寻，同时以一种间接的而不是直接的方式和这个世界保持接触。在诗人看来这是保持灵魂独立与自由的最佳状态。

总之，诗人以特殊的敏感和体验通过对家园以及相关意象的展现表现出了“人类最基本的性格行为”，即对家园的寻求，对于死者或生者来说，都需要一个独立的空间，死者在其中获得永恒，而生者则寻求到灵魂的庇护，迪金森在探索死亡与灵魂人类最本源的问题时所用的这两类意象体现了强烈的家园意识。同时门为诗人提供了一个进入内心精神家园的入口，房间和门是构成一个独立的空间。空间的需求是人类的一个本能，“她选择家园作为自己的前沿阵地，因为家给她提供了创作的空间和自由”而这也是人类无意识所激发的创作冲动与激情。

在迪金森关于房屋意象的诗歌中，门和窗是两个至关重要的意象。门窗提供了交流的可能，对于交流的邀请和拒绝就在门窗的开合之间达成，外部世界的物象将通过门窗进入内部世界，最终进入诗人的内在心灵。于是，在迪金森的诗歌空间中，我们常常可以看到一个身处室内的叙述者的存在，她或是在室内阅读遐想，或是凭窗眺望，可以说，门与窗构成了她观察世界的角度。关上门窗，可以躲避风雨，打开门窗，可以迎接外在的美好世界。是拒绝和回避，还是接受与欢迎，一切都在主人公的掌握中，这就是她在家所获得的自由。

四、没有母亲的家

“我从不曾有过母亲”，迪金森这样描述自己的成长经历尽管母亲一直活到迪金森51岁。这使她“白衣修女”的身世更加神秘费解。人们对于迪金森隐退世间有多种解释：爱情失意，保持诗歌独特性，积累创作等待成名等。然而以上解释并不能完全解开迪金森的身世之谜。迪金森的诗歌的主题、风格和写作手法早在她25岁时就已形成，成年后的恋爱经历对她的艺术特色没有实质性的影响；如果是为了成名，她何以创作出大量让同时代人无法理解的诗歌，且在她生前只有十首公开发表过。笔者试图“没有母亲的家”一些后面蕴含发的迪金森与母亲的关系，以及诗人抗争以上帝为代表的二元对立社会秩序；以其变化发展的母女关系为串联的节点，拉出两性关系变化的曲线，描绘出迪金森心中从尖锐对立到矛盾统一的两性关系变化过程，以有限把握无限，探索局部揭示的意义对于理解迪金森及阅读其作品的普遍意义。

丹纳在其《艺术哲学》中说：“要了解一件艺术品，一个艺术家，一群艺术家，必须正确地设想他们所属时代的精神和风俗概况。”（丹纳，1991）要揭示迪金森的母女关系就必须了解其所处时代的社会风貌。迪金森出生于新英格兰“宗教大觉醒”（the Great Awakening）时期，她的父母都信仰基督教。作为基督教神学理论的一个主要来源—柏拉图哲学的理论基础是理念世界与感觉世界、灵魂与肉体相对立的二元论哲学。“传统哲学的一个二元对立中，我们所见到的唯有一种鲜明的等级关系，绝无两个对立项的和平共处，其中一项在逻辑、价值等方面统治着另一项，高居发号施令的地位。”（朱立元，1997）法国学者克里斯特瓦（JuliaKristeva，1986）认为创世神话表明：女人“从男人那里分衍出来，是由男人身上缺少的那件东西造成的。她将是妻子、女儿、姐妹，或三者同时集与一身，但她没有名字。她的作用是保障生殖一种族的繁衍，与社会的法律、政治和宗教团体没有关系。上帝通常对男人说话。”基督教社会为女性塑造的典范是圣母玛丽亚。然而，一个女人要企及圣母般的女性地位，那么，她不是修女，就是殉道者。事实上，绝大多数女人作为文化传统的维护者都在沉寂中献出一生。

迪金森的母亲是典型的19世纪“模范女人”。作为虔诚的基督徒，她将以上帝为代表的男权社会的规定内化为自己的规定，“循规蹈矩，整天忙于琐碎的家务和宗教慈善事务而没空写信，腼腆顺从、毫无个性”；（Mudge，1975）她认同男尊女卑的男权意识，几乎完全丧失了自我。但敏感的迪金森感觉到了家庭成员内心深处掩藏着的对于母亲的鄙夷和不屑。母亲一生都是一个“焦虑依赖”屯乡的家庭奴仆，受人支配和歧视，弱小、被动、乏味，她在家庭中的地位处于丈夫和孩子之间。偶尔她也展现她的“权威和独立”，而她身为基督徒的丈夫就用“讥笑的语气”在众人面前对她冷嘲热讽。卑微渺小的母亲甚至连去世都没给周围的人带来太大的悲哀。迪金森眼中的母亲是男性的附庸，没有自己的身份，所言所行都是男性社会规定好的，可悲地在沉默中了却一生。

女性主义作家伍尔夫认为“只有女性通过女性先辈才能思考问题”，认识世界。迪金森深知母亲对于女儿具有决定作用：在日常生活中，女儿依赖于母亲的关怀照顾；在外形特征、社会角色和两性关系上女儿效仿母亲。迪金森不无悲哀地看到自己的榜样是一个在父权社会中没有任何地位的人。于是她极力在诗歌和书信中否定母亲存在这一事实。在她大量关于自然、宗教的诗中难以找到母亲的身影，在用词、意象和主题方面几乎都与母亲无关。迪金森在书信中也极力从物质和精神层面抹掉母亲的存在，她笔下的母亲不仅毫无影响力，而且几乎完全不存在。即使信中偶尔提到母亲，迪金森也总是用冷漠讥诮的语气，将其描述为“不爱思考”“思想陈腐”的家庭妇女。她称母亲的絮叨“象小鸟翻动树叶一样频繁而毫无意义”规劝。通过嘲笑母亲浅陋的知识水平和迂腐的道德观念，迪金森表明了自己独立于母亲的决心。迪金森埋怨母亲总将女儿自认为智慧的谈话斥为“非常不妥”。她痛惜浪费在“母亲可爱的小心愿”上的宝贵时间。迪金森50岁时，她甚至还没开口问候“早安，妈妈”，心里已在暗说“晚安，妈妈”。51岁时，她抱怨自己由于照顾母亲而“象做体操一样忙碌的生活”。在同龄人已是祖母的年龄，迪金森依然是一个哀怨的女儿，可见母亲是迪金森生活中负面的，但又是关键的一部分。

此外，为逃避与母亲类似的命运，迪金森还选择了不同凡俗的人生道路——终身不嫁。这主要基于以下三方面的原因：一是迪金森感到为人女儿的家庭生活相对于男性主宰的社会现实较为稳定而闲适，以致不愿离开“我父亲的家”；二是迪金森不满基督教为女性所界定的社会角色，如母亲、妻子和姐妹，以及对于女性必须谦和、恭顺、服从和听话的规定。她向往一种被社会肯定的新型女性角色，因此一生安于女儿的角色以免陷入其他更受束缚的角色；三是迪金森在成长过程中缺少称职的父母睿智和谐、经年不息的爱护和照料。女儿这种社会角色相对于女性一生来说是短暂的，将被其他身份所取代，如妻子、母亲和祖母。按常规，一个女人在长大成人后就该融入社会，她的朋友、丈夫、孩子、职业将相继取代父母而成为她生活的核心，宗教更是当时妇女生活的核心。但由于迪金森不满当时女性的社会地位而拒绝长大成熟，所以她终生保持着少女时代的着装、发型、行为举止和处世态度，以此拒绝塑造母亲习俗文化，如：婚姻、生育、家务等。

迪金森抱怨“我不懂得如何长成人”。她否认母亲所代表的传统女性，但又苦于没有新的女性形象可以效仿，以至于终生都保持女儿的身份不停追寻。她自幼年始就在苦苦寻找自己的母亲。迪金森描绘的童年充满恐惧、孤独、饥饿和冷落。当母亲去世时，迪金森谈到她的“巨大悲痛”。她说“母亲，多么伟大的名称!”由于母亲不能给她以“精神激励、感情抚慰”，使她成为一个“独立而有思维的人”迪金森对于母亲去世的哀悼具有双重意义。在人生的起点和终点，她迫切地需要母亲，却不能拥有。在她的诗歌里可以找到没有母亲导致的失落感：她将母爱比做作食物，抱怨“我多年来一直挨饿”。母爱的缺失不能归咎于母亲，她没有必要而且事实上也没有抛弃女儿。相反，迪金森对于母亲的刻意否定为她的诗歌创作提供了内在的张力。

迪金森拿起笔杆，要以一种不同于父权中心文化所规定的面貌进入社会。但19世纪的诗人多为男性，于是她就试图寻找能帮她自我实现的“替身母亲”——诗刊编辑、常年撰稿人和她的诗歌。编辑、常年撰稿人是迪金森间接的“替身母亲”，因为他们拥有出版诗歌承认她为诗人的权力，可以影响她的社会地位。

她的绝大部分书信是写给三位年长者的：齐塞亚。贺兰（Josiah Hollalld），塞缪尔。鲍尔斯和托马斯。迪金森向他们请教“如何成长”及“立足更高”。前两人作为《斯普林菲尔德共和报》的编辑，并不欣赏她的诗歌。《共和报》自1858年后的五年间仅发表过她的两首诗：《我品尝无人酿造的酒》和《平安处于雪花石膏的房子》。后迪金森与希金森通信，希望能在“危难”中得到他的帮助。迪金森的策略就是向希金森表明她根本没有母亲，这样她就可以向他寻求母亲般的人生指导和怜悯关爱。宣称自己没有母亲总比让人认为自己不认生母并野心勃勃地想成为诗人更能让人同情。但希金森先是建议她暂不发表诗歌，后来不辞而别参加了南北战争。迪金森觉得自己被谋杀了，她在诗歌第762首中写道：

一切并非瞬间——
谋杀渐渐降临——
刺一刀——再给一线生机——
那欣喜令人烧灼——
猫对鼠缓刑
稍许放松它的利齿
当希望刚开始挑逗——
却立即置它于死地——
死是生命的赏赐——
但愿只有一次——
不要半死—然后努力
更清醒地感受伤逝——

诗中表达了迪金森满腔热情寻求诗坛先辈的提携却遭拒绝的痛楚。她的“替身母亲”们拒绝接纳她具有女性叛逆意识的诗作，合力将她‘谋杀”了，致使她彻底放弃得到男性社会认可的希望而隐居起来。

迪金森的另一个，也是直接的“替身母亲”就是她的诗歌。迪金森深感在男性霸权的压制下，女性没有话语权，沉默使她们的历史和文化成为一块黑暗的大陆。她不甘沉寂，要继续用诗歌表达女性的悖逆和抗争，抨击男性社会对女性的单一规定。在诗歌中迪金森投入了真诚的愿望和真实的情感，以补偿她在现实中无法到达的自我。由于在人的社会里，她“几乎得不到她想要的”，诗人把诗歌当作母亲毫无拘束地表达了对上帝的反叛。在她的第465首诗《我死时听到苍蝇的嗡嗡声》中，“fly”是双关语，有双层含义：“苍蝇”和“飞升”之意。诗中的“我”期待灵魂飞入天堂，与上帝同在。但诗中的“我”期盼来的却是一只丑恶的苍蝇，由此，诗人揭露了基督教假定的上帝高高在上引领人的灵魂升入天堂的虚伪，发出了对神性上帝悖逆抗争的最强音，表达了自己对上帝的怀疑和失望。

另一方面，迪金森借诗歌表达内心的不安。生活于传统基督教社会的诗人无法坦然面对自己的反叛。于是诗歌成了她倾吐失意、平息内心不安的“替身母亲”。如在诗歌第1119首中，诗人借人类失去乐园的故事来抒发内心的孤寂不安。

伊甸园是那座老屋
从前许多人拥有
每人稍息片刻
大门便被反锁
极乐女神吝啬其租赁
因亚当给她教训
伊甸园一度破产
因亚当的过度

诗人以戏谑荒诞的解释淡化了人类祖先的反叛——“原罪”，从而减弱自己的反叛所带来的不安。这一点可以在她诗歌一般的随笔中得到证实：“神秘莫测的人心，仅仅因为在伊甸园犯下的过错，从此就失去了安宁。可见，诗歌已成为诗人宣泄情感、慰藉心灵的“替身母亲”。

迪金森深知在“无处不在”的上帝统治下公然反抗母亲等于反叛上帝创造的社会秩序，无论在言论上还是行为上都是极为艰难的。她意识到女性没有自己的语言，所以只有“讲真理，但要以倾斜的方式来讲”，她的这句名言成为指导她诗歌创作的原则。于是她打破父权制二元对立的窠臼，如：男性—文化—写作，女性—自然—身体，成功地将社会规定的男性职能和女性职能兼于一身，使自己成为恭顺与叛逆的“双性同一体”：表面上是个循规蹈矩、操持家务的“天使”，而在诗歌和书信中从内容到文本形式都标新立异、大胆反叛。在信中迪金森尽力让读者注意到她虽然在做着家务，然而心中对于这种生活却极为不满。她认为自己是一位被错误的社会习俗埋没的诗人，一旦母亲不再拥有上帝赋予的规范女儿的权威，她将成为自由的诗人。因此，当母亲生病时，迪金森欢快地忙于家务。但她又提醒读者她内心非常悲苦，觉得自己被埋没了。她曾这样描述做面包：“两半面包在我的操持下降临—它们是孩子—与妈妈一模一样”，她把做面包比做生孩子，强调它是上帝强加于女性的职责。表面上她是一个温顺的女儿，其实她的内心燃烧着愤怒，反叛情绪像蓄势待发、灼热无比的岩浆在地下涌动。这种矛盾冲突是她构建作品的基石，是她创作灵感的源泉，也是构成她谜一样的生活和诗歌的重要因素。在迪金森人生大部分阶段，母女关系是对峙的。但在母亲的暮年，母女关系却出现了转机。她信中写道：“当她是我的母亲时，我们的关系从不曾亲密过，但当她生病像孩子一样需要照顾时，我们母女的关系彻底改变了，我们享有了亲情。”此时母亲不再是父权体制的刻板模式塑造的形象，不再威胁女儿的自由发展。反之，母亲的形象由于对女儿的温柔、慈爱而变得高大。随着母女关系的曲折变化，迪金森对上帝的看法也处于摇摆之中。她在诗中称上帝为“盗贼、银行家、父亲”，这体现了迪金森对上帝的矛盾心态。她既无法完全接受基督教，又无法完全抛弃上帝。经过长期的思考，她致力于构建一个不同于基督教的上帝新形象，其创建的新世界将实现双性互补、和谐共处。

由于迪金森拒绝成为像她的母亲一样失去自我的传统妇女，她通过写作表达对以上帝为代表的男/女二元对立的社会秩序的不满，向往成为有自由思维的诗人。矛盾对立的母女关系为诗人的创作提供了强大的动力源泉。同时，迪金森通过诗歌和书信对基督教束缚以母亲为代表的19世纪女性进行了反思、批评，表达了她对两性和谐共处的新型社会秩序的向往。

第四节　庭院意象

无论古今中外，不管是希腊诸神居住的奥林匹斯山，还是西方极乐世界，各民族的神话传说都是将其最高的神放置在花园一般的处所，这是人类对美好的幸福生活的共同想象，园林是一个潜藏在内心深处的原型意象，也是一个重要的家园意象。来源于弗洛伊德所说的人类趋乐避苦的本能。从西方圣经中的伊甸园，到东方神话中众神的花园，“园林”都是潜藏在人类内心深处的一个象征着美好、幸福生活的所在。园林是人类对美好，幸福生活的向往，人们通过构建园林意象的方式进行着探索回归幸福的可能，找寻着人类失落的精神家园。历代文学作品中表现的园林意象，是集体无意识凝聚的结果，能够唤醒人们沉睡的心灵、激发追求幸福生活激情的乐园。

迪金森诗歌世界中理想园林可从其诗歌《另一片天空》中窥见一斑，诗人凭借想象构建了一个远离尘世、仙境般的花园，在那里，时间永恒、鸟语花香，没有黑暗与痛苦，只有阳光与美好。这种理想化的花园正是诗人幻想的心灵栖息场所，用来躲避或减缓外部世界的压力，让心灵获得了一块宁静、幸福、安乐的净土。

一、花园

西方的花园意象根源于基督文明，最直接的来源是《圣经》中的伊甸园。《创世纪》讲了上帝造出亚当和夏娃后，让他们居住在伊甸园里，伊甸园就是一个人类理想的充满着幸福安乐的大花园。但是在蛇的引诱下，人失去了自己的乐园。在基督福音照耀下，人永远在为失去的乐园而祈祷忏悔，想着有朝一日重返伊甸园。因此花园的出现，从某种角度上来说就是人们为恢复伊甸园做出的努力，是大地上建造起来的乐园的微缩模型，是美好的象征，希望和理想的所在。实际上人们以构建花园意象的方式进行着探索回归的可能。寻找自己失落的花园的真实所指仍是人的精神家园或归宿，人内心深处的花园。这是花园意象更深层次的审美意蕴。

而在西方文学和文化传统中，人们常常将花园与爱情联系起来，把园中花草作为女子的隐喻，把花园当作谈情说爱的背景。这样一种园林文化可追溯至15世纪，苏格兰詹姆斯一世在十一岁时前往法国途中为英格兰人所俘获，被囚禁于英格兰达18年之久，后来在1423至1424年间写成了长诗《国王之书》。诗中写道，他在城堡高塔的囚室里发现窗下紧靠墙边有座花园，园中树木纵横交错，四角均有凉亭。一天，他突然瞥见在园中散步的一位如花似玉的少女，便一见倾心；这位少女就是他未来的妻子简•鲍•福特小姐。《国王之书》可能受到14世纪乔叟的《坎特伯雷故事集》的影响，尤其是《武士的故事》：被囚于城堡高塔内的两个武士看见一位在花园里漫步的美貌女郎，两人都爱上了她，因而导致他们两人比武和一连串曲折感人的故事。此外，乔叟至少还讲述了其他两个与花园有关的爱情故事：在《自由农的故事》中，一位武士忠实的妻子在美如乐园的花园里向追求她的侍从说，只有他把海边的岩石全都搬走，她才能爱他；在《商人的故事》中，冬月老翁的年轻妻子春月经常在花园里和情人幽会。不仅如此，乔叟还翻译了13世纪法国长诗《玫瑰传奇》，诗中主人公“情人”进入河边的一座花园，来到爱泉，在泉底的水晶石上看见玫瑰园的影像，于是立即赶往那里，在克服重重障碍之后，终于摘到了心爱的玫瑰。

12世纪法国宫廷牧师卡佩拉诺斯在《典雅爱情的艺术》中描绘了一座爱情国王的花园，又称“欢乐”区，位于“潮湿”和“干燥”两个较大圆形区域之内。欢乐区的中央有棵参天大树，树根下涌出甘甜纯净的爱泉之水，形成无数条小溪，浇灌着整个园地。第二个是“潮湿”区，爱泉之水流进这里就变得冰冷刺骨，而且不能流出潮湿区。最外面的是“干燥”区，这里毫无湿度、阳光灼人，地面像“热炉的炉底”。明智地选择了情人的女子进入欢乐区，恰当地为爱情国王效劳。随意将爱给人的女子进入潮湿区。没有把爱给人的女子只能留在干燥区，她们拒绝为爱情国王服务。这三个区域象征由乐园和地狱组成的爱的不同阶段，而处于中心的花园不仅象征感官之爱，也暗示基督教的神圣之爱。

在圣经传统中，以花园意象隐喻神圣之爱，此外，人类最初之爱也产生于伊甸园中亚当和夏娃之间。弥尔顿在《失乐园》中以伊甸园为背景，既描写了亚当和夏娃堕落前的圣洁之爱，又描写了他们堕落后的世俗之爱。总之，自从伊甸园中人类初次产生爱情以来，一切形式的爱，无论是神圣之爱或是世俗之爱，都曾与花园相联系。

在诗歌中，与爱情相联系的花园大多是传统的爱神花园。爱神花园也常被描述为乐园式花园。园中一般都说明或暗示爱神的存在。3世纪希腊作家朗戈斯在散文作品《达佛尼斯和克洛厄》里描述了园中的小爱神丘比特，他“像夜莺一样在树枝间蹦来蹦去”，从绿叶下跳到桃金娘树顶。他的双翅间有“一张小弓和两支箭链”。他每天到园中泉水里沐浴，泼溅的水浇灌了整个花园，使花木茂盛异常。

爱神花园诗歌通常都把花园之美与女子之美加以对照。在这方面，最常见的是用花园意象来形容女子的面庞，构成了“花园——面庞”的。花园的封闭性篱墙往往被用作女子贞洁品质的象征。格里芬第27首十四行诗中的女子，以园中的“百合”为食，那里有“守护着林苑”的丘比特；她坐在“香料花坛”上，花坛四周以“樟脑、没药和玫瑰”镶边，犹如篱墙将她封闭起来，同世界隔绝。诗人不敢闯入那神圣的场所，“那地方使她优美，她为那地方增光。”诗中隐含着爱神花园的各种暗示。首先，诗中点明爱神花园守护神丘比特的存在。其次，以“樟脑、没药和玫瑰”镶边的“香料花坛”象征把女子封闭起来的围地，表明她的不可侵犯。最后，暗示花园既因她而神圣，又转而使她神圣。

在文艺复兴时期的文学作品中，特别是在园林诗歌主题意义的表达上面，花园起着至关重要的作用，并且，在花园里面我们通常能够看见花、草、树木等意象。描绘爱情主题的诗歌很多是以花园为背景的，在这爱情花园中肯定会有一位年轻貌美女子的存在。爱情花园的意象可以表达爱的多种主题，“既可以代表抽象意义上的爱，又可以代表特定的或者理想的女子及其形体；既可以表现世俗之爱，又可以表现神圣之爱；还可以隐喻内心中爱的复杂的情感或者思想状态。”在传统上，花园意象和女子的联系是顺理成章的：一方面花园是自然的象征，另一方面又是自然女神的女儿。在文艺复兴时期的英国诗人们看来，一座现实的花园可能是在世间重新创造人类源自其中的神话花园，或者预示人类最终回归其中的天国乐园。花园营造者要么回首往昔伊甸园，要么展望未来的天国乐园。这两种状态都是理想的，而一切花园都旨在表现某种理想的状态，这就是所谓的“花园境界”。赛斯在他编写的《十七世纪的五位诗人》中，给“花园境界”下的定义是“只存在于冥想中的，使人超越时间和物质的一种境界”。不同的诗人通过花园这个意象表达了不同的花园境界，不同诗人都有自己心目中的不同的理想花园。如：迪金森熟知的莎士比亚在他的笔下花园是强调秩序与和谐的花园。莎士比亚在他的历史剧中，经常用花园来隐喻国家：在《亨利五世》中称战争之前的法国为“世界上最温馨的花园”，在《查理二世》中称理想中的英国为“以大海为围墙的花园”等等。莎士比亚所追求的花园境界，仅就他的历史剧而言，是“希望在一个开明君主的统治下建成统一的民族国家”，是把纷乱的人类社会建成一个有秩序的社会的理想。

弥尔顿在《失乐园》中塑造的花园境界就是伊甸园。伊甸园是《失乐园》的核心，为这部史诗的主题提供了生动的背景，成为上演人类堕落悲剧的主要舞台。按照基督教的传统，伊甸园是上帝为人类创造的美好家园，而在古典传统中，花园既是自然女神的女儿，又是自然本身的象征。因此，伊甸园与人类、上帝和自然都密切联系。弥尔顿通过堕落之前和堕落之后的伊甸园的对照，反映了人、神和自然之间的关系。

迪金森有着有深刻花园情结，在她生前，她的花园比她的诗歌更为人所知。她热衷于在自己的花园里栽花种草，劳作同时，其笔端在诗歌王国里耕耘，把写成的诗歌当作花朵，与自己的生命融为一体，献给她身外的整个世界。就如同柏拉图、伊壁鸠鲁和西塞罗等古哲学家把花园视为心灵的“同等物”，花园变成了迪金森灵魂的一个隐喻，由此在她的诗歌中产生了“心灵花园”的意象。

（一）心灵花园

另一片天空
永远安静明媚；
另有一种阳光
即使是在黑夜；
别担心叶落，奥斯汀，
别担心田野寂寞——
这里有座小林
林中树叶长青；

有更美的花园
从不出现霜晶；
香花四季不谢
常有蜜蜂营营；
请把，我的兄长，
来访我的园林！

诗人凭借想象构建了一个远离尘世，仙境般的花园。在此，时间凝固，四季界限消失，鸟语花香，没有黑暗，痛苦，只有阳光与美好，所呈现的是人世间所没有的永恒的美妙。这种理想化的花园正是诗人幻想的心灵栖息场所，在这里可以躲避或减缓外部世界的压力，心灵获得了一块宁静，幸福，安乐的净土。花园的景色在激发诗人欢愉之情的同时，也深深触动了诗人的感伤情绪。

陌生的双足在我的花园徜徉——
陌生的手指在园地里翻土——
榆树上栖息的游吟诗人
流露出一丝孤独
陌生的孩子在草地上玩耍——
陌生的倦游人在地下沉睡——
而缠绵春天依旧归来——
还有那从不迟到的雪！
（水草与珍珠：42）

诗人将春天作为新生的意象，新春的万物迸发出勃勃生机，庭院里鸟语花香，满园春色，奏出了一首春天的歌，诗人却在歌中听出了“寂寞”之音，这无疑是诗人孤寂怅惘而又无可奈何的意绪流露，在诗人的眼里，盎然春意孕育着死亡，春去冬来，又将是满天飞雪。面对着艳丽春光，诗人却思念着大雪，雪给人死的意象。眼前的春天只能够引起她内心深处的一片荒凉，给原本毫无伤感情调的景色蒙上了一层凄清孤苦的暗影。花园在她主观感性的滤色镜下，完全呈现出一种“人化”了的自然。

迪金森在诗歌中所塑造的花园与传统文学作品中花园意象有所区别。“退隐的花园”是迪金森诗歌描写的主要场景，也是她真实生活的写照。她在其中体验自然、诗歌和艺术的乐趣，发现新的世界和新的秩序，获得内心的平静她的花园意象着重构建一个永恒的心灵家园，实质就是要创造出一个可以卸载或逃避沉重的尘世生存的永恒世界。

（二）大地花园

大地花园也称为“现实花园”，是一种宇宙秩序的缩影。文艺复兴时期的诗人认为，一切现实的花园都是对伊甸园的模仿。现实花园常以大地为背景，它包括用树栅或围墙圈起来的封闭性围地，以及牧歌式背景中开阔的山峦、田野、河流、花草、动物等。英国文艺复兴时期的花园在艺术风格上，通常按照传统的几何图形来设计和建造，讲究秩序和匀称。在内容上以表现人性为主题，注重人与自然、人与神的和谐统一。正规的花园包括围墙、凉亭、喷泉、花坛、草坪、假山、洞窟、花草树木及动物。当时的诗人们认为，大地花园是现实花园的反映，是回归往昔的伊甸园，展望未来的天国乐园的体现，因此，英国文艺复兴的诗人们常用大地花园意象象征人与自然的和谐之美，这一意象表达对自然的热爱之情，回归自然的渴望以及对世俗爱情的追求，其背后隐藏的是对上帝的崇拜与热爱，以及返回“伊甸园式的自然”的观点。

究其原因，可归纳为以下三点：第一，花园是绿色大自然的颜色，它代表生命、活力和一种纯洁无邪的生命状态。在基督教中，绿色象征着永远延续的爱情和生命。著名戏剧家、诗人克里斯托夫•马洛在诗歌“热恋的牧羊人”里描写了在美丽与和谐的大自然中诗人想象中和爱人一起度过的幸福时光。在这首诗歌中，诗人对幻想场景做了详尽描绘，其中的山峦、田野、河流、花草、动物、牧羊人等意象，为牧歌式的生活提供了适当背景，牧羊青年想象中和心爱的女子一起坐在山岩上，看牧羊人放牧他们的羊群，听小鸟唱着悦耳的情歌，身边浅浅的小河流向瀑布。

杰出的诗人、作家和评论家菲利普•锡德尼在十四行诗集“爱星者与星”中的“第八歌”中以大地花园为背景，描述了诗人与其妻子斯黛拉在一座浓密而幽深的树林里幽会、互相表白爱意的场面。五月的大地，小草碧绿，花儿芳香，浓密而幽深的树林里荡漾着小鸟的歌声。艾斯托菲和斯黛拉正是在这种美好的环境中幽会、互相温存。诗人对大自然的美与和谐的描绘，衬托了作者对永恒爱情的追求与向往。

第二，文艺复兴时期，大地花园常被当成是对抗现实社会、幽思静修的象征。田园题材的诗歌常常把山村生活的纯朴恬静与宫廷生活的腐化奢靡进行对照。在那里，没有宫廷的尔虞我诈，没有尘世的喧嚣，而有绿色的幽静、自由与欢乐。绿色花园是心灵的花园，人们撤离纷繁芜杂的世间，在花园里寻找到一份宁静与和谐，从而获得内心的无上欢乐。斯宾塞的“牧羊人月历”中的“牧羊人”一词隐喻了田园牧歌式的美好境界，然而牧人的现实世界却是痛苦的。斯宾塞以写实的手法，通过严寒的冬季，比喻柯林在爱情方面无任何收获如同霜冻般绝望的心情。诗作体现了英国文艺复兴时期的时间观：时间是无情的，可以摧毁世间一切美好的事物，然而时间又作圆形运动。牧歌中的时间跨度是一年四季12个月，正好是一个圆。牧人希望通过对腐败、黑暗现实的揭露和鞭挞，借用时间而培育美德。从而实现重建伊甸园的神话对绿色自然地回归，并不表明诗人对现世的逃避，它包含着对现实的批判与否定，表达了对自由、道德、友善的人与人之间关系的憧憬和美好生活的向往。诗人意欲通过基督教的宗教力量来解决矛盾与问题，通过退隐与沉思，诗人的精神得到净化、灵魂得以升华，再次面对现实社会时便会发现一个和谐的新世界。

第三，绿色自然对神经系统有镇静和镇痛的双重功效，可以缓解精神上的紧张感和肉体上的疼痛感。因此，绿色花园也是医治爱情伤痛、缓解心灵痛苦的地方。诗人乔治•加斯科因在“春天忧伤的可爱女郎”中，以花园为背景，描写了三月的某一天，一位独自坐在花园里的伤心女子：人文主义对绿色自然的崇尚阐释了人与自然的和谐关系，揭示了文艺复兴时期作家们的自然观。世俗之爱远不如大自然的爱永恒与持久，只有回到绿色自然中，才能得到无邪、永恒的爱。

大地花园意象还象征着对世俗幸福的追求。中世纪一切生活都笼罩在神学和教会的统治之下，给人类精神造成了严重的创伤。基督教教会宣扬人是有罪的，即神学的“原罪说”。人类的始祖亚当和夏娃违背了上帝的旨意，偷吃了禁果，遭到惩罚，被贬入尘世。因此，人类此生此世是有罪的。人类的日常生活成为低俗的象征，盲目信仰、禁欲主义成为至上的美德和追求，人类失去了真实的自我和真实的生活。人只有抑制自己的情欲和欢乐，求助于教会，祈求上帝的恩惠与救赎，走完痛苦的人生历程，进入天国才能获得永恒的幸福。

文艺复兴时期的人文主义是对中世纪的以神为中心的教会神学和经院哲学的对抗，它强调人的地位，反对蒙昧主义和禁欲思想，肯定现实人生和世俗生活。它将人类从天国的迷梦中唤醒，使人们把目光从天上转向人间，从而把人们的思想从神学的枷锁和封建的桎梏中解放出来，具有十分重要的历史进步性。在人文主义思想的影响下，人们逐渐摆脱了禁欲的牢笼，追求以人为本的现实生活。人文主义者把人放回到地面上来，还原人的本来面目，充分肯定人的天性和自然要求，去追求一种现实的世俗生活。爱情作为人的自然感情，应该在人类生活中占有重要的地位。人应该主动地追求人生的幸福，享受现世的生活，过一种真正属于人的自然生活。同时，人文主义鼓励人们参与商业与政治活动，建立不朽的功勋与荣誉。人生的目的不是死后的“永生”，而是现世的享受；人的自然欲望不是罪恶，无须压抑，而是正当的要求，应予满足；男女之间的爱情是正常的生理体现，是人生高尚的感情，不应隐讳，而应以歌颂。

斯宾塞《小爱神》（Amoretti）中的第72首诗表达了世俗幸福远比天国至福令人心驰神往的思想。尽管诗人渴望天国洪福（In mind to mount up to the purest sky），常常梦想展开矫健的翅膀，飞往那纯净的蓝天，但尘世幸福的诱惑使他双翅无力，无法飞往天国乐园。诗人认为，只要能得到那心仪美人的爱情，能在人间享受天国的幸福极乐，其他快乐都不需要。

在迪金森乐于在其诗歌中用山峦、日出、河流、花草、动物等意象描绘出美丽的“大地花园”意象。下面这首《山峦乍换新衣》再现了“伊甸园”般的自然景色，山峦、日出、花草、小动物一切都生机勃勃，大自然花园呈现出祥和与活力的氛围。

山峦乍换新衣——
乡村尽染赤紫——
清晨日出壮丽——
曙光深裹草地——
朱红印泥足迹——
坡上堇色手指——
苍蝇窗棂无礼——
蜘蛛重操旧艺——
雄鸡振翅——
鲜花处处——
林中斧子坎坎——
一切我一知半解——
偷窥是明理——
尼哥底母之谜
终归知悉

迪金森诗作很多题材取自她小小的生活天地，那些再寻常不过的生物庭院、花园中的普通草木虫鸟以及透过她的窗户看到的青山绿水、蓝天白云。不能不说是大自然给予这位诗人以写作的激情和灵感，诗人展现了大自然的和谐与美丽，赞美了大自然的万物，甚至包括自然中那些极其渺小的虫草，迪金森对于自然大花园里的微小生物给予格外的关注。在大自然面前，诗人自视渺小，常以虫草自居，诗人试图知晓自然所有“秘密”，并与大自然融为一体，但却总不能如愿以偿。

诗歌中提到的“尼哥底母之谜”到底指的是什么呢？约翰福音第三章中讲到了“尼哥底母”向耶稣问重生的故事。“尼哥底母”是犹太教中的宗教领袖，又被称为“以色列人的先生”，他出身名门，拥有可观的财产同时还精通天文学、数学、哲学、史学和医学，是一位受百姓尊敬的德高望重的大学者。他也是法利赛人，法利赛人意为“分离主义者”，法利赛人为了不被外邦文化所感染，恪守律法，过着与一般人与众不同的生活，法利赛人团体都反对耶稣，不认同耶稣。因耶稣在耶路撒冷行神迹，名声传遍了耶路撒冷，尼哥底母想要到耶稣面前来求教，但担心若被人知道会遭到嘲笑、讥讽，甚至于会被恨恶、弃绝，于是他夜里偷偷来见耶稣，求问耶稣永生之道，耶稣知道尼哥底母内心一片黑暗，没有生命的光，于是回答说：“我实实在在地告诉你，人若不重生，就不能见神的国。”尼哥底母迷惑不解回答说：“人已经老了，如何能重生呢？岂能再进母腹生出来吗？”

当面对自然的神奇力量无穷魅力时，谙熟《圣经》的迪金森借用“尼哥底母”问重生的故事表达对了自然之谜的困惑与执着探索。虽然迪金森终生选择自然，把自己的整个生命融入大自然中，但对于大自然，她并非盲目地热爱和投入。大自然的神奇力量和无穷魅力激发她对大自然的思索和想象，为她的诗歌创作提供了灵感来源，使她不得不在内心深处对“自然之谜”产出疑惑，在迪金森看来，大自然是简单的而又是神秘的，是熟悉的而又是陌生的。这正是大自然的神秘之处。通过她的自然诗，迪金森表达了她对“自然之谜”的看法，大自然是高深莫测的，“我们的智慧”无法洞悉这“纯朴而简单”的自然。她这种承认大自然本身的神奇性，并主张通过人的自身努力去探索和发现大自然神奇之美。

二、果园

果园是与自然相对的“人为”的事物，如果说世间的果园是艺术和自然两者的结合，那么迪金森诗歌中的果园则是心灵与自然最完美的融合，甚至成为她的神圣之地，“过安息日，礼拜厅堂是果园。”它既体现诗人寻求自由，渴望回归自然怀抱的内心世界又体现了自然的生机与活力。

在诗人的笔下果园生动地表现着自然的每一次变化，春天到来时“果园披绿，金凤花儿待放，鸟儿啭鸣——”，白昼到来时“果园象犹太人，珠光宝气——”，风起时，果园在青山，水仙之间传递着苍天的秘密。诗人去除果园社会性的一面，被纳入自然的一部分，成为一种天然的存在，一方面果园成为了自然本身的一个缩影，它包纳着万物，表现着自然中的各种变化，另一方面果园又是人与自然和谐融洽关系的体现。果园为人工之物，盖上了文明的标记，它代表了人类的理性与目的性，但它的存在对于无意识，无目的性的自然来说并不是异己，相反，诗人笔下的果园融入自然，与自然中其他生灵一样具有灵魂，平等存在。由此可见，迪金森在人与自然关系问题上的立场，认为人与自然中的万物同属于自然共同体，人类能过也一定获得自然的接纳。果园这一意象蕴含着丰富的生态意蕴和诗人深刻的伦理关怀。

对自然的热爱驱使诗人在遭受宗教困顿，信仰危机之时，回归自然的怀抱，试图在自然中寻找到神性以及能寄托灵魂的宗教。

《有些人过安息日上教堂》
我，却待在家里——
食米鸟是唱诗歌手——
果园是殿宇——
……

迪金森一生拒绝成为基督徒，拒绝进教堂，但从未放弃去宗教的思考和追索，她以自己的方式过着安息日，果园成为她的教堂，食米鸟就是唱诗班的领唱，诗人在这首诗中向我们展示了她自己所坚持的宗教，这个宗教突破惯例，无须信仰者频繁出现于教堂，而是在大自然的怀抱中找到教堂，自然中的小生灵充当与她一起聆听布道的信徒或是教堂司事，教会的日常仪式被赋予新的意义，成为一种隐喻式的思想经历。在隐世生活中，她逃离物质世界的喧嚣，在果园中得到精神的升华和灵魂的喜悦。这就隐含了大自然的一切事物与人类之间关系融洽、和平共处之意，同时，我们可以看到迪金森的自然观与爱默生的超验主义自然观是一脉相承的，不仅热爱自然，而且崇拜自然，试图在大自然中体察上帝的存在，获得上帝的启示。

在诗人的笔下，果园或者花园呈现出退隐的特点，这也是迪金森真实生活的写照求。将现实花园看作自己进入沉思的灵魂乐园，寄托精神的处所，它与外部世界的隔绝则象征从行动的世界退隐，诗人在其中体验自然、诗歌和艺术的乐趣，发现新的世界和新的秩序，获得内心的平静。

三、篱笆

与家园和花园一样，篱笆也是西方诗歌中的重要意象，具有丰富的象征意义。

人类文学作品中有关篱笆的描绘可以上溯到荷马。荷马在《奥德修记》里描绘了两个花园，一个是淮阿喀亚国王阿尔刻诺俄斯的花园，另一个是奥德修斯之父拉厄耳式斯的花园。两个其实都是大果园，前一座果园的四周绕着一圈“树篱”（第七章），这或许是西方文学中有关“树篱”的最早记载。后一座也是大致相似的果园，奥德修斯返回故里后就在这果园里劳作。据故事说，奥德修斯到家时经过这座果园，发现人们都出去搬运石头，为了建造“围墙”（第二十四章）。

乔叟在《坎特伯雷故事集》中就描绘了冬月老翁的邸宅中由一圈“石墙”环绕的花园（《商人的故事》）。斯宾塞《仙后》中的阿多尼斯花园更有两道高墙：一道铁墙，一道金墙，此外还有两扇洞开的大门，谁都不能闯进园内（第三卷第六章，31节）。

基督教传统中的伊甸园也不例外。《创世记》中对伊甸园的描绘虽然只字未提篱墙之类，但由于生命树和知识树耸立在乐园的“中央”，这就暗示它是有“边界”的。法国诗人杜巴塔把伊甸园边界的标志描绘为一圈“芬芳的树篱”，篱下长着各色玫瑰，天使们将其染成“同心结、三角形和菱形”等各种形状。

弥尔顿在《失乐园》中也把伊甸园围在篱墙内：撒旦来到伊甸，看到层林叠翠，构成“一个森林剧场的无比庄严的景象”，而高出树梢的就是围绕乐园的“青翠围墙”（第四卷）。

文艺复兴时期英国诗人用篱墙的意象来表现政治主题。他们常把英国喻为以大海作“围墙”的“世界的花园”。理查德•范肖（1608—1666）歌颂英国是地上乐园：英国人“耕种的岛屿”是“没有世界的世界”，犹如朱庇特用“金链”把她系在大海中的“福岛”上，成为世界“安全的退隐处”。（《宣布陛下之际颂》）莎士比亚笔下人物冈特的约翰把英国赞颂为“新的伊甸园”“地上的天堂”“镶嵌在银色海水中的宝石”，而海水犹如“围墙”，杜绝了“宵小的觊觎”（《理查二世》，第二幕第一场）。

由此看来，在西方文学与文化传统中，篱笆是花园意象的衍生物，由于篱墙把花园同外部世界隔绝，因而常常显示出“隔绝”与“排他”的意味，在篱墙里面，乐园的丰饶表明人与动植物之间的和谐，象征完美的生活，暗喻与外部世界不同的某种理想的社会生活；从宗教的角度看，篱墙内是次序井然，是“天堂”，是“伊甸园”，而一旦被逐出篱墙之外，就必定是放逐与堕落。

迪金森在诗歌意象创作上深受17世英国文艺复兴时期玄学派影响。玄学派代表人物诗人乔治•赫伯特的宗教诗《乐园》就是一首非常典型的园林诗。在这首诗里诗人运用的独特表现手法，把他对上帝虔诚的宗教思想融入到了园林意象中，以表现神恩的伟大。请看其中一节：

我祝福你，主啊，因为我生长
在你的树木间，这些树木排列成行
并长出果子和秩序，感谢你的荣光。
有什么隐秘的魔力或公开的力量
能使我的果子干枯，或把我损伤？
那圈起的篱墙是你的臂膀。

从内容方面，该诗充满了诸如“树木、果子、篱墙”等的园林意象。通过“乐园——教堂”这一类比，诗人实际暗示着基督徒们的灵魂和精神都受到了教会和上帝的保护。上帝的“臂膀”犹如乐园的“篱墙”一样将诗人围在墙内，与外界的一切相隔绝。花园与旷野形成鲜明的对照，篱墙把园内的树木和花草与旷野上的野草分开，野草在旷野上因为受到自然界各种力量的攻击终将枯萎，而园内的树木和花草则因为得到了神恩的保护而不会遭受任何损伤。在这里，“乐园”就是教堂的象征，而圈起乐园的“篱墙”或上帝的“臂膀”则暗指教堂的围墙。“篱笆”把花园同外部世界隔绝开来，篱墙园内是春光明媚、百花盛开的世界，园外是一片旷野，外部是变化的尘世，内部则是永恒，形成了培根所说的园景与旷野的对照。

诗人赫伯特巧妙地通过园林意象把他对上帝虔诚的基督教思想和对上帝恩典的感激之情表现得淋漓尽致。《乐园》这首诗中的“上帝——园丁”“基督徒——树木”的隐喻其实来源于《圣经》，以上帝创造伊甸园的故事为基础，在伊甸园中亚当修剪和维护树木和花草，但同时他也是花园的一部分，也是造物主上帝修剪的对象。在包括赫伯特在内的文艺复兴时期英国作家们看来，一切花园都是对伊甸园的模仿，在广义上可以说是一种乐园式花园。通过对赫伯特的诗歌，特别是《乐园》中的园林意象的分析不难看出，赫伯特的园林诗歌从本质上说是描绘了一种无形的精神园林，或基督教乐园。文艺复兴时期英国园林诗歌既扎根于西方文学和基督教文化传统，又扎根于现实园林传统。但与其他描写世俗现实园林诗歌的诗人不同，赫伯特在他的园林诗歌中并没有描述园林带给人们的感官上的愉悦和快感，而是把园林看作是一个通向上帝的媒介。通过园林，人们可以感受到上帝对人类的慈爱，从而实现了从感官愉悦到心灵愉悦的过度和转变。在赫伯特看来，只有通过灵魂与上帝的交融才能进入真正的“花园境界”。

迪金森诗歌中的“篱笆”意象与赫伯特的“篱墙”意象有相通之处，①以篱墙暗喻与外部世界不同的某种理想的社会生活，尤其歌颂乡村隐居生活。②篱墙内外也暗示沉思生活与行动生活之间的对照。从行动的世界退隐，进入沉思的欢乐。③堕落和救赎。

篱笆那边——
有草莓一颗——
我知道，如果我愿——
我可以爬过——
草莓，真甜！
可是，脏了围裙——
上帝一定要骂我！
哦，亲爱的，我猜，如果他也是个孩子他定会爬过去，
如果，他能爬过！

这首诗是迪金森的代表作之一，“一道篱笆墙”带来如谜一般难解的诗意。“篱笆”与“草莓”的组合让这首诗歌陷入含混难解，可多元解读之中。第一种解读：追求自由，不受上帝摆布的存在主义人生观：存在主义是西方思想史上的重要贯串维度。它始于西方思想起源之初，几千年来绵延不绝。虽然各个时期存在主义哲学家们的思想层面深浅不一，描述体悟不尽相同，但“存在主义”的范畴与层次是至深至广的，表面上的不一不等于本质不同，层次上的错开不等于整体上的错位，事实上，作为人类探索世界与生存方式的重要指导精神，“作为一种特定的人类思想方式”存在主义在任何现代主义思潮中几乎都可以窥寻到其或显或隐的影响。存在主义哲学的核心可归纳为“虚无——自由——创造”，它提出了关于人的生存及存在的根本问题，诸如焦虑、痛苦、孤独、死亡、内心冲突、自我选择、对上帝的体验等。要指出的是迪金森并不是真正意义上的存在主义作家，其诗歌创作也并非从某种哲学命题出发，但她的作品却体现出强烈的现代意识。她睿智地看透了存在的虚空本质，主动选择了背离世俗、藐视陈规的生活方式，借助于对自我的感知，自由游离于社会、宗教之外，取得了内心的独立。因此，她与存在主义者们有着本质上的精神联系。由于对庸俗的基督教会以及带有惩罚意味的教义教条的强烈拒斥，迪金森至死都未成为基督徒。在她看来，市民化了的基督教已经失去了它的精神力量。尽管周围的人不断规劝她，她仍不愿皈依宗教，她认为这是她与生俱来的权利，是她的个人自由。1848年，她给朋友的信中说：“上帝在召唤这儿的每一个人，所有的同伴都响应了，只有我

单枪匹马地反抗他……我虽未放弃对上帝的承认，但对如此重要和严肃的（皈依宗教的）问题我仍需思考。”这种怀疑、否定的思维特质赋予她一种崭新独特的眼光去看待世界，并促使她走向独立的思考。“篱笆那边——”这首诗歌算得上是诗人自明心迹的作品。浓厚的宗教氛围，压抑的宗教环境，就如同被封闭的篱笆将美好的事物、现实的需求、憧憬的追求排除在外。与压抑宗教环境不同的某种理想社会生活就如同长在篱笆那边的一颗草莓，诱惑着“我”。迪金森决意遵从自己的思想和灵魂，以自我的意志对抗着加尔文教的“导引”，心灵上的冲突和矛盾，就如同试图穿越篱笆去采摘草莓的孩子，忐忑不安。

第二种解读：对男权社会的反抗。19世纪的维多利亚时代是“女子无才便是德”的男权时代，但生长在这个年代的迪金森却是个例外。艾米莉•迪金森才华横溢。她的诗歌抒写始终坚守着自己的领地，真实地袒露自由内心世界的同时，也表达着自己对男权社会的反抗。艾米莉•迪金森的反抗，安静、不动声色，却又异常倔强和坚忍。十九世纪美国女性的地位仍然卑微，当时的女性受到男权社会和清教徒的双重压迫，所以才有反抗，才有女权主义的崛起。一道篱笆墙，两个世界，两种规则。相对于男孩来说（“如果他也是孩子”：原文为“boy”），系围裙的女孩在现实世界里多了许多约束，少了很多自由，但是女孩却对篱笆那边的风景念念不忘。那里有她想要的一切：除了馋人的草莓，还有很多更美好的东西在等待自己，为什么不能爬过去呢？孩子安慰自己：如果上帝在人间，如果他也是我这个年纪，他也会爬过去的。女孩为自己寻找着可以逾越篱笆逾越规则的理由。我想这里的上帝应该就是那些捆绑在女孩身上的所有束缚吧。所有的规则和障碍在美好的事物、现实的需求、憧憬的追求面前又是多么愚蠢和微不足道啊。

就是这样的一首小诗，整首诗语言简洁得近乎素朴，却又非常生动和形象。篱笆、草莓、上帝和“我”简单的几个意象表达的却是如此丰厚的内涵和内心。诗人借用孩童纯真俏皮的语言将现实推到眼前，向读者展示着男性和女性生存状况的差异，但女孩对现实的叛逆和对自由的向往却是与生俱来，走在时代的前列，却又漫不经心。写作中，作者的真正用意似乎隐去，消失在语词的后面。

“家园”是理解迪金森的一个至关重要的符号，无论是作为建筑物的家还是家庭琐事，跟家有关的一切，对于迪金森的诗歌创作都产生了巨大的影响。19世纪可供成年女子选择的生活方式并不多，随着迪金森的闺中好友一个个远嫁他乡，她默默承受着做一名单身女性的压力，然而她最终没有选择做一个妻子，而是带着对家的强烈依恋，选择了退隐在家，她的退隐，并不是一种无奈之举，而是“一种带有爆发性依从的极其矛盾的行为：在极力迎合众所期待的文化规范的幌子下进行着反抗”。对她来说，在家中，有比相夫教子更重要的任务，那就是写作。“她选择家园作为自己的前沿阵地，因为家给她提供了创作的空间和自由。”在家中，那个活泼逗趣的小女孩最终成长为一个神秘的身着白衣的隐士和诗人。“在家”是迪金森生活的常态。法国哲学家莱维纳斯认为自我不是抽象的符号，而是作为“身体”生存在这个世界上，所以它必须在这个世界中安顿自己，在这个世界中保存自己物理意义上的退隐在家，对迪金森来说，诗歌是更加奢华的房子和家。如果说父亲的房子是她身体的栖居地，那么诗歌，才是她最终的心灵家园，它通往无限与天堂。“更多”“更美”“超凡脱俗”“永久”等等，每一个词都指向无限，迪金森用房屋、家园等来将无限具体化，然而她的目光又超越具体的门、窗，诗歌中所有的具体意象都与无限、无数、至高至远相连。门，超凡脱俗；窗户，数目更多；房间如密林，无法看透；屋顶竟然是苍穹，这座诗歌的房子，无限阔大，并且无限高远。这个房子完全是诗人自己的，它不再是父亲的房子”，它是自己灵魂的栖居地，自我在这里完全成其为自己，体味着与世界隔离的孤独，这份孤独必然会带来痛苦的体验，包括局限的生活体验，但更重要的是，迪金森正是在这份极致的孤独中体验与构建自我存在的家园。可以说，正是在隔绝与孤独中，迪金森为自己打造了一个自由的家，她的自由与独立，正是极致的孤寂成就了这位享誉世界文坛的诗人。

第四章　艾米莉·迪金森诗歌死亡意象群

第一节　迪金森诗歌的死亡观

提到死亡，人类都会感到惶恐，对死亡的畏惧是人类的自然天性。但死亡又是人类不可回避的问题，死亡是无论哪个时代哪个国家的人都要面对和思考的问题。纵观人类的文明史，人们对死亡的认识在达到科学认识之前走了一条漫长、复杂、曲折的道路。伴随着人和动物的生老病死。回溯到人类进化之初，人从自然界动物状态摆脱出来时，就开始思考灵魂、生命的不死、复活等问题。这些关于生命更新、延续、转移以及永恒的观念，长期以来笼罩着人们的心灵，这种由死亡现象引起的情绪体验和心理反应所形成的死亡意识它无时不在又时时无形的贯穿了古老的原始文学，人们各种文学形式来表现自我对生与死的思考。

一、迪金森死亡观

迪金森生活的年代，阿默斯特镇年轻人的死亡率很高，迪金森一生也见证了诸多亲友的离世：1850年，她的文学启蒙人汉弗莱（Leonar Humphrey）英年早逝；1852年，她的挚友牛顿（Benjamin Franklin Newton）因患肺病去世；1861年，她最喜爱的侄子吉尔伯特夭折；1874年，她的父亲心脏病发去世；1881年母亲病逝，恋人与家人的死亡所带来的痛苦过早地盘踞了她的心灵，这对诗人影响至深，死亡意识在诗人的心灵中刻下了深深的印记。这就激起了她通过诗歌创作探寻死亡、生命与永恒的真谛的强烈欲望，在她的1700首诗歌中，关于死亡与永生的诗歌有大约500—600首，占到总数的三分之一，在这些诗歌中，诗人带着对死亡奇特的迷恋之情，想象着死亡的场景、死后的世界，继而展开了对人生意义和死亡真谛不同寻常的探求。

在迪金森孤独的一生中，与死亡的一次次遭遇让她对死亡有了越来越多的想象和辩证思考。迪金森对待死亡的态度是：从容面对，坦然接受。她对死亡的观察和体验达到了着魔的境界，她不知不觉地把未来加以无限制的延伸，把死看作是对未来之图景的一种透视，是她所向往的永恒生活的序曲。

纵观迪金森死亡主题诗歌，我们可以看到诗人对“死亡”的理解包含以下几点。

（一）生与死的不确定性。相对传统“生”“死”二元论，迪金森的生死观是截然不同的。在诗歌第816首中，诗人看到死与生的不确定关系：“对有的人死的打击是生的打击/　这些人一死，才有了生气——如果他们活着，他们等于死去/只有他们死后，生命才算开始”，“生”亦是“死”，“死”亦为“生”，“生”与“死”之间毫无无界定，生存等同死亡，而死亡却是新生的开始，“生”“死”间可以相互转化。迪金森笔下的“生”“死”已完全脱离等级森严的二元对立逻辑，它们间存在高度不确定关系。这种非对立、不确定生死观无疑赋予了迪金森“死亡”诗歌深厚内涵，使人不得不重新思考何谓“生”？何谓“死”？

再如，诗歌第1017首在生与死的交接之时，诗人叹道：“要死了—— 并未奄奄一息/活着——没有生命/提出来要人们相信/　　这是最为艰难的奇迹”“生”“死”的不确定性无疑给世人带来了困扰，让他们难以接受，毕竟二元论下，“生”即“生”，“死”即“死”，“生”“死”间是明确对立关系。但不可否认的是，“要死了—— 并未奄奄一息/活着——没有生命”确实在迪金森的笔下世人看到了“虽死犹存”的死亡和“行尸走肉”般生存的可能，切实感悟到“生”“死”之真谛。

（二）“死亡”即是“永恒”，死亡不是悲痛的事实，而是走向永生的驿站：在死亡主题诗歌里，迪金森表达了死亡并不是一切完结的看法，如诗歌第1365首，“把一切都拿走——/留下那值得一偷/唯一的东西——不朽——”中死亡如窃贼，但不能盗走“不朽”，这意味着“死亡”只是“永恒”之体验。下面这首诗歌更好地诠释了迪金森关于死亡意味着走向永恒的观点。

在这奇异的大海上
静静地出航，
啊，你这领航者啊！
何处是海岸你可知道——

那里没有怒吼的浪涛
那里没有风暴在呼啸?
在宁静的西方
许多船帆已停航——
船锚已抛定;
往彼方,我引领你抵达——
那大地,啊!永恒!
终于靠岸了,天哪!

诗中逝者乘帆船赶赴死亡。何谓“死亡”?他一无所知。“何处是海岸你可道——”,他心中充满忐忑。直到靠岸那刻,他看到“那大地,啊!永恒/终于靠岸了,天哪!”,他不再惴惴不安,他终明白,“死亡”只是奔赴“永恒”的航行,体验死亡即体验永恒渡过海洋,逝者向世人宣告了“死亡”即“永恒”之体验;穿过丛林,逝者亦证明“死亡”即“永恒”,只有无所畏惧地奔赴死亡,才能体验永恒。诗中逝者多方位的“死亡”即“永恒”体验,必会让世人重新审视死亡,不再惧怕死亡。

我们的旅程前行——
我们的双脚几乎踏进
生命之途的奇特岔路口——
它叫做——永恒——
我的步伐顿时令人敬畏——
我们的双脚——不情愿——
引领——
前方——是城池——
而这中间——
是死者的丛林——
退却——没有希望——
背后——一条封闭的路途——
永恒的白旗——在前方——
上帝——在每一扇门边驻足——

渡过海洋,逝者向世人宣告了“死亡”即“永恒”之体验;穿过丛林,逝者亦证明“死亡”即“永恒”,只有无所畏惧地奔赴死亡,才能体验永恒。诗中逝者多方位的“死亡”即“永恒”体验,必会让世人重新审视死亡,不再惧怕死亡。

死亡时而让诗人感到害怕、惊恐,是令人讨厌的、不公正的错误,时而又是一种能够摆脱尘世苦难的令人欣喜的解脱。她始终在这种矛盾中徘徊。在她的诗歌和书信中，无处不透露出她对死亡极度恐惧和无限向往。在她看来，死亡虽然给人带来短暂的痛苦，但死又是另一种生，他相信死和生相连，死是生的开端。她在第449首诗：

我为美而死，对坟墓
几乎，还不适应
一个殉真理的烈士
就成了我的近邻——
他轻声问我“为什么倒下？”
我回答他：“为了美”——
他说：“我为真理，真与美——
是一体，我们是兄弟”——
就这样，像亲人，黑夜相逢——
我们，隔着房间谈心——
直到苍苔长上我们的嘴唇——
覆盖掉，我们的姓名——

诗人用诙谐幽默的语气将她死后入土的“生活”活现于纸上，让人感觉她并不畏惧死亡，反而对其充满期待，因为“真与美是一体”。迪金森心目中的死亡总是与“永生”（E temity）联系在一起。死神的马车上有“不朽”为伴，在“不朽”的陪伴下走向“永生”。迪金森曾说：“死亡和我们如影相随，死亡的神秘感不会随着我们的成熟而减少”。在她的许多死亡诗中，迪金森把死亡这一不为人知的神秘过程用具体的声音、动作、重量等意象清晰细腻地描绘成一组富有层次感和立体感的美丽画卷，表现出诗人在直面死亡时的冷静、睿智和理性。比如，她在“我的河在向你奔来”这首诗中，人生被比作河流，而死亡被比作河流回归大海。河流必然会流向大海，河流从无到有，直到消失在海洋中。人的存在也是从无到有，再从有到无，一直向着死亡推进。人的存在最后归结于空无，因为人的存在必然会走向死亡，这是无法摆脱的终结。迪金森敢于坦然面对死亡，毫不畏惧死亡，从容接受死亡的态度令人震撼，给人以战胜死亡，走向永恒的勇气和力量。

（三）死亡是生命的内容。迪金森把死亡从生命的终点拉到了生命的过程中来，从而使死亡成为人生面对的一种存在，死亡不再是一种不能到达的未来，而是现实中的一种实在，死亡成了生命的一部分。古希腊哲学家伊壁鸡鲁的观点代表了西方对死亡的传统观念，他认为，“当我们存在时，死亡不存在；死亡存在时，我们已经不存在了。”这里，死亡与生命是永远不能相交的两条铁轨。现代德国哲学家海德格尔认为，“死亡只是自己的死亡”。虽然他把残废与生命联系在一起，但他排除了人类认识死亡的可能性，死亡随着个体的死亡而销声匿迹了。迪金森则化解了生存与死亡的绝对对立，在现实中把二者统一起来，正如黑格尔所说的“把生命当作死亡的颗粒”，在诗人的“正是去年此时，我死去。”一诗中，诗人的灵翼会带她飞入一个常人难以理解的境界，但类似这首诗的诗篇还有许多，迪金森不是作为一个旁观者，而是作为一个主角死去，她把自己设想成为一个死亡的承担者来感受生命的辉煌与意义。从这类诗篇中我们可以体会到诗人对生命和生活的热忱，甚或有一种死而复生的冲动，她为什么要把主体置于一种死亡的地位来体验生命的意义呢?如果我们仅仅把这一切理解为一种诗歌技巧，那是不够的。想象玉蜀黍吐穗的情形，想象玉蜀粒的金黄，想象苹果的鲜红和老楼瓜的香甜，任何人都会为生活得如此具体、充实且鲜活而歌唱，而诗人却只能把这些美好的生活寄托到未来的父亲和朋友来与自己共享。在这种求之不得的强烈欲望之下，诗人和读者都会体验到死亡与生命原来如此紧密地连在一起，难以分离，在你的日常生活的每一刻，在你的周围的每分空间里，死亡都无处不在，无时不在。这种死亡的体验通过这些生机勃勃的日常生活的描述透射出来，形成一张网，把我们紧紧罩住，不得挣脱。

（四）死亡是一个过程。与上面的观点相联系，死亡既然与生命纠缠在一起，那么死亡就不再是一个点，而是一条线，它在迪金森的诗篇里变成了一个生生不息的流程。

埋在坟墓里的人们
是否会同样腐朽
我相信有一类
肯定还活着
我也就无须论证
救世主的话语
无可争辩
他说过，死亡已死去

在迪金森的诗歌中，死亡已不是一个终结性的概念，而是一个历时性的概念，死亡在一定的时空中铺展开来，显然，迪金森把死亡的过程放大了，她在自己铺展开来的死亡面前细细体味着痛苦、恐惧、悲哀和超升。在迪金森的笔下，死亡有时是空间的延展，时间停止了，只有死亡在空间中弥漫和扩张。置身这种意境之中，会感到死亡的气息从四周升腾氤氲开来，成为一种无孔不入的实在。在部分诗篇中，迪金森时而作为死者、时而作为旁观者，对死亡的过程即精神与肉体分离的过程、甚至死后的经历都有过细致的描写，通过这些诗句，我们甚至真的要相信迪金森是在同神灵对话，请看她对死亡后遇鬼的描述。

我见过的唯一鬼魂——
衣服镶着梅克林花边——
脚上不曾穿鞋——
走路如同雪片——
像小鸟，步履无声——
但是迅疾有如鹿奔——
他装扮得古怪，有如镶嵌——
也许，像槲寄生——
他难得讲话——
他的笑，像风——
起伏如同涟漪——
消失在抑郁的林中——
我们相遇十分短暂——
他对我，自感羞惭——
自从那骇人的一天
上帝禁止我向后看！

在这近乎梦呓般的叙述中，我们看到一个随上帝升入天堂过程中的死者惊惧的神情。死亡不可避免地伴随着多种境遇，使死亡的过程显得漫长、悠远。

（五）死亡的内涵从个体走向群体，表现方式由具体趋于抽象：死亡诗歌的出现并非从迪金森开始，早在18世纪前半叶，英国的伤感主义诗歌就开始吟诵死亡。杨格（1683—1765）的《哀怨，或关于生死、永生的夜思》抒发了诗人在妻女相继亡故的打击下个人的极端痛苦。同时，尚有格雷（1716—1771）的《墓园哀歌》等，这些所谓的“墓园诗人”描写的无不是个体的死亡，抒发的也是个人的一己情感，曲调哀怨，基调低沉。其后，德国的诺瓦利斯（1772—1801）所写的《夜颂》虽然把“夜”化成诗的神秘王国，把“死”写成神秘之门，诗中充满了宗教和泛神论的气息，但其阐发的仍只是对未婚妻—他的“贝稚特丽齐”的悼念之情。欧洲诗人对死亡的吟诵虽然充满了浪漫主义情调，但其对死亡描写的具体化使诗歌凝结成一滴泪水，悲伤但诗意不足，死亡也只是具体到某个人的死亡，不具备形而上的思考，诗歌也因之缺乏应有的深度。比迪金森稍早的爱伦•坡（1809—1849）描写的“美女之死”甚至有一个写作公式，他的《创作的哲学》里有一段话常被人引证：“我问我自己一在所有忧伤的题材中，根据我们对于人类普遍的了解，什么是最优伤的呢?死亡—是显然的答案，那么，我说，最忧伤的题材在什么情况下最有诗意呢?根据我已经解释过的……答案……是显而易见的——当死亡与美作最密切的结合的时候：那么一个美女的死，毫无疑问，是世界上最富有诗意的题材了——同样毫无疑问的，痛失这位美女的情郎，应该是最适宜叙述这件事情的了。”爱伦·坡的公式使他的脑际终日萦绕着生与死之间的真空地带，是人与鬼之间奇怪的乱伦关系。通过这种怪诞的关系，爱伦·坡把死亡描写得无法更具体化了。因此爱伦·坡也招来了难以抗拒的非议，如认为“这个作者是从棺材里长大的”。

迪金森对死亡的描述前后期有一定区别，前期的一些死亡诗歌，把死亡和爱情纠缠在一起，这是她两次死亡的爱情的隐晦表达，死亡的意识表达得相对比较具体。在经历了一系列生命的消亡之后，迪金森的诗风走向成熟，死亡也就不再是具体描述某个人的死，死亡成为一个高度抽象的概念，作者抽去了死亡的载体，死亡成为一个游浮的意念，飘荡在迪金森的诗歌之中。如果从迪金森的诗歌的抽象形式看，我们有理由说，迪金森的所有诗歌都可作为死亡诗歌来阅读。迪金森对死亡的抽象毋宁说是对死亡的认识的深刻，已达到了文学史上前所未有的深度。这也许因为作者与现实生活相对隔绝，使其能不受过多的媚欲势力的干扰，而静心冥思的结果，这种类似哲学玄思的思想与行文近乎怪诞的风格相结合，使迪金森的诗歌有着独特的魅力。

（六）死亡体验的是“不确定性”与“多样性”的：迪金森“死亡”诗歌常借用逝者之口，向世人描述死亡体验，而这种体验时而有着如“归家”般的愉悦，时而却是对“生”和“生者”充满了无限眷恋。“借用死者之口，她用诗的语言带领我们走进墓穴，打开那个‘黑檀木盒’（诗歌第1378首），审视里面凋谢的花朵、发黄的信笺、古老的饰品和卷曲的发丝，回忆死者的音容笑貌和逝去的青春”。然而，逝者口中的死亡体验往往大相径庭，极具不确定性，他们或认为死亡通向永恒，“死亡”即“永恒”；或认为死亡能带来欢乐，“死亡”即“愉悦”；也认为死亡让逝者、生者皆有牵挂，“死亡”即“眷恋”。“恐怖”不再是死亡体验的唯一描述，“死亡”的神秘面纱被层层撩开，世人不再闻之而色变。

在19世纪的美国诗坛，存在着一种向上的乐观向上的情绪，这在诗歌中有充分的显露。惠特曼的诗歌中即便是写到死，也充满了欢快的气氛。

极小的嫩芽表明世间其实并没有死
即使有死，它也导致永生，并且非到了
最后死亡才终结
一有生命，死亡就终结了
什么东西都走向前，走向外，走向生生不息
死并不是想象中的那个样子
而是要幸福些

惠特曼年事稍长，越来越想到死的问题。不过，他认为“死亡不过是一个生命与另一个生命之间的插曲”，他认为死亡并没有痛苦。而迪金森把死亡写成生命的组成部分，认为“生命不过是死亡的前庭发生的故事”，与惠特曼的热烈相比，她显得平静。但迪金森并不把死亡仅仅作为一种灾难，而是借此来达到对人生新的认识，她已经超越了对死亡低层次的恐惧，甚至能够热情地拥抱死亡。

大海对小溪说，“来啊”
小溪说，“等我长大”
大海说，“那时你就成了大海
我要的是小溪，现在就来！”

人生的河流结束，就意味着它汇入死亡的大海。因此，虽然死亡使我们与亲朋好友分离，然而，我们正是通过死亡才得以获得永生。“狂喜/像内陆人奔向大海，掠过农舍，穿越耕田，进入无限的永恒”。既然死神降临的那一刻，即我们摆脱肉体这个有生的躯壳之时，我们就从有生步入了永生的境界，那么我们就该以狂喜的心情欢庆这一时刻的到来。在迪金森的诗中，死亡是通向永生的驿站，似乎随时可以出入，其中充满着温馨，可供一个个疲惫的旅人养精蓄锐，并在明日踏上新的征程。

这是什么旅店
供特殊的旅客
歇宿过夜?
店东家是谁?
女仆在哪里?
哦，多怪的房间
没有彤红的炉火
没有溢酒的杯盏

“坟墓里的笑靥/使那凶恶的房间/变成一个家园——”坟墓里的死亡并不可怕，它如家般温馨，死亡是逝者愉悦的归家体验。这愉悦的如归家般的死亡，在迪金森诗歌里比比皆是。

这座监狱是多么温柔
阴森的铁条是何等甜蜜
不是暴君，而是羽绒王
发明了这种休息
如果这就是命运的全部
倘若他没有附加的疆域
那地牢只不过是亲戚
监禁———则是家居。

“温柔的监狱”“甜蜜的铁条”“地牢是亲戚”“监禁是家居”，阴森可怕的死亡意象完全被消解，留给世人的实质是美好与亲切。这样的死亡完全不会让人心生畏惧，它只是一次在如家般坟墓里休息的愉悦体验。又如：

狂喜来自于内陆的
灵魂——走向大海，
路过房屋——路过海角——
向深沉的永恒走来——
我们，生长于群山，
水手能否懂得
走出内陆第一里程
带来的极度快乐？

明知是一次死亡之旅，叙事者却未流露出半分的悲伤之情或恐惧之意，传递给世人的只是欢快与愉悦之情。而诗歌首句“狂喜来自于内陆的”和尾句“带来的极度快乐？”更将强烈的欢愉之感传递给世人，让他们感同身受：“死亡”即“愉悦”。

在叙事者对现世的深情眷顾中，最令她割舍不下的还是活着的人们。和传统诗歌不同的是，迪金森诗歌中的死者从不打扰生者，倒是对生者的牵挂“让死者梦牵魂萦，放心不下”。

正是去年此时，我死去。
我知道，我听见了玉蜀黍，
当我从农场的田野被抬过——
玉蜀黍的缨穗已经吐出——
我曾想，理查送去碾磨时——
那些籽粒该有多么黄——
当时，我曾想要钻出去，

是什么压制了我的愿望。
我曾想，在庄稼的残梗间
拥挤的苹果该有多么红——
牛车会在田野各处弯下腰
把那些老倭瓜收捡一空——
我不知还有谁会思念我，
而当感恩节来临时，父亲
会不会多做几样菜——
同样给我分一份——
由于我的袜子挂得太高
任何圣诞老人也难够得到——
会不会损害
圣诞节的欢快——
但是这类想法使我苦恼
于是我改变思路，
某个美好的一年，此时——
他们自己，会来相聚——

“正是去年此时，我死去”，“我”却牵挂着田地里的“玉蜀黍”“庄稼的残梗间”红苹果，以及洒落田野的“老倭瓜”，“我”也无法抑制地思念家人，希望在尘世间还有人挂念着我，“我不知还有谁会思念我，/而当感恩节来临时，父亲/会不会多做几样菜——/同样给我分一份——”。无疑，死亡让逝者对“生”和“生者”充满了无限眷恋。死亡是逝者对生者眷恋，也是生者对亡者的不舍。“多少源头跟你逃跑/你的集会多么重要——/因为你把一个宇宙/完全带走了”。（诗歌第1517首）逝者的离去也带走了生者的无限思念，“因为你把一个宇宙/完全带走了”。无论是逝者对生者的牵挂，还是生者对亡者的思念，都印证了“死亡”即“眷恋”的体验，这样的死亡体验虽有着生死两相隔的遗憾与无奈，却也启发了世人：只有生无遗，才会死无憾。

我们能体会出迪金森对死亡的理解已实现了从传统到现代的跨越。我们从迪金森的诗篇里，可以读到悲壮的死、缠绵的死、无奈的死，甚至无聊的死，但这诸类死亡都伴随着对现实景物和生命的生动描述。二者之间的对照如此鲜明、如此强烈，使读者强烈地感受到生命与死亡原本如此地对立统一于生活之中，死亡是生活中的内容之一，也是生命的内涵之一。我们可以说，如此不厌其烦地描述死与生的对立，已不是要通过死来折射生的可贵，而是切切实实地把死亡当作了生命的一部分，甚或最重要的部分。我们说诗人把自身死亡写进诗篇，不是为了猎奇的需要，而是诗人自身切切实实地感受到：生命本身是走向死亡的过程，也是死亡组成的一个部分。这正如迪金森自己所说的“像生活是甜蜜的一样，死亡的阴影也与之伴随”。迪金森对死亡的理解，远远超越了一般诗人如爱伦•坡对死亡的具象化的了解，而具有了形而上的意蕴，只不过这种形而上的认识通过具象化的描述来表达。唯如此，才显示出诗人思想的深刻以及诗人运用诗歌技巧的娴熟，已臻于炉火纯青、造化天成的境地。

与古典作家不同，迪金森不是把死亡作为人生的终点草草收场，也不是如西方现代作家那样，把死亡作为关照人生的参照物。艾略特（1888—1965）是通过对死亡的描写，关照现代人的生存境遇，表达人的孤寂、无奈和百无聊赖，从而阐述人生无意义的哲学思想。波特莱尔（1821—1867）则直接通过对人的死亡、甚至动物的腐尸的吟诵来表达人性恶的主题，把恶与丑表述得淋漓尽致，从而说明了人生价值的丧失。这些现代诗人无疑不是把对死亡的关注作为目的，而是由此折射人生的荒诞不经，从死关照生是其基本底蕴。但迪金森却是通过死来追求永生，迪金森也由此获得了力量。面对死亡，她表现出近乎倔强的冷峻：“害怕，我害怕谁?/不是死亡—他是谁，”

迪金森通过加尔文教派和超验主义的冥想反省的思维方式，重返到基督教追求永生的传统之中了。如果说迪金森对死亡还时时存有些许恐惧的话，那么诗歌则帮她克服了这种恐惧，正如她自己形象地说自己写诗时如“吹着口哨过坟地的孩子”。

在迪金森的眼里，死亡是救世主，能帮助人们摆脱了世俗痛苦，死亡是一位体贴入微的情人，一位成功的导游，引导人们从有生走向永生。因此，生与死不再像世人眼中的那样简单，死亡也并非人生的终结。人们可以驾驶死亡的马车，飞向“天国”，辞别的只有短暂的人间，迎来的却是新的永生。

迪金森对死亡意识的描述是独特的，也是承先启后的。她不是单纯地歌唱或诅咒死亡，也不是把死亡当作生的质料和目的，更不是把死亡本身描述得如腐尸般的令人掩鼻。她正视死亡，但又不拘泥于死亡；她在超越死亡，并通过死亡达到永生。她对死亡的态度除了淡淡的哀愁，甚至有一种超越之后的开朗疏阔的情怀。

二、矛盾死亡观成因分析

作为一位长期居于一隅，操持家务的女性，迪金森在她的作品中表达了截然不同的死亡观，其死亡观丰富而又深邃。一方面，她承袭传统，迪金森无法完全摆脱当时盛行的清教教义的影响，清教对死后生活的措述一直折磨着迪金森。创作“因为我不能停步等候死神——”，宣扬灵魂不灭的思想；但另一方面，在“当我死时——听到一只苍蝇嗡鸣——”中，她却用略带嘲讽的口吻质疑这一思想的真实性。她的矛盾观点让人疑惑不解。然而实际上，这种矛盾死亡观并非只有她一人所有，其实是她所处的19世纪下半叶人们心理的真实写照。受以达尔文进化论为代表的近代科学影响，他们质疑基督教思想的真实性，对传统世界观、人生观和价值观表示不解和困惑。

自19世纪中叶起，随着科学技术的发展，天文学、地质学和生命学等领域取得重大突破。这些研究成果与“神创论”等基督教基本教旨大相径庭，极大地挑战了当时人们的传统观点。例如，天文学证明《圣经》中关于上帝创世和宇宙的编年史的理论是错误的。《圣经》将人类世界看作宇宙的中心。而天文学却用实例告诉世人，地球只是宇宙中亿万星球中的一个普通个体，并非上帝创造的唯一星球；而宇宙的历史可回溯到更久远的年代。1859年达尔文提出的进化论学说进一步质疑了“神创说”。达尔文认为世界上的生物不是由上帝创造出来的，而是在遗传、变异和生存斗争的自然选择中，由少到多、由简单到复杂，由低级到高级，不断发展进化而成的。进化论一经公布，便引起了学界和公众的极大争议。这种全新的生物进化观点与传统的“神创论”完全不同。“神创论”是基督教的基本思想之一，认为宇宙万物，包括人在内，都是由永恒的造物主“上帝”所创造的。如《圣经•创世纪》的卷首详细记载了上帝用7天时间创造世界的全过程：他开天辟地、区分光暗、立星辰、造草木、植菜蔬、创鱼虫野兽；并依照自己的形象，用尘土和灵气创造了人类的始祖“亚当”。而且自然界的一切安排都是上帝的旨意，都是有目的性和合理性的。万物的演化将按照上帝所指定的方向不断发展前进。但是达尔文的进化论却用翔实资料反驳了“神创论”，质疑其真实性。它明确指出人是由类人猿祖先进化而来的，万物也是在残酷漫长的生存竞争中不断进化演变而成的。生物的演化源于随机变异的内部机构和复杂多变的外部环境的合力。诸如此类的理论从根本上冲击了基督教的基本教旨，例如，基督教所宣扬的上帝创造并保护世界、赋予人类特殊地位以及人们死后进入天堂等。这些理论的提出不亚于一记响雷，极大地震撼了整个西方社会。在震惊之余，人们也开始怀疑长期以来信奉的基督教思想，思索在此基础上形成的传统观念等是否真实可信。当时英国著名的评论家阿诺德曾感慨：“如今，没有一条教义不遭到动摇，没有一个公认的信仰不被证明为可疑，没有一种大家不接受的传统面临瓦解的危险。”

迪金森虽过着隐居生活，与外界交流不多，但也受到了时代的影响。和同时代的其他人一样，她质疑基督教基本教旨和传统价值观。例如，虽然她出生在一个虔诚的基督教家庭，但她终身没有皈依宗教，甚至一度拒绝前往教堂聆听牧师的布道。这种相信与怀疑之间的踯躅在她的诸多诗歌中均有体现。她曾详细描述耶稣的降生、罹难和复活的全过程、赞美造物主的伟大和神秘莫测；但同时，她也对上帝的公正性心生疑虑，责备他的残忍和冷酷，甚至对上帝是否存在也产生了怀疑，在“从前一人们死去”（第1551首诗歌）等诗歌中，她描述了一幅充斥绝望和困惑的画面，指引亡者的神之右手已被砍去，“神就无从再有——”。在目睹亲友相继离世后，她悲愤地写道，“无法解脱的痛苦可以使人变成魔鬼!如果天使有一颗心，他也会为之哭泣。然而天堂竟然如此冰冷!上帝创造了一切，却否决了我们这般微小的愿望。对我而言，他不再慈祥!”这种矛盾纠结的思想同样也体现在迪金森的死亡观。她在诗歌和书信中对死亡和永生表示出复杂且自相矛盾的观点。在“我知道他的存在”（第338首）、“剧痛之后，是一种漠然的感觉”（第341首）、“我为美而死一但才刚刚”（第449首）和“我见过一只弥留时刻的眼睛”（第547首）等一系列死亡主题诗歌中，迪金森展开想象，细致描绘了人弥留之际的各种情景，他们的意识尚存或早已涣散，等待来的也许是上帝之光或是一片虚无；而在死后，他们可能回归美好的天堂，或只是静卧在冰冷的坟墓中；“痛苦与快乐同在，忧虑和期待并存。”这种介乎相信和怀疑之间的死亡观伴随了她的一生。直至逝世前几年（1882年），在写给友人的信中，迪金森仍在质疑永生的真实性。

第二节　死亡意象

一、死亡意象的概念及其形成与发展

既然死亡意识是由死亡现象引起的一种情绪体验和心理反应，是一种抽象的思维活动，它无时不在又时时无形，那么在作品中就必须通过一定的媒介来体现，这种媒介就是死亡意象和死亡意境。所谓死亡意象，就是体现死亡意识的意象，是客观物象经过创作主体的感情活动而创造出来的感伤形象，是一种富于更多的悲观色彩、迥异于生活原态而能为人所感知的具体艺术形象。死亡意境，是由死亡意象组合而成的、赋予死亡意识为核心的情景交融、虚实相生、韵味无穷的悲剧性想象空间。诗思精深，只有透过死亡意境，才能真正发掘到诗人超越了生死的界限对生与死所作的思考。

独特的死亡意象是迪金森诗歌最大的特点之一，迪金森在诗歌中赋予死亡各

种意象，表现出独特的死亡观。在迪金森的笔下，“死亡”极具不确定性，死亡这原本骇人、冰冷而无生命的东西，跃然有了生动具体的形象。迪金森独特的视角将死亡幻化成各种各样的存在形式。每一个意象、每一种形式的死亡，都交织着诗人痛苦的情感、难舍的亲情，还有美好的憧憬。诗人对死亡的独特描述以及赋予死亡的独特意象精辟而传神，让人叹为观止。她能把最抽象的概念变为具有人格与感受力的介质。她谙习感官经验与心理状态之间的关系，也善于运用各种意象将虚幻与抽象的概念及思想与具体的形象结合，从而将自己对死亡的认识与感悟表现得淋漓尽致，并借由体验者和旁观者的身份传达出独特的死亡体验，为读者营造出栩栩如生的死亡意境，动静相宜、唯美动人。

西方人死亡意识形成始自中世纪，随着基督文化的兴起“原罪——赎罪——死亡——永生”的观念深入欧洲人的生命意识中，基督教视死为“新生”，这种“生”不是“轮回式的再生”，乃是从今生过渡到天国、从暂时过渡到永恒、从异土过渡到故乡的“生”。用中国的一句成语“视死如归”来形容基督教的生死观再恰当不过了。《圣经》论述人的死为：“土身休归与土，灵归与赐灵的上帝”，这就是说人身体的本质是土，来自土必须归土，这是尘世肉身的回归，灵魂来自上帝却要归回到赐灵的上帝，这是灵魂的返乡。

新英格兰“宗教复兴”运动之后，在阿莫斯特小镇加尔文教教义中的救赎，宿命论等观念深入人心。同时，迪金森的祖父与父亲都是虔诚恪守基督教教规教义的清教信徒，因此自幼生长在基督教文化浓郁的氛围中的迪金森即便拒绝皈依宗教，一生都不踏入教堂，但在她的骨子里仍透露出宗教传统的精神，在思想上与基督教有着千丝万缕的联系。因此迪金森创造的死神意象以及死亡意象营造的死亡意境所透露的是诗人面对死亡来袭时的那份洒脱、超然、盼望之情，而这种感情与传统宗教死亡情怀相吻合；迪金森继承了西方宗教传统中对死亡进行形而上的思索与追问，在诗人的诗歌中“死亡”变成了一种符号，所指向的一个中心是对“永恒”的信仰和追求。诗人描写的“死亡”表现出一种义无反顾的忘我精神，使读者以一种虔诚、肃穆的心情去注视“死亡”，“死亡”给人们带来庄严、神圣、心灵净化的美感。迪金森将人类的死亡看作一种特殊的荣誉。

二、迪金森诗歌中的死亡意象

在她的诗歌里，死去的那一刻，快乐就到来，这个死去的人还将得到荣誉、尊严和通向另一个世界的门票。因此，在她很多诗歌在描写死亡的意象时，死神并不可怕，相反，他像个绅士、朋友、甚至爱人。在她久负盛名诗歌“因为我不能为死神驻足”中体现得非常独特。

《因为我不能为死神驻足》
因为我不能为死神驻足——
他好心的为我停留——
车上只坐着我和他——
以及不朽——
我们慢慢地行进——他一点也不急，
而我也撂下了
我的辛苦，还有闲暇，
因为他是那么彬彬有礼。
我们经过学校，孩子们正在嬉戏
他们的功课才写了几行
我们经过田野里凝视的禾苗——
和徐徐下落的太阳——
我们在一座屋宇前停下
它看似地上的一个隆起——
几乎看不见屋顶
廊檐只是一座土丘——
到今天——一个世纪已经流逝，可是
似乎每一年都比一天还要匆匆——
我这才猜想那马头的方向
是朝着永恒——（水草与珍珠：172）

在迪金森的诗作中，死亡被赋予人格，不再是一个抽象的概念。死亡在诗人笔下呈现不同的面貌，时而是一个风度翩翩的绅士，时而是一个令人恐怖的恶魔、暴君，时而又是多情的求婚者。迪金森既从生者的角度观察死，又从死者的角度体验死，对于死亡的过程及死后的世界做了大胆而又出人意料的想象和推测。

诗中死神扮演了一个不同寻常的角色，他是马车夫，他赶的车上仅坐着死神、诗人和永恒三者。在诗人的笔下，死亡的过程成了短暂但愉快的旅程。尽管死神是将她带向死亡，与永恒同行却使诗人十分欣慰。诗人用轻快的语调来描述死亡的过程，她认为没有必要匆忙，因此，他们慢慢前进。

诗人笔下栩栩如生地死亡之旅弥漫着淡淡的浪漫气息，“我”与温柔体贴的生命剥夺者同行，在路途中我们欣赏毫无察觉地大自然的循环运动，万物的新生与衰谢的风景，诗人巧妙地将：嬉闹的孩童，路边的庄稼和西下的夕阳这些意象串联起来呈现出人生由少年到中年到老年到走向死亡的个阶段。

生命在诗人笔下如一幅弥漫淡淡怅惘的梦境，不管生命何等美妙，不可能永恒的存在，死亡此时不再是空洞的、恐怖的虚无，而是充满活力的美丽的实在，它仿佛是人的生命中最深刻最富意蕴的生命事实，它使人类摆脱了俗世的平庸，灵魂挣脱“泥塑的皮囊”，继续“未尽的责任”。由此看来诗人认同基督教关于死亡的看法，死亡是人们进入幸福天堂和得到永生的必由之路。正如马科斯•坎利夫在评论迪金森对死亡的态度时所说的那样：“她一心一意考虑死的问题，把死亡看成是通往另一世界的大门。她认为死是一种特殊的光荣，有一点像当时在颂诗和传道中所描述的，以及她最喜爱的《启示录》中所看到的传统的天堂。死意味着悠闲、庄严，意味着对往日的认可，意味着和少数杰出的人到了一起，而你在世上对于这些人是无法深知的。”诗人以一种平和冷静的态度看待死亡，认为死亡只是肉体的毁灭，而不朽的灵魂只有经过死亡这一必经阶段才得以获得永生。只要领悟了这个秘密，死亡将不再可怕，而变得悠然而平静。

《当我死的时候，我听到苍蝇在嗡嗡叫》代表迪金森个人风格思想的另一名篇。这首诗对死亡的心理状态做出敏锐的分析，道出感官世界与精神世界的分离。诗歌一开篇，诗中人就真正进入死亡之境，作者将自己变成了死亡的体验者，描述了死亡的瞬间，成功地描述了死亡来临的那一瞬间死者的一种主观意识，从而打破了以往对于死亡“无意识”的肯定。把对死亡的体验描写得奇妙无比、不可思议。苍蝇的意象运用得不露痕迹而又贴切传神。诗中主要意象是“苍蝇”（fly），诗人将此意象应用得非常成功。在第一节中，诗人描述了诗的背景。诗中人躺在床上，与亲人死别，室内一片沉寂，苍蝇哀鸣不止，显示了一种死亡的气氛。第二节中，诗人把注意力集中到她周围目睹着她断气的亲友身上，他们的眼睛已经哭，他们屏息静气地等待着死神的降临。在第三节中，诗人的目标又回到了诗中人身上，她在想象中立遗嘱，将身外之物赠送给其他人。就在这时，一只苍蝇又引起了她的注意。在最后一节中，她发现那个苍蝇在断断续续地哀鸣，盘旋在诗人与亮光之间。随后她完全丧失了视觉能力，似乎是苍蝇遮挡了从窗口进来的光线。

在这首诗中，通过对自己死亡的富有想象的回顾，诗人对一个垂死之人的最后感觉的细节描写新颖、逼真、令人信服。特别是第二节中苍蝇的“青灰色嗡嗡声”（Blue buzz）可称为狄诗中“通感描写”（Synaesthesia）的名句，诗人将“颜色”（视觉意象）和“声音”（听觉意象）两个意象结合为一个，巧妙而自然地描述了人死以前那种心智迷惑和混乱的状态。虽然诗人没有进一步探讨永生的问题，但她从“light”（光亮、光明）的象征意义上进行了分析，诗的结尾部分带有一种绝望的情调，隐含诗人对永生的怀疑和迷惘，这也是迪金森与死亡的永生诗中一贯的观点。

在这首诗歌里也体现了诗人对死亡是迷惘无奈的理解。人生在世，要追求许多东西。这些追求是多层次的，从生活的真谛到物欲满足直至繁琐小事。人们均不辞辛苦，孜孜以求。当死神的化生“苍蝇”来临所有追求、所有渴望都将只属于生者。临死者无权拥有，而又不甘放弃，一种迷惘无奈便涌上心头，挥之不去。“临死时，我听到苍蝇嗡嗡叫”即表达了这种无奈。“垂死的我躺在床上，屋内一片沉寂，一只苍蝇在嗡嗡地叫着，象征着死神的召唤。当我想着立遗嘱，将财产分送别人的时候，苍蝇又插进来，盘旋在我与光亮之间，最后挡住了我的视线，确认了死亡的到来。”苍蝇仿佛死亡，掐断了临死者对生命、生活的眷恋和与人生的最后联系。死亡使死者被迫放弃他们眷恋的人生，而他们对死后的生活一无所知，因此不免产生一种对死亡的恐惧。

迪金森还不遗余力地想象了在迎接死神到来时的过程，以她特有的细腻和敏感从生者和临死者两个角度描绘对死神逼近，死亡降临的感受。由于死亡具有独特的规定性，即人只能死一次，所以死者无法真的去感受死亡，这决定了迪金森对死亡的描述充满了互相抵触的方面。“随着剧痛之后”入木三分地展现了死亡的剧痛，迪金森以错综复杂的意象将死亡带来的撕心裂肺的痛苦表达得淋漓尽致。这是一颗濒临死亡的心灵在叙述死亡的感觉：剧痛之后，知觉已经麻木，甚至不知自己是否在承受痛苦，也忘记了受折磨的时间，整个人已处于恍惚状态，痛苦如“一种木头进程，已变得麻痹大意，心已绝望，了无企求，仿佛挨冻的人最后失去知觉，完全被死亡抓牢”。“受伤的鹿跳得最高”借助鹿在死亡前费力挣扎的痛苦形象，揭示了死亡的残酷：

受伤的鹿跳得最高——
我听猎人说过——
这不过是死的极乐——
接着—制动器沉默！
被敲击的岩石迸出火花！
被践踏的钢板弹跳！
总是显得更红的脸颊
正由于肺痊在叮咬梦

最理想的莫过于恬淡平静的死亡。这是一种超脱的、对人生了无遗憾后的死亡。迪金森在“死亡是一场对话”中以抽象的表达方式揭示了这种死亡。对于死亡的来临不朽的灵魂只需脱去一层泥土躯壳就能打发死亡，没有痛苦，没有无奈，只有平静和理智。在“我为美而死”中，一个为美而死的人和一个为真而死的人在坟墓相遇，彼此友爱相处。他们生前分别为崇高的理想而死，他们的死亡已经达到了一种无怨无悔、心地平静宽广的境界：

就这样，像亲人，黑夜相逢——
我们隔着房间谈心
直到苍苔长上我们的嘴唇——
覆盖掉—我们的姓名

迪金森死亡主题的最重要的方面无疑是死亡的意义。在她看来，死亡并非毁灭，而是通向永生的桥梁。迪金森的这种对死亡意义的理解带有强烈的基督教色彩。在基督教教义中，死亡不仅意味着此生的终结，也代表着洗去原罪，升入天堂，获得永生的开始。迪金森生活在新教盛行的19世纪的新英格兰，尽管她受到爱默生的超验主义以及社会和科学发展的影响，常常质疑基督教义中关于人生而堕落的观念和传统的祈祷仪式，她仍然基本认同基督教于死亡的看法。死亡作为生命的终结，带来了悲伤和恐惧，但作为来生的开始，也带来了永久幸福的希望。马科斯。坎利夫在评论迪金森对死亡的态度时说：“她一心一意考虑死的问题，把死亡看成是通往另一世界的大门。她认为死是一种特殊的光荣，有一点像当时在颂诗和传道中所描述的，以及她最喜爱的《启示录》中所看到的传统的天堂。死意味着悠闲、庄严，意味着对往日的认可，意味着和少数杰出的人到了一起，而你在世上对于这些人是无法深知的。”，在“因为我不能停步等候死神”一诗的第一，诗人即说：“还有永生与我们同行。”和死亡同行也是美好的，因为

我们缓缓而行——他知道无须急促——
我也抛开劳作和闲暇，
以回报他的礼貌——

死神将死者带到了另一世界，这里有永恒，也充满希望。然而，在灵魂如何通过死亡获得永生的问题上，迪金森也常常产生疑惑。在“我见过垂死的眼睛”这首诗中，她传递了一种质询的态度：

我见过垂死的眼睛
在房间里扫视四处——

仿佛是——寻找什么东西——
然后渐渐模糊——
然后——蒙上云雾——
然后——被焊住了眼皮
而终于没有揭开
那见了有福的东西——

垂死的人试图寻找有福的东西，这双眼睛似乎在企求上帝赐予永恒，但上帝并没有施与，而是焊住了能寻找到幸福的双眼，这是一种期望的破灭，一种追求的被迫中断。迪金森的疑惑缘于她对传统上帝形象的质疑。在她的诗里，“上帝的形象是令人迷惑的，创造者似乎不知道为何创造，他是一个盗贼、银行家、父亲、绅士和国王，他常常被拟人而化为死亡或爱人。”迪金森认为灵魂的永生不能光依赖上帝的赐福，更多地要靠自己构筑丰富的内心世界，因为“人脑比天空更广阔，比海洋更深沉，甚至不亚于上帝的力量。”迪金森的这一断言闪耀着爱默生超验主义的光辉，即强调个人的力量，“世界上唯一有价值的东西就是有活力的灵魂”，希望“每个灵魂都自造一座殿堂，殿堂以外是世界，世界以外是上天”，这暗合了迪金森退隐后沉思冥想、吟咏真善美的情怀。她早年深爱的良师益友本杰明。富兰克林。牛顿英年早逝，二十三岁那年遇见已有妻室的瓦德沃斯牧师，心生爱慕，但牧师后来移居西海岸，从那以后，她开始闭门独居的退隐生活。她的退隐也许是出于对无法得到回报的爱情的绝望，也许是因为无人理解的孤独，但她成功地造出了自己“心灵的殿堂”，得到了不受干扰地思索人生的快乐，得到了诗人感悟后的狂喜。她用诗人的激情和敏感，用清教徒的冷静和克制，献身于歌唱真和美的事业，为她的思想赢得了永生。就像“我为美而死”这首诗中所描绘的分别为真和美而死的人那样，她也可以无怨无悔。

第三节　死者意象

一、迪金森诗歌中的死者意象

迪金森所刻画的死者形象也不是恐怖骇人的，而是在“安睡”，“面容胜柔嫩花枝”，呈现出一种超凡之美，没有抑郁、腐臭的死亡气息，诗歌的基调变得轻快起来。诗人采取这种创作倾向的原因在于诗人对于死亡本质的理解，即死亡是快乐的，是通向另一世界的特权。在迪金森笔下的“死亡者”有时只是对“死亡“进行体验的”体验者，即从体验者的视角来感受、评价死亡。在有些诗作中，迪金森将自己变成一个体验者，以异常细腻的笔触描写了濒死的境界。例如，她的《当我死时，我听见了苍蝇的叫声》成功地向生者展示了濒临死亡的人的意识状态。诗歌以一种诙谐的方式展开，人们不再哭泣，反而在泰然之中期盼死者的“纪念品”，等待“死亡”带死者升入天堂。诗的第三节是高潮部分，濒死的人已完成了在人世间所有的任务和心愿，可是他期盼来的不是什么来自天堂的天使，却是一只嗡嗡叫的苍蝇。在该诗中诗人大量地运用了表现态度意义的词汇。在诗的第一节中，诗人用了一个强烈的对比词stillness和storm，两个鉴赏系统的词汇指出氛围和环境的不和谐，预示着死亡的气氛像是暴风雨前的寂静。然后运用表示情感系统的词汇wrung them dry来描写吊唁者的眼睛，围在床前，屏气凝神，望着弥留者，待着最后时刻的到来。接着作者将死亡比作“I”，这是一种显性判断，表明了作者对死亡的态度，对迪金森来说死亡人所逃脱不了的宿命。然后诗人的评价对象又转到了keepsakes（财产）上，1 willed my keepsakes，signed away是表示情感的词汇，可以看出她以一种轻松的方式来处理自己的财产，可见她已经对死亡做好了充分准备。诗人在描写苍蝇时用了blues，uncertain，stumbling表示鉴赏意义的词汇，可以看出“我”永生的信念彻底破碎了，所以“我”放弃了一切希望。诗人通过对苍蝇叫声的描写，从嗡嗡的大叫声，到断断续续的叫，再到最后声音的消失，来暗示将死的人是怎样从有意识的状态进入无意识的状态。诗人用I could not see to see来结尾，could not是表判断的词汇，指能力丧失所带来的消极社会价值，诗人在最后使用了两个see来强调她对死后永生的怀疑。死亡过程只是一个身体意识自然消失的过程，宗教中关于死后永生的信念只是一种幻想而已。整首诗中的评价目标是不断变化的，但却没有一句直接指向葬礼本身。在全诗的展开过程中，诗人由希望到失望的强烈感觉正好照应了诗的内容：死后永生的愿望是无法实现的。

纵观全诗，诗人生动地再现了生命从枯竭到消殒。“沉寂”中出现了“苍蝇”，将宁静打破，却衬托了更深幽的静，更深的悲哀，因为苍蝇的叫声宣告了肉体的溃烂，它是嗅到死亡气息之后才到来并肆意跳起死亡之舞：在光亮和我之间起伏。在这首诗中，迪金森似乎对死后的永生持怀疑态度，所以她的心灵终其一生都在信与不信的矛盾中挣扎彷徨。正如在她的另一首诗《我感到一场葬礼，在脑海里》所描写的，“整个天空是一口钟，生命，仅是一只耳朵，我，和沉默，某个陌生的族类毁灭，孤独，就在这里。”在对待死亡的问题上她对基督教持怀疑态度，她思考着死亡，却从上帝那里找不到答案，上帝是虚幻性的，在死亡面前，上帝是无能的，他没有办法将人类领向永生的路。

二、迪金森诗歌中的死亡与永生

死亡与永生一直是学术界研究和讨论的话题，然而到目前为止，还没有一个人能够给出明确的回答，作为诗人而又出生于宗教家庭的迪金森对死亡与永生所持的态度也是半信半疑。在她的《因为我不能停下来等待死亡》中，迪金森又秉承了西方的宗教信仰，死亡被看作是通向永生的必经之路。在该诗中，诗人不断向读者传递着这样一个信息：死亡不是生命的终结，而是生命的延续，是永生的必经之路；死亡是另一种生命的开始，在那里，人们可以到永恒。在诗的第一句中，作者就用表判断的动词could not来表明人类在死亡面前是无助和被动的，但这种无能为力在迪金森眼里却没有什么可怕的，相反她给予了死神一个积极的形象，kindly，Civilitv，这是两个明显的表判断的词汇，所以作者在死亡面前的情感也是轻松愉快的。“死亡”为诗人担任马夫，在一起去往终点的途中，诗人感受到，这次旅行将走向永恒。诗歌以意识流的写作手法把人生定格在几个镜头：孩提时代的嬉笑打闹，学校，孩子们正在竞斗；成年时代的踌躇满志凝望我们的五谷之野；老年时代的郁郁寡玩的落日，在这部分描写中诗人运用了表示鉴赏的词汇来描写旅途的漫长，正如人生的漫长一样。然后他们驶入黑夜，露珠降下一阵阵凉意，quivering and chill这两个表示鉴赏的词汇是对周围环境的消极评仇“它看来像是土地微隆—屋顶全然不引人注目”，显而易见是一座坟墓，然后她躺进去“过了许多世纪”，但却“每个世纪都短于那一天”，这里诗人用对比的方法描写了死亡所带来的凝固和不朽。同时诗人用平静的语调暗指其信仰的“不朽”，这种不朽正是她毕生所追求的。同时“死亡”被诗人拟人化，他是一位不可避免的征服者。艾米莉•迪金森运用意象，将想象与现实连接在一起。

迪金森热衷于通过荒诞、陌生的手法刻画死去的人以此表达个人对死亡本质独特的体验。死亡与永恒是一对抽象的概念，诗人借助“死者”这一具体的事物，用生动的笔触巧妙地展示了诗人内心深处死亡与永恒的真情实意，这和用具体解释抽象的方法拓展了诗歌的无限想象空间。

其一：《她死于玩耍》
她死于玩耍，
嬉闹间
她租借的被污染的时光流逝流淌，

然后像玩童般愉快
沉入鲜花堆砌的床。
魂魄流连山头
昨日，今日，
衣衫如银白羊毛——
面容胜柔嫩花枝。
其二：《她像在游戏中安歇》
她像在游戏中安歇
生命已经跨越——
欲意重返尘世——
却不太急——
她可爱的臂膀，半垂——
似体育般陶醉——
一个忘怀已久的瞬息——
计谋开始实施——
她飞舞的双眸——半睁——
似乎它们的主人
依旧闪耀
将你——取笑——
她临门的破晓——
我肯定，是要——
强迫她安睡——
那么轻——那么醉——

首先有个问题值得我们思考，即：诗人常常将人置于游戏中死亡，诗人所刻画的死者形象往往也是在游戏的模样。笔者认为诗人采用该种创作取向的一个原因在于诗人对死亡本质的理解。在诗人看来人生快乐的极致是死亡，当游戏调动的欢乐达到制高点时，死亡的介入一方面证明在诗人看来死亡能使 “欢乐”这种状态保持永恒，另一方面即便是欢乐的存在，人仍然无法逃脱死亡的威胁，生命始终不堪一击。诗人除了对死者状态描写采用异常独特的策略外，她也非常注重对死者容貌的精细刻画。诗人饱含着深情观察着死者，在生者眼中死者犹如游戏过后陷入沉睡之中，死者的容颜与形体并没有遭受死亡的摧残而散发出恐怖、腐臭的死亡气息，死者的肉体依然“可爱”“面容胜柔嫩花枝”，死与生在生物学上呈现出未分化的和谐统一状态。但是在死者僵硬静止的状态中，诗人强调突出的是死者灵魂的游荡，而这一点就确立了死与生之间的距离。诗的中心场景都聚焦于安放尸体的床。生者与死者的肉身距离如此靠近，但是死者的“生命已经跨越”，灵魂脱离死者的躯壳。而诗人的思想却不断回到死者生前的时候，并对生时与死时的状态加以比较。生前死者在玩耍，而死时候是一种无视死亡的“在游戏中安歇”，笔调轻快欢愉，死亡一改哀婉、恐怖、悲郁的面貌变得自然而美妙，死者呈现出一种超凡之美，这种美是人类从原始的死亡恐惧中解脱出来，战胜死亡作为“一种恒长的偶然和不幸，一种恒常的威胁”的控制，死亡成为“解脱人类痛苦的最彻底的方式”而是人的灵魂达到安详、永恒的完满状态。“死亡”在这两首诗中暂时隐藏起了狰狞可怖的面目，这些年轻、鲜活的生命的逝去固然令人扼腕、哀恸，但诗人的关注点显然并不是“死亡”降临的那一刻本身，而转向“美”与“活力”永生的命题。诗人对死亡者的状态构思独特的描写充满死亡本质哲理的探索，给人一种强烈的震撼。

第四节　丧葬礼仪意象

一、丧葬礼仪的步骤

每个人的生命都是有限的。丧葬标志着一个人生命历程的完结。美国传统的殡葬礼俗，基本上属宗教式的丧葬礼仪。基督教仪式几乎贯穿始终，崇尚“个人本位”，主张“以个人为中心”，因此在丧礼中，也是以死者为“中心”，重在安置死者“灵魂”。丧葬礼仪一般包括以下几个步骤。

（1）停丧。在一个人弥留的时候，要在神父面前忏悔，这也是临终关怀，使死者正确看待死亡，摆脱死之恐惧。死后在神父主持下给死者洗尸、更衣，宗教含义是洗去生前罪过，干干净净去见上帝，之后神父要为其祈祷。

（2）守灵。美国的传统葬礼多采用宗教形式，通常在教堂举行。葬礼前，灵柩要放在教堂中由亲友们轮流守灵，由神父主持追悼会。神父介绍死者生平并为之祈祷，下边亲友则一同祷告。据学者们分析，守灵习俗是由古时人们心理上的原因所导致：一是死者亲属始终抱着死者会重新苏醒的幻想；二是他们曾在死者生前尽心竭力地加以看护，虽然这种看护现在已不需要，但他们仍不忍轻易放弃自己的责任。天长日久，守灵便成为对死者表示尊敬的一种习惯做法。

（3）墓地。在墓地上，人们会发现一个有趣的现象，就是墓地的东、南、西三面密密麻麻地排满了墓碑，而北面墓碑却寥寥无几，其原因是北面通常是埋葬犯人、凶手或自杀者的地方。据称基督教教堂的圣坛北面是宣读福音的所在，福音的主旨是让罪人忏悔，因此便进一步认为北面是为那些需要拯救的罪人而设置的。

（4）入葬。下葬时，神父还要再为亡者祈祷。哭丧无论是初终还是在教堂，也无论是在送葬路上或下葬时，亲友都不能大声嚎哭，只能默默流泪或嘤嘤啜泣，意为不要打扰死者灵魂安静。下葬时，随土撒入一些花瓣，葬毕在墓前立上十字架，放上一束鲜花，亲友就可以默默离开坟墓。

埋葬死者有一定的规范。传统风俗是在死者胸前放上十字架，或把他的手交叉放在脑前，然后朝向东方埋葬，即脚在东，头在西，据说这是早期“拜日说”的反映。美国犹太人也有一种习俗，在埋葬死者时，使他面朝以色列方向，第二年再打开墓穴重新埋葬。印第安人埋葬死者的方法也颇具特色，普通百姓死后只作简单土葬，但部落酋长死后却要受到格外尊崇。他们将酋长的遗体安放在庙宇中，这种庙宇的形式十分特别，下部用粗大的木桩高高撑起，四面透风，没有墙壁，地上铺着几张兽皮，供看管庙宇的祭司休息，上层才用来安放遗体。凡是死去的酋长都一律放在同一庙宇中，一个挨一个。这庙宇只一面敞开，三面和房顶都用编结精致的竹帘遮挡得严严实实。遗体旁还摆放一个雕刻得活灵活现的木偶，作为酋长的卫士。印第安人还别出心裁地发明了使遗体不腐烂的办法。他们将死者的皮剥下，涂油晒干，再将肉刮下，把骨头包在皮革中，最后再包上原来的皮，经过这样加工的遗体，看上去完好如初。西方人在居丧的第九天、第二十天、第四十天和一周年都要举行祭亡灵仪式。届时，亲友可单独去，一束鲜、默默立上一会即可的终结宗教仪式的葬礼程序，通常包括祷告、唱赞美诗和牧师致颂辞。葬礼毕，人们便向遗体告别，然后用灵车将死者送往墓地安葬。灵车为黑色，车窗遮有黑纱。灵车在送葬队伍的最前面，后面紧跟着死者的亲属。送葬人一律身着黑色或蓝色衣服，男子打黑色领带。送葬行列非常庄严，行人不得打乱送葬队伍。行至墓地，还有一个短小的入葬仪式。下葬时，人们只是静静地在灵柩旁沉思默祷，而不捶胸顿足、号啕痛哭；并且从始至终都保持着庄严肃穆的气氛，不设宴。宗教文化不同在丧葬中，西方国家基本上属于宗教式的丧葬礼仪。西方丧葬礼俗主要受基督教文化的影响。基督教将每一个人的灵魂直接与上帝发生关系，不允许偶像崇拜，崇尚灵魂升华而轻视肉体，因此西方的丧葬风俗是简丧薄葬。基督教的丧礼更多的是为死者祈祷，祝其灵魂早日升入天堂，解脱生前痛苦。基督教认为人死后灵魂需要安静，此丧礼非常肃穆。近现代以来，由于西方崇尚“个人本位”，张“以个人为中心”，因此在丧礼中，根据宗教礼仪，重在安置死者的“灵魂”。死亡文化的本质是生存文化，从一个民族的死亡文化中可以窥到那个民族的全部生存哲学。从它的丧葬仪式可以看到背后的宗教传统。

二、丧葬礼仪的宗教与文化内涵

西方传统丧葬礼仪联系的宗教与文化内涵主要有以下几个方面因素。

（一）宗教文化：西方哲学中认为世界是二元的，宇宙分为两个层次，一个是真界，属理念界，只有心灵才能洞悉；另一是感官界，是我们生活的物质世界，靠着人的感官神经便能认识。真界是永恒的，是不动的；感官界是无常的，恒变的。在身体与灵魂的关系中，基督教认为，灵魂和身体，是分别独立存在的。人死后，灵魂则离开人体，在天堂和天父在一起，并且永远存在。灵魂和人就没有任何关系，人死是解脱罪恶，灵魂得到解脱。因此才会更加重视灵魂的安抚，基督教的丧礼更多的是为死者祈祷，祝其灵魂早日升入天堂，解脱生前痛苦。

（二）社会伦理不同：个人本位主义。在西方的丧葬礼仪中，除重视的对上帝的尊崇外，没有中国的那种对父母祖先等家族长辈的浓重的“孝悌”思想，在丧葬礼仪中没有了中国的那些繁文缛节，简丧薄葬，重在安抚灵魂。特别到了现代，在美国西海岸和其他一些沿海州，遵循死者的生前爱好和个人意愿，葬礼个性化色彩越来越浓，比如喜欢赛车比赛的人死了，亲人就把其棺材做成赛车的形状；老水兵死了，亲人干脆把灵车弄成巡洋舰的外形；葬礼也渐渐离开殡仪馆和教堂，把追思会带到家居、山上、海边、空中、海洋；葬礼上也不再是千篇一律的哀乐，取而代之的主要是死者生前最喜欢的音乐等。

三、葬礼

死亡让人释放最强烈的情感的力量这也是常常人们认为死亡仪式产生的源泉，丧葬礼仪直接反映出了人们对死亡的认识。这种对死亡的认识，主要体现在人们对灵魂是否存在、以何种形式存在、灵魂与肉体是何种关系、亡人的灵魂是否对现世的人有影响的认识。

葬礼作为生与死的分水岭，往往是令人心碎的、哀伤的。如在《我感觉葬礼在我脑中举行》一诗中，诗人作为一个死者来感受死神的降临，暗示只有在濒死的时候，人才能懂得生命的价值，懂得如何珍惜生命，但是一切已经来不及了，“我”虽然经过了痛苦的挣扎，但是仍然未能摆脱地狱之门，这也表明了迪金森对死亡的恐怖与绝望。

《我感觉葬礼，在我脑中举行》
我感觉葬礼，在我脑中举行，
哀悼者来来往往

不停踱步——踱步——直至
我的感官如开裂一般——
待他们坐定，
宗教仪式开始，如同鼓点
不断敲击——敲击——直到我感觉
头脑开始麻木——
接着我听见他们抬起棺材
同样带铅钉的靴子，再次
吱吱嘎嘎在我灵魂碾过
接着四空——开始鸣响丧钟，
于是空中——开始鸣响丧钟
整个天空变成一口丧钟，
而人，只剩下一只耳朵，
而我，还有寂静，一个陌生的种族
被毁灭，孤零零的，在这里——
接着理智的木板，断裂，
我往下跌落，往下——
每次跌落撞击一个世界，
接着——失去知觉——

对死亡的迷恋与困惑让迪金森热衷于凭借想象去探究人死后的真实状态。死亡之旅从19世纪新英格兰的传统葬礼中开始，整场葬礼是在诗人的头脑中进行的，极具浓郁的戏剧色彩，各种声音和节奏汇集，“哀悼者来来往往不停踱步”“犹如鼓点的宗教仪式”“吱吱嘎嘎的靴子”，“丧钟鸣响”使得“整个天空变成一口丧钟”这些由活着的人制造出来的仪式让亡者感觉“人，只剩下一只耳朵”诗人通过静观冥想，产生的一系列直觉的飞跃，逼真的呈现出在葬礼进行中死者精神与心理的活动。在诗人看来，死亡只是肉体的毁灭，灵魂以一种容忍和漠然态度躺在狭小的盒子里，当灵柩被放入土中时跌落与撞击才使灵魂失去知觉。

周建新在“论艾米莉•迪金森诗歌开放式结尾及其文体突出”中分析了“开放式结尾”这一概念，指出：“诗歌还有另外一种结尾，不论在形式上显得连贯完结与否，这种结尾不是对诗意的界定或截流，而是使诗意更喻指深远，引人遐思，即所谓言尽而意无穷，这种结尾就是诗歌的开放式结尾（non-closure end）。开放式的结尾是建构开放式诗歌（open-ended poems）的重要手段，它使诗歌兼有自指和他指两种特性，极大地增加了诗的容量，使诗意更加丰满朦胧，含蕴无限，也就更耐人品味。”并指出迪金森很多诗歌都是开放式的诗歌，这一特点使得她的诗歌意义模糊，可以进行多维解读。以这种观点来看，笔者认为“失去知觉——”的结尾揭示出诗人在葬礼意象中所蕴藏的矛盾观念。葬礼常被视为生与死的分水岭，从此生死两茫茫，因而，哀伤、悲痛、茫然、恐惧、绝望始终是丧礼的主线，往往呈现出一幅幅令人心碎的画面。而迪金森描写的葬礼一扫世俗丧礼的阴霾，使人关注灵魂的境遇，让丧礼成为全新的景观。葬礼如同一座桥梁，将看见的事和未看见的事汇聚在一起，开拓了一个让人去整合复杂思绪的空间，在这个空间里充满了生与死、绝望与盼望、短暂与永恒的对比，这些都超越了理性的认知和言语所能表达的范围。尽管诗人以反抗传统宗教的形象出现在世人眼中，但是在死亡与灵魂问题方面却没有摆脱基督教灵魂不死以及永生的观念。死亡仅仅是现实层面上的生命终结，通过死亡生命实现了超越现实的在形而上的意义上的不朽与永恒。当灵柩下坠，灵魂在一次次撞击中失去知觉，在此对灵魂的描述突然戛然而止，诗人并没有点明灵魂的最终归宿在何处，这种语义的开放以及诗尾破折号所表现出的“未完结”之意，将全诗笼罩在对死亡和永生无限迷惘的氛围中，灵魂是脱离肉体获得上帝的拯救进入天堂，还是躺在狭小的盒子里在不断地撞击中失去知觉直至凝固、僵硬，已不再可能走向永恒？诗人无法给予明确的答案，对死后是毁灭还是永恒徘徊于确定和不确定之间。灵柩下落、撞击是对死者灵魂的考验，也是诗人心中理性与灵性的碰撞，不相信上帝所许诺的那种死后的生活，即永恒，但却将更大的希望寄托于永恒，希望灵魂不灭。

19世纪爱默生的超验主义思想对诗人产生了重大的影响，凯普斯认为，在所有的美国作家中，迪金森受爱默生的影响显然是大的，“因为正是从爱默生那里，她学到了诗歌创作方法，尽管她本人没有意识到这一点。”但实际上从迪金森探讨死亡、灵魂、永生等问题所表现出的矛盾态度来看，她并没能完全融入超验主义思想，在诗人部分死亡主题诗歌中诗人真实地描绘了人的意识活动与心理，以及灵魂或意识在死亡之后还有意识活动或心智活动的意识经验，可见她已接受了灵魂可超越肉身与遍布宇宙的“超灵”融为一体的思想。但是另一部分诗歌则是对超验思想关于死亡使灵魂挣脱肉体的限囿，走向永恒的深深的疑惑。

富有艺术张力的死神、葬礼等意象将死亡这抽象的概念具体化了，尽管诗人在对待死亡问题一直是困惑与矛盾的，但是，诗人独树一帜的从人类体验的角度竭力用生动的意象展现死亡的过程和情景，营造出具有强烈感染力的意境，表现人死后出现的各种可能性，是诗人死亡主题诗歌的一个鲜明特色。

对死亡深深的理解和眷恋成为诗人心灵与精神上难以释怀的彼岸情结，死亡是诗人这一生静思默想的永恒主题之一。如荷尔德林吟咏那样：“人类诗意地栖居在大地上。这当然应该包括生存与死亡共同的诗意栖居。既然死亡是与生存一样的自然存在，文学家情不自禁地关注死亡的内涵，建构审美意义上的死亡意象和死亡意境，关注健康自然而又不乏诗意的死亡意识和死亡文化当然顺理成章了。”死亡成为诗人寂寞一生，孤寂一生的诗意栖居。

四、殡葬礼俗

西方殡葬礼俗，基本上属宗教式的丧葬礼仪。基督教仪式几乎贯穿始终。西方崇尚“个人本位”，主张“以个人为中心”，因此在丧礼中，也是以死者为“中心”，重在安置死者“灵魂”。停丧、守灵、墓地、入葬这整个宗教仪式的葬礼程序中都有一定的规范。通常包括祷告、唱赞美诗和牧师致颂辞。葬礼毕，人们便向遗体告别，然后用灵车将死者送往墓地安葬。灵车为黑色，车窗遮有黑纱。灵车在送葬队伍的最前面，后面紧跟着死者的亲属。送葬人一律身着黑色或蓝色衣服。送葬行列非常庄严，行人不得打乱送葬队伍。行至墓地，还有一个短小的入葬仪式。下葬时，人们只是静静地在灵柩旁沉思默祷，而不捶胸顿足、号啕痛哭；并且从始至终都保持着庄严肃穆的气氛，不设宴。葬礼毕，死者的宾朋通常还要和死者的家属聚会一下，在一起吃顿饭，表示对生者的同情和慰问。基督教将每一个人的灵魂直接与上帝发生关系，不允许偶像崇拜，崇尚灵魂升华而轻视肉体，因此西方的丧葬风俗是简丧薄葬。基督教的丧礼更多的是为死者祈祷，祝其灵魂早日升入天堂，解脱生前痛苦，同时基督教认为人死后灵魂需要安静，因此丧礼非常肃穆。

目睹身边亲朋好友的离世，迪金森对19世纪英格兰葬礼的体会异常深刻。

《屋内忙乱》
屋内忙乱
死后的早晨
是对于土地
最庄严的事情——
心之整理
爱之送行
我们不愿再启用
直至永恒。

迪金森用寥寥数语逼真地再现了一场肃穆、庄严的传统葬礼。人死后紧张的葬礼就开始了，没有悲哀与沉重，也没有撕心裂肺的号哭，死者生命的消逝对于生者的世界来说是一件庄严的事情，人们用心与爱，整理死者的遗物以此回顾死者的过去，人们用心与爱为死者送行，而死者将要去往的目的地是"永恒"，西方基督教的死意味着尘土归于地，结束了世上的劳苦，回到天国永远的家乡。因此迪金森笔下的葬礼仪式充满了无限的宗教感情与精神，人们不惧怕肉体的死亡，视"死"为脱离肉体皈依上帝的仪式。因而整场在静默与关怀中举行的葬礼诠释了死者的尊严与荣耀，即便是一个平凡的人在离开人世的最后也能享受到他的尊严。

迪金森把死亡从生命的终点拉到了生命的过程中来，从而使死亡成为人生面对的一种存在，死亡不再是一种不能到达的未来，而是现实中的一种实在，死亡成了生命的一部分。古希腊哲学家伊壁鸠鲁的观点代表了西方对死亡的传统观念，他认为，"当我们存在时，死亡不存在；死亡存在时，我们已经不存在了。"这里，死亡与生命是永远不能相交的两条铁轨。现代德国哲学家海德格尔认为，"死亡只是自己的死亡。"虽然他把残废与生命联系在一起，但他排除了人类认识死亡的可能性，死亡随着个体的死亡而销声匿迹了。迪金森则化解了生存与死亡的绝对对立，在现实中把二者统一起来，正如黑格尔所说的"把生命当作死亡的颗粒"：

正是去年此时，我死去。
我知道，我听到了玉蜀黍，
当我从农场的田野被抬过——
玉蜀黍的缨穗已经吐出——
我曾想，理查送去碾磨时——
那些籽粒该有多么黄——
当时，我曾想要出去——
是什么压制了我的愿望——
我曾想，在庄稼残梗间
拥挤的苹果该有多么红——
牛车会在田野各处弯下腰
把那些老倭瓜收捡一空——
我不知还有谁会思念我，
而当感恩节来临时，父亲
会不会多做几样菜——
同样给我一份——
由于我的袜子挂得太高
任何圣诞老人也难以够得到——
会不会损害
圣诞节的快乐——
但是这类想法使我苦恼
于是我改变思路——
某个美好的一年，此时——

他们自己，会来相聚——

我们说，诗人的灵翼会带她飞入一个常人难以理解的境界，但类似这首诗的诗篇还有许多，迪金森不是作为一个旁观者，而是作为一个主角死去，她把自己设想成为一个死亡的承担者来感受生命的辉煌与意义。从这类诗篇中我们可以体会到诗人对生命和生活的热忱，甚或有一种死而复生的冲动，她为什么要把主体置于一种死亡的地位来体验生命的意义呢？如果我们仅仅把这一切理解为一种诗歌技巧，那是不够的。想象玉蜀黍吐穗的情形，想象玉蜀粒的金黄，想象苹果的鲜红和老倭瓜的香甜，任何人都会为生活得如此具体、充实且鲜活而歌唱，而诗人却只能把这些美好的生活寄托到未来的父亲和朋友来与自己共享。在这种求之不得的强烈欲望之下，诗人和读者都会体验到死亡与生命原来如此紧密地连在一起，难以分离，在你的日常生活的每一刻，在你的周围的每分空间里，死亡都无处不在，无时不在。这种死亡的体验通过这些生机勃勃的日常生活的描述透射出来，形成一张网，把我们紧紧罩住，不得挣脱。

作为一个旁观者，在迪金森眼里，死亡不过是告诉大家一个人从这个地球上消失了，没有太多的悲伤与不舍。在《邻居的葬礼》中，作者以一种非常客观的角度来描写一场葬礼。在这首诗中共有6处评价意义的词汇都是属于鉴赏系统的，I know it by the numb look（鉴赏目标是“看”）；The neighbor rustle in and out（鉴赏目标是“邻居”）；A window opens like a pod（鉴赏目标是“窗户”）；Abrupt，-mechanitally（鉴赏目标是“窗户”）；The minister goes stiffly in（鉴赏目标是“牧师”）；Ther will be that dark parade（鉴赏目标是“葬礼”）；It’s easy as a sign（鉴赏目标是“葬礼”）。这虽然是一首关于葬礼的诗，但只有两处评价的目标是葬礼，其余的几处分别是邻居，窗户和牧师。在诗的第一小节中，诗人是作为一个旁观者，在“今天”知道有一个葬礼，知道对面的屋子里有人死了，但作者用了“numb”（麻木）来描写自己的眼神，以此来告诉读者她对这场葬礼的评价是客观的，不带任何感情的。然后诗人又描述了葬礼上人们的活动，所有人都被提到了，唯独这场葬礼的主角一死者没有被提及，同时也没有看到生者的眼泪和悲伤。

然后就是看到牧师goes stiffly in （生硬地走了进来），从鉴赏词汇stiffly可以看出他的脚步是快速而稳健的，这不像是参加葬礼，倒像是回家。最后作者点明了该诗的主题为“dark parade”，迪金森选择了“parade”（游行）来描写葬礼的仪式，所用的鉴赏类词汇是“dark”（黑暗的）和“easy”（容易的），可以看出所谓的葬礼只是告诉其他人有人死去了，仅此而已。整首诗就是一个独白，作者只是将她所看到的一切展现给读者，并且没有运用太多评价意义的词汇，一切都显得客观和冷漠，葬礼无非是告诉生者有一个人不存在了的一种形式而已，是一件像吃饭睡觉一样极其平常的事，由此可以看出作者对待死亡的态度是平淡的，并没有将死亡看作是多么不同寻常的事。

另外，她的另一首诗《我注意到人们消失了》是从一个天真孩子的角度来描写死亡。诗歌通过问句的方式，从孩子的视角来探寻死亡的本质。首先诗人用dsappeared这种隐性的社会评判来表现人们行为的异常。在孩子眼里，死亡无非是一个人的消失。然后用little这个鉴赏系统来表明该诗是从一个不谙世事的孩子角度来完成的。Remote和wild表达了作者对这个不为人知地方（死亡的归宿）的评价，在孩子看来死亡就是一个人去了遥远的地方。但是supposed这个鉴赏项却出卖了孩子对自己理解的不确定性。诗的结尾直接指出“they died”不是“disappeared”这一孩子很难理解的残酷事实。通过孩子的眼睛，诗人表达了自己对死亡的理解，即一个人的突然消失。

这两首诗充满了爱默生的超验主义对迪金森的影响，迪金森在该诗中正是秉承了爱默生的“自然是精神的载体”，思想，非“我”的一切即自然，死亡也不例外。

五、迪金森的死亡主题诗篇的启发

我们从迪金森的死亡主题诗篇里，可以读到悲壮的死、缠绵的死、无奈的死，甚至无聊的死，但这诸类死亡都伴随着对现实景物和生命的生动描述。二者之间的对照如此鲜明、如此强烈，使读者强烈地感受到生命与死亡原本如此地对立统一于生活之中，死亡是生活中的内容之一，也是生命的内涵之一。我们可以说，如此不厌其烦地描述死与生的对立，已不是要通过死来折射生的可贵，而是切切实实地把死亡当作了生命的一部分，甚或最重要的部分。我们说诗人把自身死亡写进诗篇，不是为了猎奇的需要，而是诗人自身切切实实地感受到：生命本身是走向死亡的过程，也是死亡组成的一个部分。这正如迪金森自己所说的“像生活是甜蜜的一样，死亡的阴影也与之伴随”。

综上所述，我们可以看出迪金森不是把死亡作为人生的终点，也不是把死亡作为关照人生的参照物，而是用死来追求永生，面对死亡，她表现出近乎倔强的冷峻：在对待死亡的态度上，迪金森更多地是想通过死亡寻求永生，因此对死亡的描述也有一丝明丽的色彩。她把死亡当作人生的一个过程，而不像古典文学中把死亡作为一个终结；同时，她又不像现代西方文学中把死亡描写得肮脏、恐惧。她并不拘泥于死亡本身，而现代西方文学则把死亡作为直接的对象加以剖析；从其描写的目的看，迪金森把死亡作为一个达到永生的途径和驿站。

迪金森的灵魂毕生都在矛盾中游荡，她总在为既保存自我的存在感又适应社会的规约中建构着自我。由于在现实生活中找不到消解冲突的力量，而最终把力量倾注于诗歌创作上。面对现实的残酷，诗人静静地接受了人生的痛苦与局限性，她在深刻的绝望之后萌生出一种强烈的自我意识，于平凡的日常生活中找到了生命的意义，因而倍加珍惜生命的伟大与微小，倾情于诗歌，建构自我世界，实现自我价值，她的生命终于在诗歌中超越了有限，实现了永生。迪金森的死亡诗及其死亡意识已经超越了死亡本身，而更多地表现了诗人对生命的意义深刻又积极的思考。她的诗歌的矛盾不仅是其个人生活与思想的折射，也是对其所身处的新旧思想此消彼长的特有社会环境的反映，正是这种矛盾增添了迪金森诗歌独特的个性魅力，并赋予了她的诗歌以较大的张力，使这位女诗人在诗歌创作中自成一格，独放异彩。

第五章　艾米莉•迪金森诗歌中的宗教意象群

文学与宗教有着“以人为本源”的内在社会依据，二者有着共同的想象和情感的审美心理基础。可以说，宗教与文学是人类文化大家族中的“近亲族类”，二者的相互渗透和影响。西方文学中基督教的影响是赫然存在的事实。由于基督教思想在西方思想史上的重要地位，一直以来，它左右着人们的思想行为，它的经典之作成为西方世界很多人判断是非标准的依据，世世代代的作家喜欢把目光转向基督教唯一的经典作品《圣经》中的神话，希望从中找到创作的灵感，很多作家喜欢引用圣经中的一些典故　许多文学作品中的人物、故事情节、作品的结构、叙事模式、语言都可以在《圣经》中找到它的影子。可以说，“圣经文学包含了所有的文学原型模式”

艾米莉•迪金森出生在一个虔诚的基督徒家庭，其青少年时代正值清教主义复兴时期。然而，家庭和社会的大环境并没有使她成为正统的基督教徒。她拒绝去教堂做礼拜，通过诗歌来反抗束缚女性的传统宗教势力。她的诗歌充斥着对基督教的叛逆和对人类与自然、上帝的之间关系的探试《圣经》作为基督教的经典作品，成为迪金森创作的主要灵感来源。

即便是作为维多利亚时代一个自觉抗拒宗教观念、思想意识的女性，迪金森在试图用与众不同的视角给世界万物下定义：自然、爱情、宗教、死亡、灵魂和肉体时仍免不了从从小就能熟读的《圣经》里寻求帮助，其诗歌中所使用的语言以及“上帝”“天堂”等意象无不能从《圣经》中找到影子。在她的一生中，迪金森对人生的归宿这一终极问题进行了探索，她所经历的所有痛苦、悲伤、困惑、快乐，对她而言，都无法离开神圣的基督教情感。她用诗歌的语言再现耶稣降生、催难、复活等过程，安德森把迪金森这部分诗歌称为，“世纪美国版的新《圣经》”。

作为美国意象派诗歌的先驱，迪金森在诗歌创作中善于运用新奇而具体的意象来诠释对自然、爱情、死亡及信仰的观点。在其创作的近2000首作品中，以《圣经》故事中的人物和事物为意象的诗歌占了很大的比重。在关于自然、爱情、宗教、信仰等主题的诗歌中，诗人用《圣经》里的各种人物、经典宗教故事和宗教仪式作为意象，以独特的视角定义世界万物，从而呈现出新的形象，强化了诗人对宗教情怀、精神价值的自我表达，各种宗教意象盛载着诗人对宗教和人生的基本看法。迪金森的圣经意象颠覆了传统宗教的教义，表达了诗人对宗教和信仰的独特追求以及对人生的理性思索，同时也流露了诗人对“上帝”又信又疑的矛盾情感与心态。

第一节　迪金森诗歌中的圣事意象

一、迪金森对宗教的理解

迪金森出生在新英格兰的阿默斯特镇。在新英格兰，虽然盛极一时的加尔文主义在18世纪初已成强弩之末，但阿默斯特这样保守的小镇在19世纪中叶仍然经历了数次宗教复兴运动，加尔文主义仍居统治地位。迪金森一家信奉基督教加尔文主义，但迪金森从小就是个有独立思想的人，不愿盲目接受基督教义，更不愿屈从上帝的意愿而放弃自己信仰上的独立，因此在幼小的心灵中就萌发了对宗教思想束缚的叛逆精神。她在给朋友的信中写道：“亲爱的阿拜亚，对于你信中常常关心并提醒我考虑的那个最重要的问题（改信基督教——译者注），我不是没有考虑。但我觉得我和上帝还没有停火。你心中所充满的那种美好激情我仍然很陌生。我十分相信上帝和他的承诺，但不知为什么，我觉得这个世界对我有更大的吸引力。我不想为了基督而放弃一切，即便让我去死。”

迪金森勇敢地与上帝进行抗争：“基督在召唤着这里的每一个人，所有我的同伴都响应了，甚至连亲爱的维妮也相信她自己爱他、敬他。只有我单枪匹马地站在这里坚持反抗。”自50年代之后，她索性连教堂都不去了：“有人在安息日去教堂——/我却留在家里过——/食米鸟来领唱诗班——/果园权当圣堂一座——”从迪金森的一生看，她对宗教的态度始终是矛盾的。她既无法完全接受基督教，也无法像唯物主义者那样完全抛弃上帝和宗教。上帝在她的笔下以多种面目出现，时而是“盗贼!银行家——父亲!”为诗人憎恨和热爱，时而又“是个爱吃醋的神”被诗人调侃。《圣经》于她是“他饮食的珍贵的文字——/精神因此健壮英武——”，同时又是“一卷古书/由褪了色的人们写成——/依照的是圣鬼的建议——”。

正是在自己内心的矛盾中，迪金森逐渐形成了自己对宗教的独特的理解，进而挑战传统，并试图确立一种对上帝的态度，构想一个自己心目中的上帝。一个没有基督教的上帝，一个从自身的认识来感知的上帝，追求自我的神性。从文学创作看，正是这一矛盾的心态使得迪金森巧妙地利用了宗教的“原料”创作出不朽的诗篇。

二、迪金森的宗教意识

迪金森虽不是基督教徒，但熟知基督教加尔文教义，所以常常借用许多宗教语词来表达自己的思想。对基督教的“圣事”的颠覆便是典型的例子。

在基督教加尔文教义中，圣事被看成是上帝与选民签订的象征性的合约。在加尔文教徒看来，洗礼用的圣水圣洁纯净，能够净化人的灵魂，但洗礼本身并不能消除人的罪恶和堕落。它只是对教民子女的一种象征性的承诺，为教民未来的信仰、悔罪和享受神恩提供了一种希望。加尔文教义中的圣餐则表示上帝的救赎，与上帝的亲和，神恩的广布，神许的怜悯并最终享受永生。它强调的是教徒从面饼和葡萄酒为物质外象的灵魂之食物中汲取的精神营养。所以，对选民来说，圣事是上帝拯救选民的承诺，作为“神恩合约的神圣标志和印章，由耶稣代表上帝直接签订，使选民愈加关注上帝并为耶稣所代表的上帝服务。”两次圣事——洗礼和领圣餐礼——象征着上帝对选民的承诺、教民资格的获取和有意义的精神生活。

由于迪金森从未改信基督教，她也就被排除在“上帝的晚宴”（Lord’s Dinner）之外，虽然很明显她曾多次目击这种仪式。这种排除对解读迪金森的圣事意象非常重要。在她的诗歌中，圣事已超越了被排除者的所遭受的限制和诗人所体验的装腔作势的基督教教义，从而具有新的意义。当她发现教堂的圣事如此空虚，与自己的体验相去甚远时，她就干脆在诗歌中抛弃了所有的限制，对“神圣”的概念提出了质疑并重新界定。在她的诗歌中，我们可以看到，神圣与世俗不是界线分明、彼此隔绝的，世俗的无疑也是神圣的。迪金森有意使用圣事语词呼唤出那个精神王国，但这种声音不是来自基督教教堂，而是来自于一个对神性、选民资格和精神融合的来源不断审视的声音。

与宗教的对抗造就了迪金森的生活和诗歌，也形成了她那种完全可以称为“异教信仰”的宗教意识。这种意识与教堂和教义鲜有联系，但与自然和人的内在体验息息相关。换句话说，迪金森试图在教堂外而不是在教堂内，通过自己的方式，作为独立的灵魂而非一个享受神恩的狂喜的信徒，去与上帝建立联系。因此，诗人的宗教认识和诗歌创作极具颠覆性，削弱了传统的宗教权威，修正了所谓有意义的神性（meaningful spirituality）的传统观念。

迪金森对宗教所做出的反抗并不是说她独立于宗教之外，不受其影响。事实上，当所有其他的基督教的教义教规被她的理智拒绝后，上帝仍是她渴望面对的。“杀了我，灵魂会飞起来/向着天国讴歌——/依旧属于你。”（江枫译）上帝是她孤独世界中的陪伴者，是她希望所倚的巨石：“我希望天上的那位父亲/愿意提携他这/古板、淘气的小姑娘——/越过那珍珠镂成的门框。”（江枫译）因此，我们完全有理由认为，迪金森虽然被教堂所抛弃，但她确实认识到精神体验和与上帝建立联系的重要性，渴望得到上帝仍在关怀芸芸众生的确切信息，渴望得到上帝的肯定和保证——要成为上帝的“选民”。

三、迪金森诗歌中的圣事

鉴于上述原因，迪金森并不能轻易地与上帝建立起合约，享受上帝的恩典。由于诗人无法接受基督教的教规教义而被排除在教堂之外，因此教堂中一切圣事于她没有实在的意义。相反，比如：圣水、圣酒和面饼这些圣事语词，如果给其他的基督教徒带来了希望，对迪金森则意味着痛苦、悲伤和背叛。

（一）当她提起教堂的圣事时，全然是无情辛辣的摒弃。

我的价值为我所疑虑
他的美德——为我所恐惧
两者相比，我的品德
看起来——的确微不足道
唯恐自己不足以胜任
他高贵的需要——
这莫大的恐惧积压在
我思绪纷乱的心头——
的确——那神性原本
就会走向堕落——

因为他不可能维系于
比他本身更高贵的东西——

无法在她所接触的教堂里寻找到精神安慰和真正地参与，迪金森便走出了教堂，按照自己的主张，以自己的方式寻求上帝的恩典。在自然中，诗人体验到了神性。“自然滋养了她。自然是她的母亲。她用不着走出维尼的花园就能找到她（的母亲）。她不用‘褪色的人’来告诉她，她在此体验到的祝福是美好的。”

这些是指向自然酒家的路标——
她慷慨邀请
一切饿汉，尝她
神秘的芳醇——
这些是自然之家的礼仪——
对乞丐，对蜜蜂
敞开胸怀
同样殷勤。
为了证明她真挚
永不凋谢的欢迎
东方，长有紫红
北方，总有那颗星——

（二）迪金森在自然中所找到的是一种完全不同于教堂内的那种她无法参与的、毫无意义的圣餐。自然中的圣餐是包容的，非教义的，它“慷慨”“真挚”，对“一切饿汉，一对乞丐，对蜜蜂敞开胸怀，同样殷勤。”它毫无偏见，以平等的态度欢迎自然中所有的生灵尽情享受“圣餐”带来的祝福，让所有的人同等地体验和接触神性。但诗人对自然的关注还有着更深层的含义。迪金森在1963年写给希金森的信中说过：“‘超自然’只不过是揭示出的自然。”这一观点显然受爱默生超验主义的影响：自然是上帝晓示人类他的意图的象征符号，研究这些符号的各种形式，就可以揭示出神灵，即便不能提供直接接触的方法。这是迪金森认识自然的基础。同时，诗人还认为，只要参与了自然的“仪式”，人就可以从中读到自己的命运。她的诗歌中所描写的自然中季节的循环（生—死—再生）的主题便是这一认识的体现。在下面这首诗中，诗人利用传统的圣餐仪式的语言表达了自己的愿望：自然中的圣餐能给她永生的保证。

这是鸟儿回归的日子——
为数寥寥——一只两只——
依依回顾。

这是天空恢复的日子
回到昔日——昔日六月的诡辩——
一种蔚蓝金黄的错误。
哦，骗不了蜜蜂的骗局——
几乎你所有的花言巧语
都在引诱着我的信觉。
直到种子列队作证——
在别样的空气里轻轻穿行
催促一片羞怯的树叶。
哦，夏日的圣典。
哦，烟霭中最后的圣餐——
允许一个孩子消受。
你那要打的神圣的旗号——
你那要吃的献祭的面饼
还有你那要饮的永生的美酒！

迪金森说过：“这些异常宁静的印第安夏日总是让我想起无人能侵扰的最沉静的东西一我认为我们都会想到永生。”在诗人看来，一年中没有哪个季节象夏季如此让人充满想象，或与永生如此密切相连。

在诗歌的前三节，诗人意识到了自然的欺骗性。表面的美景——回归的几只小鸟和金色的太阳映照的蔚蓝的天空——是夏季设下的“骗局”。虽然蜜蜂看穿了这一骗局，但诗人却被夏日的花言巧语所蒙骗。

在后三节中，诗人却有意把这一假象当作自然规律而欣然接受下来。很明显，这幻象般的印第安夏日不会只是纪念夏日的仪式，或是夏日温暖和色彩的短暂的重现。轻轻穿行在“别样的空气”中的种子和纷纷的落叶见证了季节的变化和被夏季掩盖的荒凉，但又带来了雪莱的西风在大洋彼岸吹出的希望：“让他们（——飞翔的种子）深埋在冰凉的土壤里，/像一具具尸体躺在墓穴。待到/蔚蓝的春妹妹来临，把号角吹起/”。飞舞的种子是冬天来临前最后的积存。它们不会死去，而是被埋在大地里以待在来年春天时复活。

诗人在最后两节中提出的圣餐意象则肯定了这一幻象的宗教意义。作为内在的精神现实的外在表征，圣餐面饼就是自然中正在发生的一切的深刻象征。温暖的夏日暗示着包含着变化和死亡的季节更迭。表面上的骗局实际上体现了一条根本的宗教法则——由死亡到再生。因此，这里的宗教意象肯定了印第安夏日既是残年的最后的仪式又是为再生乃至永生所做的准备。因此，诗人虔诚地、以一个孩子的身份请求参与夏日圣餐仪式，并通过分享“永生的美酒”而得到再生的承诺。

（三）迪金森不能接受教堂内的圣餐，她也同样拒绝了教堂举行的洗礼。在下面这首诗中，迪金森直接影射了空洞无物、毫无意义的教堂洗礼，却竭力颂扬了自己更富有意义的洗礼：

我被割除——我不再是他们的——
在乡村教堂，他们用水
滴在我的脸上的名字
现在，已不再使用，
他们可以把它留给我的玩偶，
我的童年，和那串线轴，
我——同样——已不再去绕线
以前，受洗礼，不容选择，
而这一次，我意识到，是天恩——
眷顾这至上的名字——
新月落下时——召唤我走向满月——
存在的全弧，被填满，用的是一个小小的皇冠。
我的第二个头衔——第一个太渺小——
加冕时——欢叫着——在父亲的怀里——
一位意识半有半无的皇后——
但这一次——条件胜任——挺起胸膛
凭着意志去选择，去摒弃，
所以我选择，只要王冠一顶——

诗人借洗礼和圣婚圣事的对比毫不隐晦地表达了自己对教堂洗礼的摒弃，颂扬了个人意志的伟大。迪金森认为，在儿时接受洗礼的时候，自己还是个“躺在父亲的胸口”的“意识半有半无的皇后”。洗礼是自己无奈的选择，只是表明父母对宗教的虔诚。那次洗礼只是外在的，不过为她的命名添上了一抹宗教的色彩，但并没有触及她的灵魂，因此是微不足道的。而现在诗人已经长大，与自己心爱的人走进了神圣的婚姻殿堂，接受加冕以完成自己的完满。两次洗礼，但这次则截然不同。这次洗礼是诗人自觉自愿的选择。它的意义不仅在于使“我”获得了妻子的身份和地位，更在于“我”能充分自主地运用自己的意愿实现自我。诗人将个人的意志和力量直接对抗宗教的教义和上帝的权威，并最后超越一切宗教的限制，使得在个体的自我意识驱动下所实现的富于人性的选择得到升华，把个人意志提到了与宗教一样甚至高于宗教的地位。

（四）用传统的语言对传统宗教意义进行颠覆，从而表达一种新的价值观念，只是迪金森玩味圣事的方式之一。对神性所抱有的这种为人所熟知的、疑虑的甚至是亵渎的姿态对迪金森来说就是神圣的立场，也是她与神性间关系的重要部分。在刻画自己诗人的角色时，迪金森同样圣化了这一立场。换句话说，迪金森不仅重新定义了圣餐，而且创造了圣餐并把它作为不朽的自我提供给他人。在第七百七十三首诗中，诗人完美地表达了自我从被排除和剥夺，通过体验而最终成为他人的营养提供者的整个过程：

失去了另一道盛宴，
我招待自己——
开始——些许的食物——
一块不成样的面包——
但点点添加后已变成——
如今弥足珍贵的模样
对我已足够奢侈——
且勉强填充
旅鸫的辘辘饥肠——
红色的香客，我和他——
从我们的餐桌上留下
一粒浆果——出于慈爱

诗的第一节以饥渴意象开头。诗中的“我”因为被剥夺盛宴而只能像乞丐一样以“一点可怜的食物”勉强度日。显然上帝是吝啬的：他的盛宴也只是为极少数人准备的。和知更鸟一样，诗人明显不在领圣餐礼者之列。作为圣餐的局外人，我和旅鸫鸟的处境证实了上帝的冷漠和吝啬。既然无法得到上帝的青睐，诗人“我”自然也就只能依赖自己的努力而非上帝的神力去一点点地做大自己的面包。

然而，从第二节起，“我”却以“穿破裤子的慈善家”的面目出现了。与上帝的盛宴相比，“我”的宴席太寒酸——只能“勉强填充旅鸫的辘辘饥肠”。但是诗人和“红色的香客”却能从他们仅有的那么一点难以为继的食物中“留下一粒浆果”。浆果虽小，但对于饥饿难当的“我”和食量很小的知更鸟来说就算是丰盛的宴席了。“出于慈爱”而留下的这一粒浆果所表现出的诗人的慷慨与爱心与上帝的吝啬和冷漠形成了强烈的对比。诗人被剥夺的自我也最后发展成为能滋养他人的自给自足的灵魂，也因为担当了与上帝施恩于民同样的职责而被赋予了一样的神性。

（五）值得注意的是，诗人并不是用上帝的晚餐来作为滋养他人心灵的食物。在“我不能与你一起生活”中，诗人讥讽地把爱人间的幸福生活与上帝的晚餐所象征的永恒的生活作了比较，并将圣餐杯戏称为“如同一只怀子/惨遭家庭主妇遗弃/不是嫌古怪——就是怕寒酸——/崭新的名瓷惹人爱——/谁喜欢破坛烂罐——”。很明显，这打破的圣餐杯意象表明："这旧的象征物，像陈旧的清教教义一样，已经开裂。它无法维持生命，因而只有被替代。"迪金森为此提供的替代圣餐就是她的诗歌。在自己的诗歌中，诗人创造、参与并与读者共同分享她的圣餐。因为在诗歌中，她的圣餐可以流芳千古："只要人类能呼吸，双眼不失明，/只要诗行存世间，你就有生命。"不朽的诗歌为一代代迪金森的崇拜者创造了不朽的圣餐。

迪金森虽身处隐居的孤独中，却能深入到人和上帝之间的存在中探讨信仰的本质。她从对人性和现世的关注出发，抛弃了传统的教义教规的束缚，在诗歌中向基督教的圣事发起挑战。诗人以自然中的包容的、慷慨的圣餐对抗教堂内的排他的、教义性的圣餐，以强烈体现个人意志的婚姻"加冕"对抗剥夺个人意志下的空洞的教堂洗礼，表达了诗人对传统宗教思想的反抗。而更为重要的是，诗人在摒弃传统宗教圣事的同时提出了自己独特的圣事理论，把自己的诗歌做成不朽的圣餐为后代提供了精神食粮。作为诗人的迪金森也因此成为世俗"圣事"的创造者，建立了自己的宗教体系，也最终找到了"旋转世界中的一个安宁点"。

第二节　宗教人物意象

文学是人类社会生活中各种关系的真实反映。人与上帝、人与自然、人与社会以及人与自我这四重关系都可以在文学作品中得到形象表现和揭示。其中人与上帝的关系一直是文学作品探索的重要主题，因为它与人之终极关怀和终极价值相关联，因而是人之生存所无法回避的基本维度。虽然按照康德的观点，上帝是感觉经验无法确证的神秘实体和终极存在，但人同作为其本质异化出的上帝一直存在着割舍不断的精神联系。因此上帝作为人类宗教文化繁衍出的概念，一直是西方宗教信仰的中心和焦点，是人们进行膜拜和祈祷的神圣存在和终极实体。但人与上帝的关系从来就不是静止停滞、一成不变的关系。恰恰相反，人类可以在不同的历史时期不断地修正上帝的形象，阐发上帝之于人的精神意义。

一、西方文学史中的上帝

在西方文学史上，既有被上帝奉为至高无上、君临万物的主宰的时代，也有人类向其发出挑战，呼喊"上帝死了"并砸碎其偶像的时代。上帝形象的变化同样也反映在整个美国文学发展史上，从中可以清晰地折射出人与神之间的运动变化的关系。

沿着上帝形象的变化维度，美国文学的发展从某种意义上说就是一个不断追问上帝意义的过程。从清教文学中威严冷漠的上帝到理性时代“大钟的制造者”和“神圣的工艺师”的上帝，再由浪漫主义时代爱默生超验主义中神性和人性统一的上帝，上帝从总体上可以看出从神性转向了人性。

在美国文学的发展早期，上帝全知全能、威严冷漠的形象早在美国最初殖民时期的清教文学中就有了突出的体现，这当然是同美国早期移民的历史有着不可分割的渊源关系。最初欧洲的移民踏上美洲大陆，不仅使新大陆印上了他们的生活实践的足迹，而且也使浓厚的清教主义思想在这块土地上生了根。除了经济上的原因，他们中有相当数量的人是为了逃避宗教迫害、追求宗教自由来到美洲新大陆的。这些清教徒将当时欧洲清教的哲学思想和道德观念带到了美洲，而清教主义思想的重要内容就是全知全能、威严冷漠的上帝主宰一切，而人袭有“原罪”，只能匍匐于上帝的威权和盛怒之下。这些清教徒来到美洲不为满足积财累富的世俗物质欲望，而是因为内心受了一种上帝所“上帝的选民”从堕落的旧世界迁居北美荒野，在新世界建立一个虔诚大卫曾建过的圣地，恢复基督教的圣洁，使之成为基督教世界可以效仿的楷模。因此从某种程度上说，最初的清教徒都自认为是在上帝的荣光的照耀下踏上美洲大陆的，他们是上帝的选民，因此上帝在他们的精神世界里享有至高无上的神圣地位。

二、加尔文清教思想的教义

加尔文宗教神学思想也进一步加强上帝全知全能、威严冷漠的形象，成为他们赖以支撑的无法动摇的精神基石。上帝和人处于一种畸重畸轻的关系。这一点可以在加尔文清教思想中宣扬的五条教义中得到清晰的呈现：①彻底的堕落：这一点强调“原罪”思想，人的罪孽源于亚当夏娃伊甸园最初的堕落，人类的子子孙孙继承了他们的“原罪”，毫无能力拯救自己；上帝是一切，而人却无足轻重，是一切邪恶的根源；②无条件地挑选：上帝没有拯救人类的义务，他不看信仰或慈善行为，而是随其所好“挑选”他要拯救的人；宇宙的一切都同时呈现在他的头脑中，上帝预先知道谁将得救升入天堂，谁将被遣入地狱。因此人选和定罪都是预定的；③有限的赎罪：耶稣并非为所有的人而只是为得救者殉难的；倘若他未死在十字架上，谁也不会得救的；④不能拒绝的恩惠：上帝的恩惠是随意赐给的，既无法争取也不能拒绝；恩惠是指上帝的拯救和宽容的威力而言，包括赦免罪过、赋予新生、抗拒诱惑的力量以及一种美好的心神平静感；⑤圣徒的坚韧不拔的精神：上帝的选民一旦获得拯救，就会拥有执行上帝旨意的一切能力，自始至终正直地生活，这是上帝绝对至高无上的威权所导致的必然而合乎逻辑的结果。⑥加尔文清教的思想将人与神置于彻底的分离和对立的关系之中，上帝处于至高无上、全知全能的地位，而人因为承袭了“原罪”，只能匍匐于上帝的威权和伟力之下。人自身创造了一个异己的上帝，而创造出的上帝则彻底异化了人类。

清教徒们所信奉的加尔文清教思想深深影响到了这一时期所产生的清教文学。他们只把文学作为宣扬教义的工具，而不是宣泄抒发感赋予的神圣的使命感的激励和鼓舞才历经艰辛来到新世界的。他们把新大陆看作是人间的伊甸园，或是圣地耶路撒冷，期望建立起一个没有等级森严的教会制度，教徒人人平等，可以从上帝的敬奉和《圣经》的阅读中找到精神慰藉的，理想的宗教之国。担任殖民地总督三十余载的清教徒威廉。布雷福德就曾指出，这些移民具有一种“伟大的希望”和“内心的热诚”，“要为在世界那些边远地区传布和促进实现基督天国的福音奠定某种良好基础，或至少为此作一些努力”；①而在温思罗普率领的旗舰“阿贝拉号”上，清教徒们以《基督教博爱的典范》为题，发表了他们此行目的和意图明确的“宣言”。他们庄严地声明，他们去新世界的目的不是积财累富，而是为能以他们自己的方式崇拜上帝，为建立一个“真正的”宗教社会，“修身养性，为上帝、为我们身为其成员的基督教的加强和发展而尽更大的力量，以保证我们自己和后代能免受罪恶的今世里普遍堕落现象的侵蚀，为主服务，在主的圣示的威力和圣洁的感召下争取得到拯救”。②温思罗普的布道演说还向世界和后人宣布了北美移民的重要使命。他就是要率领这些情的世俗媒介，因此对于上帝的赞颂和崇拜占据了清教徒生活的中心地位。

而新英格兰最有天赋的神学家乔纳森爱德华兹在捍卫加尔文主义方面更是毫不逊色，他被誉为“天国大厦这个部分的最伟大的柱子”。在美国全国范围的宗教“大觉醒”运动中，他极力唤起教徒的宗教意识，煽动起他们的宗教激情，教导他们全心全意地敬奉上帝，重新回到恪守加尔文清教信仰的轨道上来。他那著名的代表作《愤怒上帝手中的罪人》，充满了“人是堕落”的宗教思想。这篇布道词中说，上帝把人捏住悬在地狱之火的上面，恰似一个人捏着一只蜘蛛或某种令人讨厌的昆虫；上帝已被人邪恶的行径惹得大发雷霆，他的怒气如火一般燃烧；他觉得人不值一顾，只配被扔到火里。人这个罪人毫无掩蔽，随时可以遭到毁灭。一切都取决于上帝的意志，没有其他任何东西可以阻挡罪人跌入地狱。

总之，宣扬彻底的堕落，无条件地遴选，有限的赎罪，不可抵御的圣恩，圣人坚韧不拔的精神，这些浓厚的加尔文清教思想深深地扎根于清教徒的灵魂深处。清教文学反映出人与神处于一种沉匍匐屈从和凌驾一切的扭曲的关系中。上帝是全知全能，无所不在的。他在世界上起着决定一切的作用，是世间万物的推进力。他同时又是威严冷漠的，可以无条件地遴选所喜好的人来予以拯救；而人生来便是上帝的附属品，没有任何的自由意志可言。人与上帝的威严相比，只能表现出无奈的堕落。因为袭有“原罪”，不管如何努力和虔诚，也无法期冀救赎，只能俯首贴耳顺从上帝的意志，摒弃世俗享受，在艰苦的劳作中等待上帝的遴选。

三、爱默生的“超灵”学说

18世纪主宰欧洲精神生活的启蒙运动传播到了北美。哥白尼“日心说”取代了“地心说”，上帝在地球上的中心位置被推向了茫茫浩瀚的宇宙之中；而牛顿的万有引力虽然也证明了上帝的存在，但上帝的现实作用是通过宇宙的规律性在世界得到显现。启蒙运动者崇尚理性，重视科学，在很大程度上打破了加尔文主义者将世界视为堕落腐败的观念。

理性时代，上帝的形象有了新的变化，它不再是一个威严冷漠的上帝，而变成一位英明仁慈的上帝。他为人的幸福创造了自然规律，并赋予人以理性去认识规律并求索真理。人的形象已由上帝的附庸转变为充满智慧、有权追求生存幸福的个体。人是自我造就的产物，他生在一个受仁慈规律支配的世界中；他本能地有进步的欲望，而且还享有生存、自由和财产的天赋人权。这些新思想不仅使人们坚信人根本不是上帝手中渺小的玩物，而是自己命运的主人、宇宙的希望，而且也说明，人开始摆脱上帝的梗桔，追求人神关系的和谐。浪漫主义时代超验主义中神性和人性统一的上帝。如果说理性时代人可以通过运用自己的理性认识上帝所创造的世界进而来认识上帝，或是通过诚实和苦干和与人行善来敬奉上帝和实现人的价值的话，那么在美国文学史浪漫时代的超验主义运动中，人则可以通过直觉来认识上帝，或者通过置个人心灵于“超灵”之中来寻求人性和神性的统一，这就把上帝人性化或把人神关系大大往前推进了一步超验主义观点的核心爱默生的“超灵”学说。

在人与自然的关系上，爱默生在其被称之为“超验主义之圣经”的《论自然》中指出：自然界是由自然和精神组成的，自然总是披着精神的色彩。自然的结构和心灵的结构存在互相对位的结构。上帝的超灵运行于自然和人的心灵之中。宇宙间存在一种无所不容、无所不在、扬善惩恶的力量，他称之为上帝或“超灵”。超灵为人所共有，每个人思想都存在于超灵之中，人可以运用直觉实现与“超灵”的交融。因此爱默生提倡精神至上，强调人通过直觉就可以认识真理。他认为，每一个人在自己的天性中都存着某种神性，因此有能力与自然直接交流。借助于“道德情操的直觉”，每个人都可以感受到最高的真理。在《论自助》中，爱默生说：“人与自然的关系是如此之直接，以至于寻求任何中介的帮助都会被认为是一种亵渎一颗纯真的心，随时都可以得到神的启示。

于超灵渗透人的心灵，人因而赋有神性的理论，爱默生赞美人的发展潜力无限，推崇人的至高无上，提出“人就是一切”，世界为人而存在，人可以决定自己的命运。人有神性，只要潜心修养，洁身自好，就可以臻于完美。推而广之，世界和社会的进步就建立于个人的完善的基础之上。联系到美国精神文化的发展流变，超验主义实际上铸就了美国“个人主义”的灵魂。

爱默生提出“精神”“超灵”从某种程度上可以说是浪漫主义时代超验运动中上帝获得的新形象，“超灵”的无所不在实际上可以等同于世人称之为父的上帝无所不在。因此超验主义运动的一层意义就在于提出了人与上帝的关系的建立完全取决于人，个人可以直接和上帝建立关系，无须经过教会这一中介。这种关系既肯定宇宙存在超乎自然的力量，又肯定人的作用和价值，是人文主义在特定条件下的延伸。另外，既然自然是精神的意象，人就可以凭直觉感受自然的奥秘，人因此成为神或精神的一部分。这样人就被提高到与神等同的地位，人的作用和价值因而得到了极大的肯定。任何人只要潜心修养，洁身自好，就可以成为完人。爱默生也说：“一个人如果有一颗正义之心，上帝的平安、上帝的不朽、上帝的权威随着正义进入他的身体。”可见个人成就的决定力量就从神而转向人，人掌握了决定自己命运和前途的主动权，就使得人的潜能的发展具有了广阔的前景和极大的可能性。

因此，超验主义和清教主义不同的是，上帝已由全知全能、威严冷漠的形象转而以“超灵”的形象出现，而人已非处于匍匐于上帝威严之下的犯有“原罪”的堕落者的形象，而是获得了因分享“超灵”而享有神性而使人性得到极大张扬的新形象。因为超灵就存在于每个人的心灵之中，因而每个人也具有神性，人只要通过自身修养和自我发展就可以发掘出自己的神性。由此可见，人成了神人关系中的主体，而上帝退居为客体。上帝的存在只是为了帮助人通过信仰得到拯救从而获得永生，而不再是单纯为了对人类进行惩罚，这充分展示了神与人之间关的转化。因此在这样一种人神关系中，人性得到了肯定，人与上帝有了一种新型的平等对话关系。

四、迪金森诗歌中的上帝

迪金森出生之时（1830年）正值美国新英格兰地区“大觉醒”运动（the Great Awaken）余潮未退之际。那时，加尔文教教义中的救赎（redemption）、预定论（predestination）等观念与“愤怒的上帝”的形象深入人心。迪金森的祖父与父亲都是三位一体教的信徒，恪守基督教的教规，在当地德高望重，身居要职。迪金森在这种加尔教的氛围中长大，但她却从小就对传统的庸俗基督教和教会持深刻的批评态度，对宗教教义以及它对追随者提出的问题的解答产生疑问，对带有惩罚意味的宗教教条和某些神学家倡导的“神是有目的的存在”的解释感到不满，对宗教崇拜仪式予以拒绝。对她而言，市民化了的基督教已经失去了它的精神力量。她从未成为教堂的一员，因为她不能允许宗教社区对自己的支配当时，迪金森执意不加人教会，其直接理由是对上帝承诺的不信任，对上帝专制、独裁的不满。如诗歌第1012首所述：

哪一个更好?天堂或是
承诺中的天堂
带着前人遗嘱留下的疑问
我禁不住相信
手中的鸟儿
强于林中可能
也可能不
出现的鸟儿
那时再选择已经太迟

然而，当所有其他基督教教义教规使她迷惑或被她的理智弃绝后，上帝仍是她渴望面对的。离开芒特霍利克学院之后，她一直留在家中，过着隐居的生活。这使她能深入到人与上帝之间的存在去探讨信仰的本质。此时，在她心中，上帝仍具有活生生的、真切的威力。上帝的存在，对她而言是一种安慰，“上帝就在这儿，目光直透我的灵魂。然而我不害怕，因为我在努力，努力好些，正确些，而且他深知我内心的每一次斗争……”上帝是她孤独世界中的陪伴巨石。他既亲近又遥远。他的恩慈与力量，萦绕在她的脑海中。除了他之外，她无法转向任何人求助。者，是她寂寞灵魂的交流者，是她的希望所倚的，但思想上又无法完全抛弃宗教与上帝，她深深地信仰上帝，但是另一方面又为上帝的不可逾越和不能宽容深深地苦恼。这种矛盾心理是她一辈子孤苦和寂寞的根源。为此，她一辈子拒绝加入教会，孤身一人过着隐遁的生活。让人钦佩她在当时就敢挑战教会的斗志和勇气。她一再质疑《圣经》中关于死亡的解释，对万能的上帝夺去人们所爱之人这一点不能接受。在矛盾之中，诗人试图构想自己心目中的上帝。在她心中上帝是个使人迷惑的人物，她时而称之为“窃贼、银行家、父亲、绅士、公爵、国王”，有时被她唤作死神，而有时又被她叫做“爱人”。

《我曾两次迷途》
我曾两次迷途，
在故里，
两次如同个乞丐
在上帝门前站立！
天使——两次降临
补偿我的财富——
盗贼！银行家——上帝！
我又一贫苦！

1858年，迪金森的两位好友在风华正茂的年纪忽然死去。她悲痛万分，她写道：“无法解脱的痛苦可以使人变魔鬼！如果天使有一颗心，他也会为之哭泣。然而天堂竟是如此冰冷，上帝创造了一切，却否决了我们这般微小的愿望。对我而言，他不再慈祥!”死亡是一个极度真实的存在，是一种现实的终结，让人心碎却无能为力。这个亘古不变的死亡使她认识到生命的有限性，认识到死亡是一种不可消亡的痛苦。上帝对复活和仁爱的许诺并没有实现，却在人们需要他时消失不见了，诗人意识到如果她把自己的悲哀完全交托给对神性的麻痹中，她就会丧失独立和自我。她对上帝的看法日益打上了抗争、蔑视和不断摇摆的印记，诗中的上帝以三种不同的面目出现：“盗贼”“银行家”和“父亲”，这恰恰体现出迪金森对上帝的矛盾心情：愤怒、嘲讽然而热爱。可以说在迪金森一生中，她都试图在心中确立起一种对上帝的态度，也就是她对世界的态度。然而，她既无法完全接受基督徒，也无法像唯物主义者那样完全抛弃上帝和宗教，接受“死亡意味着灵魂与肉体同时消灭”的观点；尽管她渴望永恒和救赎，却无法找到任何可以证明基督教教义中的上帝与永恒存在的根据；尽管她相信创造者（Creator）上帝的存在，却又怀疑他的恩慈，并把死亡这种生命的终结看成是神不可逾越和不能宽容的破坏行为。

而在另一方面，上帝成为她孤独世界中的陪伴者，是她寂寞灵魂的交流者，是她的希望所倚的巨石。他既亲切又遥远。他的恩慈与力量萦绕在她的脑海中。面对命运的孤寂与痛苦时，诗人像饱受上帝考验的约伯般信心坚定不移。

《他拉伸过我的信念》
他拉伸过我的信念——
是否发现它柔韧?
他摇撼过我坚强的信任——
那是它是否摆动?
他摔掷过我的信任——
但是否把它摔碎?
以悬念使我受酷刑——
没有一根神经断裂!
他以痛苦拧我绞我——
我却从不怀疑他——
虽然不知出了什么错
他从不曾说话——
被刺了一刀,而我祈求
他那甜美的宽恕——
这是你的小约翰啊!
不认识我么,耶稣?

诗中对上帝的质疑与依赖彼此共存，相互交织。她一直都在探讨这个问题：她真正信仰的到底是什么?经过长期的寻找、追求和思索，她终于决定去构想一个自己心目中的上帝，一个没有基督教的上帝，一个从自身的认识来感知的上帝，想象他应该是何等面目以及他应该对地球上的生物负有何种责任。同时，她也在诗中记录下一个灵魂探求、理解它在宇宙中的位置的旅程，构建起一套自己的神学体系（theology），尽全力去体现自己独特的宗教观和世界观。对她而言，这样做的重要性在于“信仰退位/使行为渺小——/有一星磷火，/也比黑暗无光美好”（1551）。整首诗就像是一场哀苦祷告，如约伯将自己的愤怒和失意直接指向上帝般：“既然我已品尝不到生活的任何甘美，我要尽情地倒出我心中的苦水；我要让我饱受痛苦煎熬的心灵说个痛快。我要对上帝说‘请你告诉我们原因吧，不要再惩罚我了’。”（约伯记10：1）原先是密密的悲伤也不再深藏于心了；原先沉默于胸的忧伤也说了出来，不管是多么的不雅不敬，这种公开的表露宣布了神秘转变的开始。这样的祈祷并非神奇般的将人从苦难中度了出来，但对人所失去的珍爱以及所经受的痛苦的承认和公开表白，会使人的悲伤更加易于忍受，如同古希腊人的精神宣泄一样，帮助他们治愈了受伤的心灵。在表明信念，渴望获得上帝救赎的祷告中我们可以看到迪金森虽然被教堂所抛弃，在宗教观上迷途彷徨、找不到精神寄托的苦恼和悲哀，使她认识到精神体验和与上帝建立联系的重要性，并渴望得到上帝的关怀。

温迪·马丁（Wendy Martin）曾这样评论迪金森："迪金森是清教时代与现代之间的一个极为重要的诗人。她不但有现代诗人对于死亡的意识以及缺少绝对确定观念的思想，同时也在她的诗中反映出了清教徒渴望建立一个新耶路撒冷的宏愿和任务。"的确，迪金森青少年时对于宗教教义以及宗教仪式的弃绝，表现出她坚定的自由意志。然而，她仍终生以自己的方式保持着宗教信仰，宗教主题占据着她的心灵。她用尘世的类比来发现上帝和永恒。

第三节　宗教事物意象

一、伊甸园

（一）基督教教徒心中的伊甸园

伊甸园是人类始祖亚当和夏娃最初居住的乐园。伊甸园之所以成为世人瞩目的人间乐园，并不因为它有美丽的景色、舒适的生活，更为重要的是有亚当和夏娃这对人类始祖幸福地生活于其中，可以说没有恩爱无比的亚当和夏娃的存在，伊甸园绝不会如此令人向往。

《暴风雨夜！暴风雨夜！》
暴风雨夜！暴风雨夜！——
要是我和你相守
夜夜暴风雨就是
我们奢侈的享受
对于一颗心泊在港湾——
与罗盘已了断——
与海图已了断——
狂风——无力摧残
在伊甸园中划船——
啊，那片海洋
今夜——但愿我能停泊——
在你的心上（水草与珍珠：91）

在基督教文化氛围浓郁的国家，伊甸园故事早已积淀为人们心灵深处的集体无意识，伊甸园是人类始祖亚当和夏娃最初居住的乐园。《圣经·创世纪》第二章中写道"耶和华上帝在东方的伊甸立了一个园子，把所造的人安排在那里"。伊甸园可以称作是理想的乐园，是人类世代渴望的原型。它是一个多姿多彩，赏心悦目的福乐胜地。这里植物繁茂、绿树成茵、芳香四溢，到处流淌着牛奶和蜂蜜。伊甸园既是一个乐园又是一种生活方式。作为一种生活方式，这里充满了安宁与快乐，万事如意，人心向善，生机勃勃，质朴自然，和谐而自由。而要理解伊甸园的内涵意义则要从上帝、自然和人类的关系入手进行分析。上帝创造了自然和人类，是至高无上的、无所不在的主宰。伊甸园是上帝为了他的创造物——人的生存提供的一个环境。因此伊甸园代表着一个美丽丰饶的理想乐园和一种安宁稳定的生活方式。迪金森把爱情的海洋置于伊甸园中，极大的增添了其浪漫色彩和安全感。在汹涌的暴风雨中孤零零的小船不畏狂风的淫威，破浪前行，最终驶入宁静的港湾，幸福泛舟于伊甸园海面，伊甸园这一意象勾勒出诗人对暴风雨般爱情的渴望。这些场面描写让人想起《圣经·创世纪》中流进伊甸园的小河，以及科尔的画作《逐出伊甸园》中平静的潮水和缓缓流淌的瀑布。

《圣经》中的伊甸园神话或乐园神话具有丰富而深奥的内涵，它对后世西方文学产生了极为深远的影响。其中两个突出的例子就是弥尔顿的《失乐园》和T·S·艾略特的《荒原》。前者借伊甸园的原型抒写了17世纪英国的时代精神，后者则寓言式地展露了现代西方人因失去乐园而陷入的精神困境，同样是源于伊甸园原型。

弥尔顿在《失乐园》第四卷中描绘的伊甸园主要以《圣经旧约·创世记》第二章为依据，但是他凭着自己不同凡响的诗歌想象，把《圣经》中对伊甸园的简略描述扩展为一幅宏伟的历史画卷，成为英国文学中描绘伊甸园的经典。弥尔顿借用了古典文学和神话传说中的各种园林胜境来形容伊甸园：

宇宙的潘神和“美”“时”诸女神
携手舞蹈，领导着永恒的春。
古时候有个美丽的恩那原野，
比花更美丽的普洛萨萍在那儿采花
她自己却被幽暗的冥王狄斯
采摘而去，害得西丽斯历尽
千辛万苦，为她找遗全世界；
还有个甘美的达佛涅丛林，
在奥伦特斯河畔，卡斯特利亚
灵泉之滨，都不能与伊甸媲美。

在以上数行诗中，弥尔顿提及奥维德《变形记》中位于西西岛上的恩那原野，美丽的普罗塞宾在这里被冥王狄斯抢走，做冥后，接着又提及位于叙利亚奥伦特河畔的达佛涅园林，那里有阿波罗神庙和卡斯特利亚灵泉。随后，弥尔顿又说到利比亚的尼西亚岛，亚们神把酒神巴克斯及其母亲藏匿在这座岛上，以及埃及尼罗河上游的阿玛拉山，阿比西尼亚王害怕诸王子叛乱，在山顶上营造了三十四座宫殿，让他们居住。这些都是传说中著名的园林胜境，四季常青，享有地上乐园的美称。但在弥尔顿看来，古典文学中的一切地上乐园都远远逊色于伊甸园—基督教传统中的地上乐园。然而，把两者进行比较恰恰说明古典文学中的地上乐园基督教传统中的地上乐园具有某些共同特点无论是在古典文学中的乐园里，还是在基督教传统中的乐园里，同样都没有季节的更替，只有永恒的春天；人类不为生活而劳苦；大地自动流出酒奶和蜜；人与人或人与自然之间没有冲突；万物不会腐朽。对于这些共同特点，基督教作家力图寻找各种方式来加以解释他们开头都摈弃有关黄金时代或遥远的福岛的想法，但后来又认为它们是神圣真理的讹传。如，马特尔认为荷马曾在埃及学习过希伯莱学说，他模仿《圣经》中有关创世的记载，描绘出《伊利昂记》中的阿喀琉斯盾牌，而且还使《奥德修斯》中的阿尔克诺俄斯花园保持伊甸园的特征特图利安同样认为，荷马笔下的阿尔克诺俄斯花园曾受到摩西描绘的伊甸园的启发，而异教诗人有关乐土的想法也源自基督教传统中有关地上乐园的描述，因此他们即使不了解地上乐园，也是崇拜基督的。奥维德也是受到伊甸园思想的影响才有了黄金时代的描绘。于是产生了如下两种说法：一种说法认为，黄金时代是异教徒崇拜上帝的时期，但由于黄金时代的统治者克罗诺斯萨图恩被宙斯朱庇特所推翻，异教徒又失去了这一知识；另一种更为通常的说法是，异教徒曾经读过或听说过摩西对伊甸园的描述，因此他们关于黄金时代的寓言不过是真理的模糊的影子。

桑迪斯在评论奥维德的《变形记》时，对古典文学传统和基督教传统的两种描述进行了平行类比，他说："萨图恩既是农耕的始祖，又是第一个统治者，亚当也是如此；萨图恩被逐出天堂，亚当则被逐出乐园。"但丁在《神曲·净界篇》（第28篇）中说，维吉尔引领他经历净界七层圆路（洗涤七大罪恶），登上净界山顶的地上乐园，这时维吉尔意识到展现在他眼前的这座地上乐园就是他自己从前描绘过的黄金时代的原型。维吉尔虽有罪过，但仍被提升到基督徒之列，因为他曾预言黄金时代将随着一个男孩的诞生而重返人间。16世纪英国诗人沃尔特·雷利也提出类似的观点。他说：那些异教徒"极大地丰富了他们自己的发明，他们描述了从圣书中剽窃来的宝藏，进行了亵读神明的补充，并将其转化为诗歌来加以伪装，就好像这些诗歌都出于他们自己的思辨一样”。

16世纪英国诗人沃尔特•雷利也提出类似的观点。他说：那些异教徒“极大地丰富了他们自己的发明，他们描述了从圣书中剿窃来的宝藏，进行了裹读神明的补充，并将其转化为诗歌来加以伪装，就好像这些诗歌都出于他们自己的思辨一样”。

（二）西方人眼中的“乐园”

“乐园”（paradise）一词是源自古波斯语的很少几个英语词汇之一，它由古波斯语演化而来。paradise由两个部分构成，一意为“环绕”，一是意为“形成”，两个部分合在一起的意思是“围地”或“公园”。这个词最初是通过公元前4—5世纪希腊历史家色诺芬的《经济论》一书进入欧洲的，在该书中，色诺芬描述了波斯王子居鲁士如何领着希腊将领莱山德参观他在萨迪斯的乐园。或者说，“乐园”一词可以从古希腊文追溯到古波斯语，而在古波斯语中的“围地”或“公园”也就是一种“关锁的园”。在《创世记》中，乐园的希腊文指的是“愉快的花园”；在《次经》则指的是“愉快的乐园”。

至于“伊甸”（Eden）一词，人们都知道它在希伯来语中原本就是愉快”（pleasure）之意。奥古斯丁在《上帝之城》中说，它的愉快既是肉体的，又是精神的因此，伊甸园就是乐园，或基督教传统中的地上乐园。《圣经》上说明了神创造伊甸园的目的，也描述了伊甸园的位置和美丽的园林景色：“神在东方的伊甸设了一个乐园给人安居：使地里长出各类树木，美丽悦目，果实可口。在园的当中，神还栽了生命树和分别善恶树。有一条条河从伊甸流出，灌溉乐园；再从园中分为四道支流：第一条是比逊河，环绕着出产上等精金、珍珠和红玛瑙的哈排拉境地。第二条是基训河，环绕古实地。第三条是在亚述东边的底格里斯河。第四条是幼发拉底河。神带亚当到伊甸园去，负责看守和耕作。”《圣经》上又说：神要解救他的百姓“脱离埃及的奴役，领他们出来，到一处广大肥沃、流奶和蜜的地方”，这就是迎南地或应许之地。在基督教传统中，应许之地和伊甸园一样，是地上乐园的象征。中世纪作家对于伊甸园自然环境的描述揭示出他们心目中理想的生活条件。英国神学家比德和西班牙神学家塞尔维亚的伊西多都认为，乐园地势很高，高达月亮天，那里的空气静谧纯净，属于永生的区域。对伊甸园的描绘根据地上的环境而被理想化，它有益于健康，无比富饶，植被繁茂葱郁，气候温和。滞留不动的、产生病菌的沼泽显然不是乐园的环境，乐园的秀丽和可居住性与堕落前人的本性相称。阿奎那对伊甸园的描述表明他对理想的自然环境的看法。伊甸园是一个田园牧歌般的地方，虽然这个地方不是为了懒汉，但这里的劳作确实不累人，不像人类堕落后那样的艰辛。13世纪英格兰的巴塞勒缪赞同伊西多的观点，认为乐园处于极高的位置，大洪水不能把它淹没。乐园的气候不冷不热，永远温和宜人，永远有着开花的植物和悦目的景色，不愧是按照上帝的形象创造的地方；他还认为乐园适合于清白无瑕的人们居住。西尔维斯特翻译了16世纪法国诗人杜巴塔对伊甸园的描绘：

> 在这里，在芬芳的材篱下静卧着五彩缤纷的芳香玫瑰，各种各样，（人们会认为）天使们每日给它们穿上真正的同心结，三角形，菱形的衣裳。不久，他走在平整的小巷里，浓荫的梧桐镶嵌在小巷两旁，那拱起的枝条，为弗里兹和科尼齐结成浓密的灌丛，使未来的空气变样：随后，在一条小径上，被愉快地围在馨香的橙子、柠檬、香橼树里面；树上那些曲折缠结的繁叶枝条像画出的围墙，真正的果子在墙上高悬。现在，走在丰茂的果园，种植着未嫁接的方格形圆形和方形的罕见树草；美味可口的果子等待着他的意志，摘下来一个，另一个也把准备作好；品尝过一切（适当地饱享）之后发现全都一样好，只是有各种不同的味道。

杜巴塔显然表现了他那个时代广为流传的“关锁的园”的模式。随后，他对伊甸园的描绘更是富于奇思妙想：河岸由百合铺就，岸上的沙砾是纯金，鹅卵石是宝石，溪水是液化的白银，草地四周镶嵌着水晶池塘，在洪涛之上，“雌性”的棕榈树弯腰曲背，充当过河的桥板。弥尔顿《失乐园》中的伊甸园更是一片“快乐的园林胜景，气象万千”：森林中繁茂的树木流出芳香的灵脂仙浆，枝条上悬挂着累累的金色果子。林间有羊群吃草的片片草地，还有棕榈的丘陵和湿润的山谷，漫山遍野百花盛开，万紫千红，呈现出满园的永恒春色。

（三）对于伊甸园的两种看法

一般来说，对于伊甸园持有两种不同的基本看法。一种看法是，有关伊甸园的整个传说不过是一种象征性的寓言。菲洛认为，关于上帝建造花园的假设贬损了上帝的光辉。奥里根对菲洛的这种想法嗤之以鼻，但又补充说，如果把伊甸园的四条河流解释为“四主德”（正义、节制、坚忍、谨慎）的象征可能还有些意义。安布罗斯更倾向于寓言性的阐释，他认为乐园象征灵魂，亚当代表理解力，夏娃代表感官，蛇代表享乐。奥古斯丁认为乐园既是寓言性的又是实际存在的，他指出不应把有关乐园位置的推测当作信仰问题。

阿奎那倾向于乐园等同于战斗的教会，把天上乐园等同于胜利的教会，同时也相信可能曾经有过像伊甸园那样的具体场所。另一种看法则肯定伊甸园是历史上真实的存在。持有这种看法的人大致分为两类。第一类人认为，伊甸园虽曾存在过，但已被大洪水冲掉。这类人又有两种不同的观点：一种观点认为，基督被钉十字架的翻俄地就是亚当偷食禁果而犯罪的地方；另一种观点认为，伊甸园曾经包括整个世界，而现在人们从自己周围的废墟中已不可能对堕落前的乐园形成任何真正的概念。第二类人认为，伊甸园在大洪水之后残存了下来。这类人也有两种不同的观点：一种观点认为，乐园位于离开人类居住的世界极为遥远的地方，被无法穿越的高山或大海隔断。

同样是源于伊甸园原型，陀思妥耶夫斯基笔下的花园意象与前两者都不同，它呈现的是在机械文明进入俄罗斯之后，理性思潮对于上帝的花园的破坏，以及花园作为理想的家园，其蕴含的拯救作用和作家的乌托邦情结。荣格也就《圣经》对众人的心灵生活影响进行了深入探索。关于伊甸园神话，荣格并未进行系统论述。他对乐园、蛇和禁果等象征意义的解读散见于《集体无意识与原型》等著作中，大部分是为心理学服务的。荣格对这些神话符号的解释，及其有关“伊甸园神话表现人类意识的产生”这一观点的提出，极大影响了约翰•桑福德（John Sanford）、马里奥•杰克比（Jacoby）和爱德华•艾T格（Edward Edinger）等后代研究者。另外，他关于“放大”和“想象”的批评路径不仅为解释现代人的心理原型提供了新的方法，也为文学作品研究带来新的理论工具，通过对荣格对乐园、伊甸园的象征意义解释，为伊甸园神话中的多种象征赋予全新的内涵。

荣格在《集体无意识与原型》中将伊甸园比作一个曼陀罗图形，因为二者有着相似的结构：伊甸园有神圣的树种在园中央，四条河从那里流过滋润乐园；大多数曼陀罗图形也包含一个四合一结构，中心由太阳、十字或其他图案构成。曼陀罗不仅是藏传佛教用来冥想的工具，它作为从先人继承而来的“整体原型”（archetype of wholeness），也经常出现在人们梦中，或精神病患者的心里。由个人设想的曼陀罗虽然形式各异，它们大多却有着相似的结构：圆的求积、中心点与四合一图案。伊甸园作为远古神话的一部分，其中也包含很多集体原型，那些原型有时会出现在曼陀罗图画中，比如荣格的一位男患者将梦中的乐园直接画成曼陀罗图形，他将园子中心的木兰树画成宝石色的玻璃花朵，将园中的各条小路画成宝石射出的道道光芒。

（四）关于伊甸园和曼陀罗

关于伊甸园和曼陀罗，荣格还将诺斯替教对伊甸园的解释与曼陀罗图像进行对比。在X小姐所绘的另一幅曼陀罗中，一个肉色的球体包含一个红色的丝状内膜，内膜的中心有蓝色的内核，一条带翅膀的蛇穿入外膜的表皮而接触到内膜。按照查斯丁（Justin）的思想，埃德姆是鬼魂（the Soul），上帝是神灵（Spirit），他们处于相互对抗状态。他们对立的立场以红色与蓝色的鲜明对比在其中生动地表现出来；另一方面，穿入肉球带翅膀的蛇象征着纳斯，蛇的入侵表明纳斯在上帝离开后对亚当、夏娃的折辱；因为纳斯蛇代表着知识树，故人们对她的恐惧也表现了对世间真理的畏惧，以及因外来知识入侵而引起的原有意识的碎裂。

曼陀罗的中心通常由太阳、花朵甚至人物本身构成。它代表着精神的核心—自性，是能量的源泉，将整个人格统一起来，使各部分处于和谐状态；其中心常由对称的图形环绕，它们代表着两相对立的心理因素；它的核心一自性被认为具有实现自我的能量，而自性的充分实现也是人格发展的最终目标。另一方面，伊甸园中那神圣的树，有着人们个性化进程的终极目标之义。据某则犹太传说记载，在人类被逐出伊甸园后，知识树像篱笆一样围住生命树，乐园的外面是基路伯与火剑。“只有那些穿过知识树的人，才可以接近生命树，知识树非常巨大，人要花费五百年才能走完那段路程（树干的直径）穿越知识树的过程也是人向更高精神目标发展的过程，只有经历火剑与基路伯的磨练，且不断吃下知识树的果实以开辟道路，才能靠近生命树这一圆满的人格目标。

后代研究者对伊甸园象征系统的发展。荣格将伊甸园比作曼陀罗，并将其看成整体意识的象征，这一观点极大地影响了后来的研究者们，他们都在此基础上发展出各自的伊甸园象征符号系统。约翰·桑福德在《与神摔跤的人：<旧约>中个体化心理过程的阐释》中提出，伊甸园有着曼陀罗的形状，是平衡、美满的个体意识的象征，生命树是立于天地交界处的宇宙树；亚当代表着“物质与精神，尘世与天堂，凡俗与神圣”卫之矛盾对立的统一，夏娃是亚当另一半人格的具体化，亚当对夏娃的性欲表现了他对圆满的渴望。蛇象着人心理发展的内在驱动力，人类正是在这股驱动力的作用下，才能获得意识，与动物相区别。马里奥·杰克比把伊甸园比作孩童成长的环境，认为这位慈爱的环境母亲会通过满足孩子们内心对爱的渴望，来规范其自我朝着符合社会准则的方向发展。

学者们对“伊甸园象征着个体意识”的观点虽然早已达成一致，就它具本代表了哪个心理阶段的问题迄今还有争论：有些学者将伊甸园看成自我与自性相互作用的场所，就像感情与理性的冲突一样，贯穿人的一生，以爱德华·艾丁格为代表；另一些研究者倾向于将伊甸园看成人婴孩时期的无意识阶段，犯禁代表着孩童意识的产生，持此说者包括海因茨·韦斯特曼（Hein: Westman和尤兰迪·雅可比（Jolanda Jacobi）。雅可比在《个性化的途径》中提出，伊甸园象征着人初生时的心理阶段，具有无空间、无时间、无意识的特点。韦斯特曼在《创造力的春天》中表示，整部圣经反映了人类内在精神的发展历程，从伊甸园中耶和华造人之事到《启示录》中炫目的超自然意象，象征性地描述了个体心灵是如何从婴孩的原初无意识状态到形成完善的人格系统的。

人们探索了人类心灵朝着完整的方向发展的过程，这是个超越物质世界的主题，即人类精神是如何通过人类内在对立面（来自耶和华祝福）的相互作用来完成‘个体（心灵的）发育’的。研究者们对该问题的见解虽然尚有分歧，但是荣格将伊甸园比作个体意识的观点使之能以“伊甸园一个人意识/个性化”为基点，灵活阐释其象征系统，为乐园神话赋予“儿童心理的发展”“自我与自性的相互运动过程”等心理学内涵。

关于伊甸园中的亚当和夏娃：阿尼姆斯和阿尼玛原型：亚当被造之初，是一个由两相对立性格构成的矛盾体。天主教神学家认为，亚当犯禁之前其本性中不仅有情感、本能等“自然的恩赐”（anaturalendowment），还有上帝赐予人的聪慧、美德等“成圣的恩典”（sanctifying grace）。对此，荣格有着相似的看法，他认为亚当的人格中不仅包括肉体、黑暗和世俗等自然性一面，也含有光明、精神和神圣等神性一面。亚当不仅具有“物质与精神”的双重特征，还是一个“雌雄同体”的形象：既具有男性的心理特征（阿尼姆斯），也具有女性的心理特征（阿尼玛）。荣格对亚当的解释是以中世纪炼金术理论为基础的，他认为炼金术反映了个体内在的心理过程。此后艾丁格提出新的看法，认为亚当虽然是由“物质和精神”的相反两极构成的，他却较“偏重于物质，因为他的名字有大地的含义”。其实，早在耶柔米翻译《拉丁文通俗译本》时，就将《创世记》2：19之后的“那人”（亚当）直接译成“凡俗之人”（Earthling）。

夏娃是亚当女性心理特征（阿尼玛）的具体表现，她具有不拘束缚，大胆追求新生命的特点，与亚当处于相互对立、相互补充的状态。关于这一点，《创世记》文本中有清楚的表示。耶和华造夏娃之前就说“那人独居不好，我要为他造一个配偶帮助他”（创2：18）。英文钦定译本将“我要为他造一个配偶帮助他”逐字对译为“I will make him for him a helper as in front of him”，其中“helper”表示来自上帝或世间权力者的帮助，“as in front of him”在圣经中只出现于此处及《创世记》2：20，表示相反却互为补充的人或物，对立又彼此相连的两极。这两个语词生动描述了夏娃与亚当的关系：女人是上帝赐予亚当的帮手；男人和女人虽然相互对立，但又是相互补充的，彼此包含于对方的阿尼玛-阿尼姆斯原型中。

伊甸园被称为人的理想化精神乐园，没有任何词汇暗示此时亚当是幸福的，茫然无知虽使人回避了现实中的冲突与矛盾，它却不能从根本上消除世间的罪恶与不幸，所以无论是亚当还是刚出生的婴孩，都需要丰富自己的经验，使其精神不断成熟、发展，而不能只停留在懵懂无知的孩童状态。“耶和华神吩咐他说：‘园中各样树上的果子，你可以随意吃，只是分别善恶树上的果子，你不可吃，因为你吃的日子必定死。”（创2：16—17）这是以言语创世的上帝第一次对亚当说话，上帝让亚当吃伊甸园中的果实，代表此时的婴孩已经实现初步的成长。韦斯特曼认为，上帝对亚当的命令表现了大人鼓励孩子进行的某些基本活动，他要通过不成形的语言交流来训练孩子的反应能力：“我们听到的是最初的诅咒也是最初的祝福，诅咒，因为它指向了人心中最原始的惰性；祝福，因为当我们听到它时，就意味着婴儿期的结束，我们被激励着进行更有意义的行动。”

伊甸园神话表现了人类意识的产生过程。当人成年之后，伊甸园中的诸元素有时也以象征符号形式在人的梦中出现。当人打破陈规、产生新的意识或观念时，他会经常梦到伊甸园中的原型图像，比如梦到自己被蛇咬，或吃下一种禁忌的食物。杰克比举出某位想突破“创作阻碍”的作家的例子，称他为了使作品的艺术性最大化，而打破某些写作规范，但他经常梦到自己吞下了一个有着红色覆盖物的蛋糕，为此痛苦不已。这位作家虽然突破了被限制的自我，但由于背离原有权威而在内心产生罪感；新旧观念的冲突给他带来痛苦；他也因新观念的不确定及其可能存在的风险而感到恐惧。这些复杂的情感因素在他梦中以吞下禁忌物的象征形式重复出现，他的梦非常类似于亚当、夏娃因食禁果而获得新意识的原型，他之所以产生罪感，是因为自己有可能经受与亚当、夏娃一样的从乐园/原有集体中被驱逐的惩罚。新意识的产生意味着对原有团体的反抗，它使个体和群体（家庭、学校、公司或者社会）的主要观念相分离。因此在现实中能发现很多因顾及自己处境和责任而放弃“吃禁果”的人。但总的说，这种对冲破陈旧、单一乐园（权威规则）束缚的渴望是有益的，因为它为新的发展指明了方向。

伊甸园是人类的乐园理想，体现了人类对乐园的追想。“主耶和华如此说：我洁净你们，使你们脱离一切罪孽的日子，必使城邑有人居住，荒场再被建造……这先前为荒废之地，现在成如伊甸园；这荒废、凄凉、毁坏的城邑，现在坚固有人居住。”（结36：33—35）以西结这段宣讲于巴比伦之囚时的预言发出上帝必定重建伊甸园式家园的允诺，成为犹太人在苦难中的精神慰藉。中世纪的人们有两种乐园幻想：一种是“天上乐园”，即基督教的天堂，由上帝和耶稣管辖。第二种是“地上乐园”，通常被想象为一座花园或小岛，围墙由珍贵的金属和宝石铸成（有时火焰包围），通向它的道路充满黑暗和恐怖（例如毒蛇盘绕的群山），唯独拥有神力和非凡勇气的英雄，在历尽艰险之后才能到达。与之相应的是，民间也流传着许多英雄寻找地上乐园的冒险故事，比如亚历山大旅行至世界尽头，抵达乐园之门的传奇故事（Alexander saga），以及圣•布兰登（St-Brandon）在海上航行九年以寻找“奇妙乐园”的传说。

现代人对乐园的追想更多地关系到童年经验，那种自然、天真、备受周围人关注和呵护的幸福体验被人们当作对未来的构想保留于记忆中，一直延续到成年时代。人们在现实中受挫或对其成年生活感到失望时，难免会追念幼年的美好时光，希望能像童年一样没有困苦和烦恼。“想要（回归）乐园的愿望来自一种对无困扰人生的误解”，这种掺杂着伊甸园原型的幻想就成为人们未来理想生活的模本。“美丽的自然环境，没有喧扰的交通，未被污染的空气，远离焦躁的氛围，一所自己的房子……与自己‘命中注定’的伴侣住在一起。”

与弗洛伊德等人的理论相比，运用荣格理论阐释伊甸园神话的优势在于：不必追溯该神话产生的源头，也无需还原它在当时历史语境下所具有的真实内涵。阐释者只需从文本出发，立足于文本的原初意义，运用放大和想象的方法，分析其象征所表现的心理内容。荣格无意于寻找伊甸园神话的作者，而是在传统圣经阐释（奥古斯丁以后）的基础上，将远古与现代连接起来，解析该神话是如何表达现代人心理状态的。按照荣格的集体无意识理论，原始先民和现代人拥有共同的心理经验和行为模式，这种先天的倾向性（即集体无意识）是个人从祖先那里继承而来的，他们会采用与祖先相同的方式来把握世界。由此，完全可以用解释现代患者的梦境、心理体验及无意识行为的方法剖析伊甸园神话中的各种意象，同时开掘出那篇神话的现代意义：读者依据一己的经验和体会，赋予伊甸园象征以更广泛而丰富的内容，探讨其中古老原型对现代人生活发生的影响。

荣格以原型普遍存在于各民族文化之中为前提，运用放大和想象的方法来分析伊甸园神话中的各种象征，目标在于充分扩展象征所代表的意义，这使阐释者得以从不同角度对该神话的无意识内涵进行挖掘，而不必确定它最好的意义是什么。放大和想象的方法使解释更加灵活，开掘出许多传统解经学所未见的新内容。

总之，“个体意识产生”模式的运用不仅为伊甸园中的诸象征赋予了新的意义，而且很好地回答了该神话所隐含的问题：全能的上帝为何不阻止蛇引诱人类堕落?在荣格看来，上帝是凌驾于个人之上的社会秩序的象征，蛇代表个体意识发展的驱动力，二者并不矛盾；个体意识在蛇的促动下发展，又在上帝声音的召唤下向道德准则回归。“个体意识产生”的框架虽然抽象，却包含着极为丰富的内容：荣格不仅将伊甸园与藏传佛教的冥想工具曼陀罗图像相联系，而且将诺斯替教及查斯丁的观点用于其解释中；他的后继者们甚至将普罗米修斯盗火与亚当、夏娃偷禁果相比较。这种阐释方法显示出了强大的文化包容力，是弗洛伊德等人的理论所不具有的。“个体意识产生”模式以其独特的优势和强劲的生命力，与“亚当、夏娃母子”模式、“个体发展”模式一起，构成伊甸园神话现代心理学批评的三个主要潮流。

《伊甸园老式住宅》
伊甸园老式住宅
我们每天住其间
何须怀疑
直至驾车远去。
回望何等美好，那天
我们漫步出门——
浑然不知归程，
但觉迷蒙。

弗莱称伊甸园为“水丰树茂的绿洲意象”，认为“对于那些居住在荒漠的人们来说，绿洲无疑是得到神灵护佑的秩序的意象”当死神接二连三地夺去亲人和朋友时，使迪金森深刻地认识到生命的短暂和宝贵；对基督教来世教义的怀疑，“何须怀疑，直至驾车远去？”人间就是快乐的伊甸园，而我们就住在其中，这就加深了她对今生的热爱，她认为世俗生活即是人类所向往的天堂中的幸福生活。事实上，她创立了与基督教义完全相反的宇宙观：“人间即天堂。”因为“迪金森宇宙观的核心是爱”而且“人类的爱代替了上帝的爱，朋友组成了圣灵团体，大自然是伊甸园，家就是天堂”。马丁曾经说过：“当梭罗和爱默生郑重其事地在美国寻找新亚当的时候，迪金森则笑称自己为‘夏娃，即亚当夫人’。”这一评论说明了迪金森对那些不懂得珍惜眼前生活的人的嘲讽，也说明了她对自己所过生活的满足和热爱。新英格兰人民的祖先千里迢迢从英格兰来到美国这一新世界，为的不就是寻找新的天国、新的伊甸园吗?所以迪金森“人间即天堂”的宇宙观足以说明了：虽然她的诗具有谜一样的魔力，但是她不是人们所说的那种悲观厌世，而且令人捉摸不透的诗人，相反，她是一位对世俗生活感到快乐和满足，而且用其一生赞美人生的诗人，因为她的伊甸园就是人间。

二、天堂

（一）迪金森神学体系中的天堂

迪金森在她所构建的神学体系里，仍然吸取了传统基督教宇宙观中的许多观点，采用了诸多与《圣经》相关的词汇：上帝、天堂、地狱、罪孽（sin）、救赎以及不朽（immortality）等。但它们不再与教条有关，而成为她所要经历、怀疑、质问、思考的东西。她按照自己的方式来解释这些概念，既无视于任何神学、教会的规定，也不带有任何虔诚、奉献的意味。如，她说：“天堂，为我难以企及!/苹果，挂在树上——/只要高不可及——/对于我，就是天堂!”在此，天堂的概念首先表现为人类所向往的种种现实。再如，教堂里的日常仪式也时常出现在她的诗中，但它们被赋予了新的意义，成为一种隐喻和种精神上的经历：“有些人过安息日到教堂去——/我过安息日，留在家里——/让食米鸟充当唱诗班领唱——/礼拜厅堂是果园的园地——”在迪金森的眼里，上帝“意味着人类头脑探寻一切现有关系的无限的可能性”。他不再是令人敬畏的神，而仅仅成为一个名称，一种传统，一份希望，一个象征，一个不断出现的词语。它代表了生命的意义，死的意义，人类生存的意义。它是心灵庇护、内心依靠的同义词，它是她与不朽之间的中介和联系。换言之，上帝在她的诗中变成了一种符号，它与迪金森诗中其他的一切都指向一个中心：对“永恒”的信仰和追求。

上帝在天的居所，基督徒向往的地方，亦为众多得救灵魂的安居之所，无比的富丽堂皇，是信者得着，不信者得不着的地方，那里是没有流泪、忧伤、痛苦、死亡、黑夜、不需光照，在那里的都是神的儿女，是新天新地、是乐园。尽管迪金森出生在一个虔诚的基督徒家庭，与此同时，其青少年时代正值清教主义处于复兴时期。然而，家庭和社会的大环境并没有使她成为正统的基督教徒。她拒绝去教堂做礼拜，通过诗歌来反抗束缚女性的传统宗教势力。她的诗歌充斥着对基督教的叛逆和对人类与自然、上帝的之间关系的探讨，陷入宗教信仰困境的迪金森基摈弃督教关于天堂的传统思想，并试图用诗歌构建一个接纳自由灵魂的乐园。

诗人笔下也频繁出现“天堂”意象。但她诗中的天堂已失去原有的基督教色彩，被刻画成个人对上帝的关系，表明她内心的渴望和她对世界的反思。她说：“我从不信天堂是一个超人的境界”，并从人间事物中发现天堂：“尘世就是天堂——”“天堂，为我难以企及！/苹果，挂在树上——/只要高不可即——/对于我，就是天堂！/游动浮云上的色彩——/山后，禁止涉足的围场——/和那后面的房舍——/就是乐园，所在的地方！”天堂对于她就体现在周围环境中，在自然、爱和思想的力量里。

（二）迪金森诗歌中的天堂

迪金森生活的时代，正值超验主义与清教主义此消彼长的时代，超验主义的“人性认识论”和“自然观”对她的影响是显而易见的。然而在新英格兰核心地区马萨诸塞，清教思想的影响依然十分强大。两种思想交织在她的思想中，但又不能确定地接受其中任何一个的主张，这注定了她的宗教观是必然是矛盾的。比如她抛弃了清教主义的“原罪说”，但又不能抛弃清教主义的其他主张，表现在对上帝的看法上她不相信上帝所说的人天生有罪的说法，但她对上帝所许诺的死后生活感到害怕，担心自己的灵魂会受苦，她脑中清教主义的思想使她对自己闭门不上教堂的不敬上帝的行为感到有。她在给朋友写信中说“上帝在召唤这儿的每一个人，所有的同伴都响应了，甚至连亲爱的维妮也相信她自己爱他、敬他。只有我单枪匹马站在这儿反对他。”

死神接二连三地夺去亲人和朋友，使迪金森深刻地认识到生命的短暂和宝贵；对基督教来世教义的怀疑，更加深了她对今生的热爱。事实上，她创立了与基督教义完全相反的宇宙观——“人间即天堂”。对她来说，人类自从其始祖亚当和夏娃被赶出伊甸园，来到人间后所过的“堕落的生活”（the fallen life），比基督教中所谓的天堂更加令人向往。因为“虽然今生短暂，可是它毕竟为人类提供了机会，使其成为巨大而复杂的地球一部分。”马丁认为，“迪金森宇宙观的核心是爱”而且“人类的爱代替了“上帝的爱，朋友组成了圣灵团体，大自然是伊甸园，家就是天堂。”

（1）迪金森在很多诗中表达了这一思想。例如，

天堂离心灵如此远
天堂离心灵如此远
人们对它的记忆已经消失——
建筑师——设计的——原址

不可能再次得到证实——

诗中的天堂指的是基督教中的天堂。在这里人指出：即使天堂真的存在，可是由于人类离开那里太久了，所以已经失去了对它的记忆，因此，“建筑师”，即上帝，创造的天堂的原来地址，已经不能得到证实了，也就是说人们已经不再相信基督教中的天堂了。这首诗表明了迪金森对基督教关于天堂的传统思想的反叛和摈弃。

（2）下面这首诗则显示了她把天堂安于人间的思想倾向。

伊甸园的存在
伊甸园的存在
我们都知道
是不确定的确定——
但是通过双栖的信使，
可以得知它的邻区

这首诗表达了迪金森对“伊甸园”或“天堂”旧说的怀疑，也表达了她对其有新的地址的信念。因为鸟儿可以飞上天，也可以落在地面。所以，诗中双栖的信使应该是指鸟类，而鸟儿接近的地方自然是人间。下面这首诗更明确地表达了诗人对基督教的反叛。

人间是天堂的事实
人间是天堂的事实——
不管天堂是不是天堂
如果不是对那一特殊地方的宣言
我们不仅必须承认
那个地方不适合我们
而且也因为我们住在这样的地方
羞辱了我们——

这首诗不仅体现了诗人对现世生活的热爱，同时也表明了她对做人尊严的维护。因为在她看来，如果人间是天堂这一事实得不到承认，那么人类就因为生活在地球上而得到了羞辱。

（3）迪金森的宇宙观在下面这首诗中表现得更加明确。

“天堂”有很多标志——给我——

"天堂"有很多标志——给我——
匆匆望一眼世界
凝眸山间——
果园，当太阳高照——
鸟儿的胜利
当他们一起取得——
彩云的狂欢节——
一天结束的狂喜——
向西归去——
所有这一切——都使我想起——
人们所谓的"天堂"——

天堂或伊甸园对迪金森来说，无疑是太阳高照的果园、一起狂欢的鸟儿和日末西下的夕阳组成的画卷，也是人们的现实生活的家园。

（4）对于那些不同意人间是天堂的人，迪金森在下面这首诗中给予了强烈的反驳。

那些不能找到天堂的人——在下面
那些不能找到天堂的人——在下面——
也不会在上面找到——
因为天使租赁了我们隔壁的房子，
无论我们搬到那里——

既然"天使租赁了我们隔壁的房子"，也就是说我们和天使是生活在一起的邻居，那么我们生活的地方也就是天堂了。如果有人意识不到自己是生活在天堂里，那么他永远都不会找到天堂。可见，迪金森的宇宙观也就是她对快乐的现世生活的热情歌颂。虽然生活中有许多痛苦、失落和恐惧，但它积极的一面，如爱情和友谊，却给予了补偿。因此迪金森接受了现世生活，并且对它进行了讴歌。1863年迪金森在给表妹的信中说："因为艾米莉不会祈祷，就让她为你歌唱吧。"。这是迪金森公开表白对生活的赞美。另外，她的很多作品也表达了她要赞美生活的决心。

（5）下面是最具有代表性的一首诗。

绑起我——我仍然歌唱
夺去——我的曼陀林
我在内心弹奏——
杀了我——我的灵魂升起
向着伊甸园讴歌——

依然属于你

这首诗表明了诗人要讴歌生活的坚强意志和决心。迪金森讴歌生活的方式就是诗歌。虽然在她的1775首诗中，只有7首在她的有生之年得以发表，但她却希望后人能读到她的作品，并能借此了解她的内心世界。她在临终前吩咐妹妹烧毁她的所有书信，但是没有让其毁掉她的诗稿，这就足以说明了她怀有如上希望。马丁曾经说过："当梭罗和爱默生郑重其事地在美国寻找新亚当的时候，迪金森则笑称自己为'夏娃，即亚当夫人'"。这一评论说明了迪金森对那些不懂得珍惜眼前生活的人的嘲讽，也说明了她对自己所过生活的满足和热爱。新英格兰人民的祖先千里迢迢从英格兰来到美国这一新世界，为的不就是寻找新的天国、新的伊甸园吗？所以迪金森"人间即天堂"的宇宙观足以说明了：虽然她的诗具有谜一样的魔力，但是她不是人们所说的那种悲观厌世，而且令人捉摸不透的诗人，相反，她是一位对世俗生活感到快乐和满足，而且用其一生赞美人生的诗人，因为她的伊甸园就是人间。

（三）"尘世天堂"

"尘世天堂"于是成为英国文艺复兴时期诗歌的重要主题之一。诗人们通过描绘现实田园来预示人类最终回归天国乐园。他们运用大量自然意象表现自己渴望的理想图景：锡德尼（Philip Sydney）创造了世外桃源"阿卡狄亚"（Arcadia）；斯宾塞（Edmund Spencer）和马洛（Christopher Marlowe）热情讴歌牧人无忧无虑的田园生活；莎士比亚（William Shakespeare）塑造了各种伊甸式的绿色世界，最典型属《皆大欢喜》（As You Like It）中的"亚登森林"（"The Forest of Arden"），这里自然美丽宽广，充满宽容仁爱，人们尽享自由欢乐。17世纪玄学派诗歌中也随处可见对自然的礼赞。邓恩（John Donne）认为自然和《圣经》是"出自同一作者的两部作品"（麦格拉斯，2006）；马伏尔（Andrew Marvell）以渲染花园美景表达对理想世界的向往。弥尔顿（John Milton）的《失乐园》（Paradise Lost）更集中体现了该时期对乐园的种种想象：他塑造的伊甸园不仅是自然的缩影，也象征人类失去的精神乐园。迪金森的天堂观念，究其主旨与文艺复兴时期思想一脉相承。彼时"天堂"概念摒弃中世纪的虚幻，将基督教中上帝创造的伊甸园与古希腊罗马时代"理想的风景"（即受诸神祝福的地上乐园）相结合，以人类的心灵图景进行表述，象征"重返伊甸"，重建人与上帝间关系的信念（麦格拉斯，2006）。这一时期的“天堂”从自然提炼出模型，以“乐园”比喻出现。这是因为自然的种种暗示表明它是一个超越自身，指向造物主的标志：“自然是人生的寓言，它与人生有着令人敬畏的相似性”（麦格拉斯，2006）。自然的启发使人向往天堂，自然之美滋养人对上帝的渴望，自然万物激发人的创造力——自然被视作人和神之间的纽带，再现伊甸园的记忆，从而激发无数作家的想象力。

《天堂》
天堂
我到过天堂
我到过天堂——
那是一座小城——
用红宝石照明——
用茸毛垫衬——
宁静，胜过
露珠晶莹的田野——
美丽，象图画——
未经人手描绘。
居民，象精美的
细纱花边飞蛾——
义务，是游丝
和羽绒的，名称——
我几乎可以
感到满意
在这独一无二的
社会——

迪金森对天堂的想象主要来源于《圣经》中的描写，诗人以孩子般的纯真和基督徒般的虔诚体验着天堂的绚丽多彩，犹太人喜爱的各类宝石被移植到这“独一无二”的小城中，闪闪发光，然而这对于诗人来说依然遥远，太难企及，为此然诗人更愿意将天堂描绘成一座世俗的小城，人世间各类唯美事物出现在此，“原野”“飞蛾”让天堂不再难以触摸。值得注意的是，在迪金森心中的天堂里“义务，是游丝”，这里的“义务”我们可以将它看成为对宗教的皈依与信仰。诗人认为宗教的信者与不信者都有资格进入天堂，在天堂中宗教的力量轻如“羽绒”，个体的灵魂是自由的，仍然能保持其自主性和独立性。通过自创天堂，诗人勇敢的质疑神学的价值观念从对人性和现世的关注出发，抛弃了传统的教义教规的束缚，追求没有基督的神性。她在诗歌中向基督教的天堂发起挑战，彻底推翻了“信者得着，不信者得”的排他的教义，提出一个具有个人意志的对人性更加包容，慷慨的天堂。

诗人
在对天堂提出质疑的同时，又流露出失落孤独之意。
天堂是一位医师吗
他们说他会治病
但人一旦死后
他便无药可治
天堂是一座金库吗？
他们说我们欠它多少多少
但这一项协议
我没有参与其中

纵观迪金森的诗集和书信集，可以看到她一直欢呼“尘世即天堂——不管天上是否还有另一个天堂”。在19世纪新英格兰的宗教复兴运动中，迪金森的家人和朋友都陆续成为基督徒，唯独她一个人眷恋尘世并拒绝放弃。在这段时间里，她告诉好友艾比：“尘世引诱我，无意间我听到她魅惑的声音。从那时起，我逐渐失去对天国的兴趣。”在另一封信中，她再次提及：“尘世，在我心中占有重要的位置。”在给霍兰德夫人的信中，她说：“如果玫瑰不曾凋落，霜冻不曾降临，亲人不曾离去，我实在不需要另外的天堂。尘世的这个已经够好。如果这个夏天上帝光临这里，看到我曾看到的那些，我猜他会觉得自己的天堂有些多余。”多年之后，迪金森告诫自己的侄女：

在尘世没有发现天堂的人
也不可能在天上发现。
上帝住在我的隔壁，
爱装点他的房间。

她认为正午、黎明、喧嚣的果园、狂欢的彩云以及日落西山，是天国的不同显示。“所有这些一都让我们想起/人们称之为‘天堂’的地方。”

但这首诗的最后一句“我们的眼还没看见”，直指没有人能够讲述天堂是否真的存在。诗歌第216首描述了已死之人安然地躺在大理石的坟墓中，不受清晨和正午的干扰坟墓之外，清风徐徐，阳光明媚，蜜蜂在采蜜，鸟儿在歌唱，全然看不出复活的希望。从这两首诗里，可以看出迪金森对天国和天堂的怀疑。迪金森在诗歌第1012首中问：“哪个最好？天堂/还是将会到来的天堂。”略加思考后，她说："握在手中的鸟/远胜过丛林可能给我的。"从这一点来看，迪金森非常现实。在她心中，天堂和上帝同自然界和其中的子民相比要略逊一筹——"做人远胜为神，因为基督为神的时候，并不满意，直到成为人类。"所以她不愿意当一只在高空寻找巢穴的骄傲的鹪鹩，而是愿意成为一只云雀，"在地面修建/她卑微的家。"她认为，此生是"巨大的珍珠"，享受尘世的生命，远比虚无缥缈的来世拯救更加实际。可以说迪金森对"尘世天堂"的"膜拜"达到甚至超越了宗教的高度。她认为"超自然的现象也不过是自然而已"，认为自然等同于上帝，具有和上帝同样的力量。尘世就是她的天堂、她的天国、她的伊甸园。

三、解读迪金森诗歌中原型意象的现代意义

（1）通过原型意象解读作品，能让我们更好地理解迪金森，但同时我也在想，为什么迪金森会对原始力量如此钟爱，倾向于原始美，希望回归自然?这就让我们深思原始意象的现代意义。原型意象是迪金森情感世界和深邃灵魂的投影，蕴藏在剧作中的集体无意识和现代性焦虑是诗人对人生的真切感受；表达了诗人在传统与变革的冲突中对自身生存悲剧的困惑和不安。

原型意象在不断的推进过程中，逐渐演化为现代性的考虑，原始与现代之间始终伴随着各种冲突，两者之间的矛盾是不可避免的。迪金森在以家园、自然、死神等原型意象寻找原始情感的同时直面现代性焦虑，把原始与现代之间的对比以个人的情感方式表达出来，意在面对现实性问题，表达对人类和人性现代性的焦虑。迪金森诗歌中的原型意象以其深厚的历史纵深感，真挚的情感，拨动了人类内心久未拨动的心弦，诗人以一种具有自由意志追求自己终极目标的人，通过作品来实现她的目标。正是现实人类的生存状况激活了迪金森无意识深处的原型意象，才促使她创造出了自然主题、死亡主题、宗教主题等一系列经典诗歌。而作品所传达出的关于原型意象的多层意蕴，自我灵魂的审视等等，触及了人们灵魂中某些根本的东西，也委婉曲折地表达了诗人对所处社会现实中人类生存境界的深切关怀。

（2）原型意象与诗歌作品相结合，引起人们对生命的认知和人生价值观的思考，这也就是原型的置换。迪金森笔下的自然、生灵中折射出对生命、永恒、死亡的思考。原型意象也是从拖着沉重的历史的影子，在传统文化和现代文化中飞翔。首先，敏锐的诗人都会触及其所处时代迫在眉睫需要解决的问题，原型意象就起到了很好的桥梁作用。迪金森通过原型意象渗透自己的思考，反映自然与人的命运。迪金森所处的时代是社会变化繁复，各种矛盾冲突最为激烈的时代，宗教的禁锢、

新思潮的涌动，有思想的年轻人从心底发出自由的呼唤，要寻找自我，寻找理想。可是，伴随着传统价值标准体系的轰然崩溃，青年人的精神家园突然显示出前所未有的广阔，而这种广阔却显得无比的荒芜。更确切地说，他们的精神体系混乱了，他们自身的承受力远远没有能力接受这种自我意识上的自由。于是，他们置身于异常激烈的社会变革之中，茫然无措了，不知道自己该何去何从，更不知道去哪寻找所谓的自由。时代是不允许他们这样彷徨的，虽然无所适从却必须做出选择，他们永远不能再走回头路了，过去的精神家园已成了废墟，寻找和重建新的精神家园才是当务之急。迈开了第一步，接下来的去向怎样是他们要寻找的答案，并且要经过一段辛苦的寻找。这是事物发展的客观规律，它不仅体现在生活上，更主要是精神上的寻找。历程流浪的传奇，结束了流浪，很多人会寻找到光明的道路，在现实中发现精神家园。“现实，就是理想!我感觉到我们的负担有多么沉重和黑暗，可是我也感觉到我们活着是有意义的，我心里常常地充满着信心，这种信心不属于个人，它不和个人的生命一面完结，因此没有什么能够吓退它!”放在人们面前的时代情况不同，人们看待问题的着眼点就可能不同。

（3）当下时代，人类精神家园荒芜，人们要在各种价值体系的变换中，找到自己的希望，这是对人类命运的终极关怀。迪金森过程中并不是静态地简单地再现某些原型意象，而是把原型意象与思想紧密地结合在一起，赋予它们不同的隐喻内容，引起读者的思索。使这些原型意象具有流动性，强化了戏剧的表现效果，使其诗歌作品具有永恒的艺术魅力。原型意象所表达的集体无意识和现代性焦虑，对世界奥秘的追问和对人生终极意义的关注，表现了人类生存的困境和挣扎，从而给不同时代的读者和观众留下了一个永远“神秘的诱惑”。

原型批评视野下的迪金森研究，不只是对戏剧中原型意象的简单罗列，而是把原型意象与思索紧密地结合在一起。原型意象具有隐意性的内涵，可以无限延展迪金森诗歌意象的表达涵盖。原型意象的流动性、象征性、继承性、典型性、稳定性可以使读者从多层次多角度去理解迪金森诗歌。

（4）迪金森思想的形成和发展，离不开其生活和成长环境的熏陶，更是她当时所处的社会历史条件使然。研究迪金森思想，有利于我们正确把握迪金森艺术创作思想与她所处的历史时代的联系，有利于我们从社会历史的视角，来分析和定位迪金森思想产生的土壤对其思想形成的影响和作用，从而正确理解作家创作思想与其所处时代的关系。迪金森所处的时代，在社会思想上是清教主义影响日趋衰微而余威犹在；文艺领域内，后期浪漫主义气息奄奄而无以为继。曾经作为前宗主国（英国）文学支流而存在的美国文学，强烈要求有自己的个性。迪金森的思想受时代精神的感召，表现出对传统宗教思想的反叛、对人生与死亡的辩证思维、对爱情、自然的独特思考。她反对传统保守，追求个性解放、辩证看待人生、倡导男女平等的爱情观、保护自然生态的思想以及她在诗歌创作中的大胆创新，在她所生活的十九世纪清教主义笼罩下的美国新英格兰，具有划时代的历史价值。因此，迪金森被誉为“上承浪漫主义余绪，下开现代主义先河”的诗人。她的思想，即使在当今经济发达、社会繁荣、人的价值取向日益多元化的二十一世纪，对于人们协调人与人之间、人与自然之间、人与社会之间的关系，以乐观的态度对待人生，亦具有重要现实意义和启发作用。迪金森的思想和诗作，是美国人民的珍宝，也是世界人民共同的思想财富。

迪金森在加尔文教的氛围中长大，但她却从小就对传统、庸俗的基督教持有深刻的批评态度，对宗教教义产生怀疑，对宗教教条感到不满，对宗教崇拜仪式予以拒绝。尽管她的朋友和老师不断规劝她，她却不愿皈依宗教。她认为这是她与生俱来的权利，是她的个人自由。1848年，她在给朋友的信中写道：“我虽未放弃对上帝的承认，但对于皈依宗教这样严重和严肃的问题，我仍需思考。”经过不断地思索，她的宗教思想日趋成熟，最终坚定自己的立场，拒绝皈依宗教，至死未成基督徒。迪金森对于宗教思想的大胆批判和怀疑，对个人信仰的坚定追求，给予当时的清教主义者有力打击。对于当今人们破除封建保守思想，积极开拓创新，实现个人人生价值，仍具有积极意义，对当今社会倡导以人为本，关注民生，解放思想，积极进取等观点也具有启发意义。

（5）迪金森善于通过对日常生活中细微事物的描写揭示深刻的哲理，通过对她目所及的四周环境的细心观察和深度思考表现其独特的人生感悟，这是她遵循辩证思维规律的体现。她对人生和自然万物的规律“既要讲，又不能直白地讲，否则会伤害到听话人的感情的观点，与中国古代儒家思想所推崇的“中庸之道”的处世哲学是一致的。在对待死亡的态度上，迪金森认为，人世间有比死亡更可怕、更难以忍受的事情，所以她并不害怕死亡，死亡提供了她追求永恒，到达主观性的极致可能。在这个意义上，死亡是极具诱惑的。在她看来，死是另一种生。迪金森相信死亡和永生相连，死与生形成一种自然循环。这实际上是她以辩证的思维看待生死、以坦然的心态面对死亡，以乐观的思想迎接人生的最好体现。迪金森诗歌所表现出的辩证思维特征，为后人展示了诗歌写作的全新视角。

（6）描写抒发爱情是迪金森诗歌的明显特点。读迪金森的爱情诗，人们无时不感觉到她那颗心在燃烧，无时不感觉到她沉静的外表背后，自我强烈抑制情感的痛苦和煎熬。她的爱情诗所表现出的爱的热切、疯狂，对爱的长久、永存的渴求，揭示出一个干涸良久，期盼甘霖的内心世界。这种对真挚爱情的狂热渴求也透析出迪金森内心隐藏着的丰富、深邃、炽热的情感世界。然而，残酷的现实却没有让迪金森的恋爱结出应有的果实。对于爱情，她明知道不会有任何结果，却一往情深，义无反顾。她宁愿为爱情和理想献身，只要死得美，死得值，她就心甘情愿。迪金森在第376首诗《我是妻子—我已经完成使命》想象和描述了成为“女人”后的感觉。她认为二成为人妻，是令女性感到“满意”和“完美”的事情。只有成为人妻，才能实现自己作为女人的价值，才是自己女性人生质的飞跃。所以，成为“妇女”才是幸福的、完美的、更加安全的人生。在这首诗中，诗人充分肯定了婚姻这一人类自然伦理，表现了她对幸福美满婚姻向往和追求。全诗以“I’m‘wife’!Stop there! ”结束，表明女性在婚姻中有自己的地位，而不是总处于被动从属的位置。这是她女性个体意识觉醒的表现。

在她的许多诗歌中，迪金森明确表述了她的性爱观：男女结合是完美的，但这种结合并非仅仅是世俗的男女肉体结合，而是指灵魂的相依和融合。她所向往和追求的性爱是一种重精神轻肉体的性爱。这也是她反复吟诵的、对爱情信念的追求爱，先于生命，后于死亡，是创造的起点，世界的原型。迪金森的爱情观是对几千年宗教压抑女性的强烈反抗，是男女平等、女性解放的呐喊和呼唤。这在当时背景下，是难能可贵和意味深长的。迪金森的爱情诗歌之所以吸引一代代评论家去研究，一代代诗人去学习，一代代喜欢她的读者去吟咏，就是因为其诗歌蕴含的深刻哲理，就是因为她大胆反抗束缚和栓结人的爱情文化、婚姻伦理的传统礼教，给人的幸福爱情婚姻观打开了新的窗口，开启了新的视野。

（7）迪金森在其自然诗中体现了爱默生的自然观，即诗人要凭借直觉去感受然，只有接近自然，感受自然，才能真正体验人的灵魂存在。但迪金森对自然的态度是辩证的、动态发展的。迪金森诗作中的自然既友善，又冷漠，既仁慈，又残忍，是矛盾复杂的综合体。迪金森超越超验主义的局限性，揭示出自然与人类相对立的一面。从这个意义上说，迪金森比超验主义思想又前进了一步，这也是她被后人推崇为现代主义诗歌创作先驱的原因之一。迪金森早期的自然诗作将自然比作天堂，讴歌它的和谐，写它给人类带来的愉悦。这些自然诗行，反映了迪金森在追求一种人与自然和谐亲密的关系，即“天人合一”的生态理念。迪金森的思想告诫人们，只有把自然风物作为有机整体进行审视和把握，才能实现个体生命与宇宙生命的融合。迪金森自然诗歌的真正思想价值在于她把生态思想直接或间接的注入了每一个诗行。这些诗行表达出人类与自然休戚与共、和谐相处的生态理念，体现了迪金森强烈的忧患意识和难能可贵的生态保护意识。在人类面临日益严重的生态危机和环境灾难的今天，我们重读迪金森的自然诗歌就有了非同寻常的现实意义。

四、迪金森思想的历史局限性

台湾著名诗人余光中先生曾这样评价迪金森的诗歌："诗中只有时间，而没有时代；只有空间，而没有世界；只有上帝和死神，而没有人群。她似乎生活在一个真空管里，可是只要她随手把它一摇，就会使它变成一个万花筒"。迪金森狭窄的生活领域、多少有些遁世索居的处世倾向一定程度上限制了其诗歌创造力的发挥，也制约了她的思维和想象空间。由于缺乏社会生活经验，她的思想深度和广度不可避免受到影响。因此，她的思想和创作中含有某些形而上学的冥想与自嘲意味的内省。

温迪•马丁（Wendy Martin）给迪金森的评价是："迪金森是清教时代与现代之间的一个极为重要的诗人。她不但有现代诗人对于死亡的意识以及缺少绝对确定观念的思想，同时也在她的诗中反映出清教徒企望建立一个新耶路撒冷的宏愿和任务"。虽然迪金森青少年时期，坚定地弃绝宗教教义以及宗教仪式，但她仍终生以自己的方式保持着宗教信仰，宗教主题占据着她的心灵。对于自己的宗教观，她的选择是构想一个自己心目中的上帝，一个没有基督教的上帝，建立自己的神学体系，信仰和追求永恒。她总希望死亡是通向永恒的捷径，所以她的诗歌中也常让人感觉到死就是生的另一种形式。只有通过死亡，踏上永恒的征程，才能投入永恒的怀抱，才能达到永恒的状态。因此，虽然迪金森拒绝皈依基督教，反对基督教上帝，但她对永恒的追求和信仰，从某种意义上说还是属于唯心主义，她并不是一位真正唯物主义者。

当残酷的现实一次次无情夺走她心中的恋人时，在一连串的打击和折磨面前，迪金森表现出了自己追求爱情软弱和悲观的一面。她让自己心中熊熊燃烧的烈火几近熄灭，不得不无可奈何地喊出"距离一才有味道""疏离是甜蜜的缔造者"。这可以看作是她在经历爱的痛苦折磨后的彻悟，更是她怯懦、退缩的表现。当罗德法官最终提出和她步入婚姻殿堂的时候，迪金森断然拒绝，安心做一位静如止水、心如死灰的自闭女性，表现出她对真正爱情婚姻的恐惧。

迪金森对自然的态度是充满矛盾的。她笔下的自然，既带给人们进取向上的乐观精神，同时也带给人们无可奈何的悲观情绪。迪金森自然观的一面是神秘可怕的自然。自然是一位残酷可怕、冷漠无情的“杀手”。迪金森不可避免地对这位“杀手”持有敌对态度。当心情苦闷，或遭遇不幸之际，她便会对周围的自然万物产生敌意，认为还不如没它们自己内心更清静、更能免受其害。自然的冷漠与疏离引发诗人在自然面前的自我悲悯。她在春天的歌中听出了“寂寞”之音，在她的眼里，盎然春意孕育着死亡，春去冬来，又将是满天飞雪，又将是肃杀凄凉的景象。这多少带有一些悲观主义色彩。

总之，对于迪金森思想的历史评价，我们既要正确把握迪金森思想的历史价值和现实意义，又要客观分析其历史局限性，只有这样才能对迪金森的思想做出客观公正的评价。但归根结底，我们在以后的研究中，应批判地继承前人的研究成果，辩证地对待迪金森思想体系的价值。迪金森宗教思想是其思想体系的基础和土壤，她的哲学思想为其思想体系得以发展和完善提供了方法论的保障，她的女性观、爱情观、生态观、自然观等是其思想从不同的侧面和维度在她的现实生活和诗作中的表现和实践。以上各方面相互促进，构成迪金森思想体系有机整体。

古尔灵在《文学批评方法手册》中写道：“事实上，从早期开始，诗人就是历史学家、同时期文化的阐释者，人民的代言人。作为观念形态的文学作品，总是一定的历史时期的社会现实在作家头脑里的反映”。尽管迪金森生平独特，性格特殊，所走的文学道路亦与众不同，但她复杂多变、内涵深刻的诗作和她的其他诗稿，甚至包括书信集等，都是她那个时代的产物，是她所处的那个历史环境、文化氛围和她本人的个性、家世共同造就的结果。迪金森通过她的诗作，不但表现了她自己的思想，而且表达了同时代的美国人的主张和心声。我们今天研究迪金森思想，其全部意义绝不仅仅在于对她的诗作所表现的某一方面的思想进行分析，而是从全局的角度进一步揭开其思想深层的“迪金森之谜”，从而填补迪金森思想研究方面的空白，丰富世界文化和思想宝库。

结　语

在艾米莉•迪金森去世后一百多年间，学者与读者对迪金森诗歌及其本人的兴趣此消彼长、长盛不衰，人们运用多种文学批评理论，从不同的层面对迪金森的诗歌进行阐释和解读。长期以来学者们致力于挖掘迪金森对传统性取向的背离，强调诗人对传统的反叛，强调她与同时代诗人的不同。的确无论是从她惯用修辞手法上看，还是从她诗歌所表现的内容来看都出现大量有悖传统的现象，这就是为什么诗人长期以来被视为“另类”“怪人”“极富个人化的天才”的原因。但实际上随着20世纪80年代新历史主义流派的盛行人们将迪金森置于时代背景中探讨其诗歌与传统的关联时则试图再现诗人诗歌中反射出的与当时传统文化和流行文化之间的关联，如：分析意象与圣经和浪漫主义诗歌传统之间的关联，这些研究为迪金森诗歌风格的创新找到了文化传统的依据，还原诗人作为一个对传统文化继承与革新的正常女诗人的面貌，并揭示出她在美国诗歌由传统向现代过渡过程中承上启下的关键性作用。

美妙的自然是诗人的诗歌缪斯，激发着诗人的创作灵感。诗人对大自然的态度常呈现出立体、多层面，甚至是矛盾的状态，在她看来，大自然的一切是上帝赋予的，同时又是上帝的化身，是一位“循循善诱的导师”，向人类展示有关人类与宇宙的一切事物，人类和自然之间有一种神秘的纽带，诗人不仅热爱自然，而且崇拜着自然；时而自然是一个谜，散发着神秘的色彩，它冷酷、无情对人类的利益甚至生命都漠不关心，在人类与自然之间存在一道难以逾越的鸿沟，面对自然的残忍与冷漠，与人类的疏离与隔阂，迪金森对大自然心怀敌对的态度。因此，在迪金森的自然观里，乐观向上和悲观失望同时并存。诗人把自己的喜怒哀乐、世态人情注入自然之中，将自然与人类的现实社会等同起来，她所体验的人与自然的关系，实际上就是人与现实社会之间的关系。

诗人从大自然中撷取丰富的意象，在她的笔下自然是一个闪烁着宗教之光，先验主义之光的多面体宝石，富于形象和意象的自然融入诗人独特生命感受以及所在民族的传统性母题体验。其诗歌自然意象系统中，木、花、果实、蛇、苍蝇这五类意象是具有反复出现的关键性意象的特点，因此这五类意象是把握迪金森诗歌自然意象系统的关键。这五类原型意象一方面沉积了英美民族宗教、文化的典型经验，但在另一方面诗人有意识的对这些意象进行了含义与情感的升华，意象这个“空框”结构中更多的盛载了对男权社会的反抗，追求女性权利的表达；对传统宗教的反抗，追求人类的自然本性的表露以及追求理性与文明；对爱情的追求勇于表达自己的真实情感；对自然的热爱，以崇高的平等精神关怀自然界中每一个小生灵。

孤独感与不安是迪金森一生相伴的痛苦，这就促使了诗人执着于对“家园”的寻求。“家园”是迪金森人生与命运最理想的归宿地，意味着安全、稳定、和谐与温馨。在更深层的意义上看，“家园”是诗人精神与灵魂上的寄托与安慰。强烈的家园意识让诗人对与家有关的各类事物有着特别的迷恋之情。房间、门、花园、果园这四类意象是把握诗人家园意象系统的关键。通过对这些典型意象的分析，可以看到：诗人对半封闭式空间的依恋，诗人试图创造出一个可以卸载或逃避沉重尘世生存的永恒空间，因此诗人的“家园”常常与死亡相联系。对于死者来说，死亡意味着灵魂退去肉体这沉重的皮囊，诗人为灵魂设计了栖息的家园，实现宗教中所说的肉灵分离，灵归于永恒。对于生者来说，诗人将灵魂安放在半掩着的门后，灵魂以半开的方式和这个世界保持接触。在诗人看来这是保持灵魂独立与自由的最佳状态。总之，“家园”为诗人休憩心灵提供了一个安全、独立的精神空间，也为诗人提供了感受上帝的存在，获得上帝启示的内宇宙。

迪金森痴迷于对死亡的想象与思考，一个死亡场景，一次死亡的历程，死亡来袭的最后时刻在诗人的笔下栩栩如生，意蕴深远。死神、死者、葬礼、殡葬礼俗意象构成诗歌死亡意象系统的四大基石。对死神与死者的刻画充分显示出迪金森那份洒脱、超然、盼望、慰藉的死亡意识。受到传统宗教的影响，诗人希望死后灵魂走向永恒，因而诗人心里那根深蒂固的死亡观是一种“向死而生”的宗教意识，在诗人笔下死亡呈现出一种超凡之美，这种美是人类从原始的死亡恐惧中解脱出来，战胜死亡作为一种恒长的偶然和不幸，一种恒常的威胁的控制，死亡成为解脱痛苦灵魂达到安详、永恒完满状态的最佳方式。

传统宗教为诗人所弃绝，但是一生沉浸在清教文化中的迪金森依然无法切断与传统宗教的联系。诗人的圣经意象系统就是一个很好的证明。诗人为宗教所困扰，时刻处于一种矛盾的状态，因而，诗人在使用这些意象的时情感总是走向肯定与否定的两极，而正是这种徘徊与不确定真实地表达了诗人强烈的宗教情怀和精神价值的自我表达。上帝、天堂、伊甸园代表基督教总体教义教规的三个主要意象成为诗人圣经意象系统的支柱。在诗人的作品里，对上帝、天堂的质疑与依赖彼此依存，相互交织，这种困顿让诗人萌生出一股强大的力量以自我独特的理解创建自我的宗教信仰，上帝、天堂依然是诗人心中最渴望的追求，有着崇高的地位，但是诗人心中的上帝、天堂却盖上了艾米丽•迪金森的印章，对上帝与天堂的重塑实际上是诗人完成了对传统宗教的颠覆。而伊甸园正是诗人在否定基督教信者入天堂之后重建的一个“人间天堂”，在诗人以世俗的精神打破了神创乐园的排他性，在这个人间伊甸园里洋溢着人间的爱情欢歌，人人都能得到这美丽丰饶的理想乐园的接纳。

通过对四大意象系统的分析可以看出：诗人善于将几个原型意象聚合成多姿多才的意象群和意象系统，以这些原型意象成为中心，与其生成意象相互配合，相互补充，相互映衬，形成了一个更为生动，更为丰满，更为厚重，更为致密的复合意象系统，这就像一幅多维立体画，使欣赏者有亲临其境的感受。从而有力地、完善地表达出诗的题旨和意蕴。

原型意象体现出传统文化对迪金森的深刻影响，在创作中，诗人都自主或不自主的运用心灵中沉积的“集体无意识内容”进行着自我的表达，在继承的基础上，诗人的独创性非常明显，诗人对传统文化和宗教不懈的探索与思考，试图寻找到一个将时代精神与个体意识相结合的创作道路，而诗人对意象的巧妙运用正是诗人诠释对问题探索与思考的最佳载体。

原型意象的挖掘与迪金森诗歌意象系统的建立为全面深入理解诗人意象提供了一个背景与路径。这种思考的方式为解决了分割诗人意象的危险，同时，原型批评视野下的迪金森诗歌意象研究，不只是对诗人诗歌中原型意象的简单罗列，而是把原型意象与诗人的思想以及所依存的文化变化发展结合在一起。原型意象具有隐意性的内涵，可以无限延展诗歌的文本表达涵盖。原型意象的流动性，象征性、继承性、典型性、稳定性可以使读者从多层次多角度去理解迪金森诗歌。通过原型意象分析诗歌本身，让我们觉得诗歌要传达的思想与情感并不陌生，无意识的创作——原型意象，激活了现实人类的生存状态，凝聚着一些人类心理和人类命运的因素，渗透着人类的重复产生的欢乐与悲伤的残留物。当我们接触太阳、花园、蜜蜂、棺材、苹果等原型意象时，就仿佛刹那间重温了历史，短暂间体味到了永恒，触到了人类灵魂深处最本质的东西，进一步加强了迪金森诗歌各种意象之间的联系，这样在我们理解诗歌意象的时候能够从宏观的角度把握各类意象的深层含义，从而拓展理解其诗歌创作的视阈，提升了对诗人诗歌理解的精神高度，能深刻认识迪金森诗歌与传统及世界文化的永恒联系。

参考文献

一、英文著作

[1]Robert McClure Smith. The seductions of Emily Dickinson. The University of Alabama, 1997.

[2]Barton Levi St. Armand. Emily Dickinson and her culture. Cambridge University Press, 1984

[3]Bianchi, Martha Dickinson. Emily Dickinson Face to Face: Unpublished Letters with Notes and Reminiscences. Hamden, Conn. Archon Books.1970.

[4]Elizabeth A. Petrino.Emily Dickinson and her contemporaries. University Press of New England, 1998.

[5]Farr, Judith. The Gardens of Emily Dickinson. Cambridge, Massachusetts & London, England: Harvard University Press. 2005.

[6]Fordyce R Bennett. A reference guide to the Bible in Emily Dickinson’s poetry. Scarecrow Press,1997

[7]James R Guthrie. Emily Dickinson’s vision illness and identity in her poetry University Press of Florida 1998

[8]Juhasz, Suzanne （ed）. Feminist Critics Read Emily Dickinson. Bloomington: Indiana University Press.1983

[9]Martin, Wendy （ed）. The Cambridge Companion to Emily Dickinson. Cambridge: Cambridge University Press. 2002

[10]McNeil, Helen.Emily Dickinson. London: Virago Press. 1986.

[11]Mitchell, Domhnall Mitchell and Maria Stuart.The International Reception of Emily Dickinson. New York: Continuum. 2009.

[12]Mordecai Marcus. EmilyDickinson : Selected Poems Notes .Cliffs Notes, 1982.

[13]Murray, Aífe.Maid as Muse: How Domestic Servants Changed Emily Dickinson's Life and Language. University Press of New England. 2010

[14]Pickard, John B. Emily Dickinson: An Introduction and Interpretation. New York: Holt, Rinehart and Winston. 1967.

[15]Pollak, Vivian R. "Thirst and Starvation in Emily Dickinson's Poetry" in Farr . 1996.

[16]Ralph Waldo Emerson, Nature, Selections from Ralph Waldo Emerson, Boston: Houghton Mifflin Company,1960

[17]Sewall, Richard B.The Life of Emily Dickinson. New York: Farrar, Straus, and Giroux. 1974.

[18]Smith, Martha Nell.Rowing in Eden: Rereading Emily Dickinson. Austin, Texas: University of Texas Press. 1992

[19]Stocks, Kenneth. Emily Dickinson and the Modern Consciousness: A Poet of Our Time. New York: St. Martin's Press. 1988

[20]Tate Allen. A Collection of Critical Essays. Ed. Richard B. Sewall. Englewood. Cliffs, NJ. 1963.

[21]Thomas Gardener. A door ajar: contemporary writers and Emily Dickinson. Oxford University Press, 1952.

[22]Walsh, John Evangelist. The Hidden Life of Emily Dickinson. New York: Simon and Schuster. 1971.

[23]Wells, Anna Wilson, Edmund. Patriotic Gore: Studies in the Literature of the American Civil War. New York: Farrar, Straus and Giroux. 1962.

[24]Wendy Martin. The Cambridge Companion to Emily Dickinson. Cambridge University Press,2002.

[25]Wolff, Cynthia Griffin. Emily Dickinson. New York. Alfred A. Knopf. 1986.

二、中文著作

[1]《世界文化象征辞典》编写组编.世界文化象征辞典[M].长沙:湖南文艺出版社,1992.

[2]阿尔弗雷德•哈贝格,王柏华等译.我的战争都埋在书里：艾米莉•迪金森传[M].北京:北京大学出版社,2013.

[3]艾米莉•迪金森.孤独是迷人的[M].天津:百花文艺出版社,2001.

[4]艾米莉•迪金森.我们无法猜出的谜[M].北京:作家出版社,2001.

[5]艾米莉•迪金森,江枫译.迪金森诗选[M].长沙:湖南人民出版社,2004.

[6]艾米莉•迪金森,蒲隆译.迪金森全集[M].上海:上海译文出版社,2014.

[7]艾米莉•迪金森,孙亮译.水草与珍珠——埃米丽•迪金森诗选[M].北京:中央编译出版社,1999.

[8]艾米莉•迪金森,王晋华译.狄更生诗歌精选[M].太原:山西出版集团•北岳文艺出版社,2010.

[9]艾米莉•迪金森,江枫译.迪金森诗选[M].长沙:湖南人民出版社,1984.

[10]艾米莉•迪金森,孙亮译.水草与珍珠:埃米莉•迪金森诗选[M].北京:中央编译出版社,1999.

[11]爱默生,赵一凡等译.爱默生集[M].北京:三联书店,1993.

[12]彼德•琼斯,袭小龙译.意象派诗选[M].桂林:漓江出版社,1986.

[13]毕桂发,张连第,漆绪邦主编.精选历代诗话评释[M].郑州:中州古籍出版社,1988.

[14]布尔顿,傅浩译.诗歌解剖[M].北京:三联书店,1992.

[15]曾庆元.西方现代主义文艺思潮述评[M].武汉:武汉大学出版社,1993.

[16]常耀信.精编美国文学教程（中文版）[M].天津:南开大学出版社,2005.

[17]常耀信.美国文学选读[M].天津:南开大学出版社,2000.

[18]陈静.叔本华文集——悲观论集卷[M].西宁:青海人民出版社,1996.

[19]丹纳,傅雷译.艺术哲学[M].合肥:安徽文艺出版社,1991.

[20]邓迪斯,朝戈金等译.西方神话学读本[M].桂林:广西师范大学出版社,2006.

[21]迪金森,江枫译.迪金森抒情诗选[2][M].长沙:湖南文艺出版社,1992.

[22]董衡巽.美国文学简史上册[M].北京:人民文学出版社,1978.

[23]董衡巽等.美国文学简史（修订本）[M].北京:人民文学出版社,2003.

[24]段德智.死亡哲学[M].武汉:湖北人民出版社,1996.

[25]方姗.形式主义文论[M].济南:山东教育出版社,2000.

[26]费雷尔,归溢等译.色彩的语言[M].南京:译林出版社,2004.

[27]弗吉尼亚•伍尔夫.现代小说.二十世纪文学评论（上）[M].上海:上海译文出版社,1987.

[28]弗莱•诺思洛普,陈慧等译.批评的剖析[M].天津:百花文艺出版社,1998.

[29]弗洛伊德.论非永恒性[M].北京:中国社会科学出版社,1984.

[30]高亨.周易大传今注[M].山东:齐鲁书社,1979.

[31]哈罗德•布鲁姆,江宁康译.西方正典——伟大作家和不朽作品[M].南京:译林出版社,1980.

[32]海德格尔.存在与时间[M].香港:三联书店,1987.

[33]吴定柏.美国文学大纲[M].上海外语教育出版社,1998.

[34]胡家峦.英国名诗详注[M].北京:外语教学与研究出版社,2003.

[35]胡经之.西方文艺理论名著教程[M].北京:北京大学出版社,1986.

[36]黄晋凯,张秉真,杨恒达.象征主义•意象派[M].北京:中国人民大学出版社,1989.

[37]黄午阳,陆吾生编译.系统理论入门[M].天津:天津科学技术出版社,1981.

[38]黄宗英.抒情史诗论——美国现当代长篇诗歌艺术管窥[M].北京:北京大学出版社,2003.

[39]加斯东•巴什拉,刘自强译.梦想的诗学[M].北京:三联书店,1996.

[40]江枫.迪金森名诗精选[M].西安:太白文艺出版社,1997.

[41]江枫.迪金森诗选（名家名译随身典藏）[M].北京:中央编译出版社出版,2003.

[42]江枫.迪金森抒情诗选[M].长沙:湖南文艺出版社.1992.

[43]蒋勋.孤独六讲[M].桂林:广西师范大学出版社,2009.

[44]杰米•副勒,吴铃译.孤独是迷人的——艾米莉•迪金森的秘密日记[M].天津:百花文艺出版社,2000.

[45]康德.判断力批判上卷[M].北京:商务印书馆,1964.

[46]康定斯基.艺术的精神[M].北京:中国人民大学出版社,2003.

[47]勒内•韦勒克,奥斯汀,沃伦.文学理论[M].南京:江苏教育出版社,2005

[48]李斯.掉的一代[M].海口:海南出版社,1996.

[49]李宜燮,常耀信.美国文学选读（上）[M].天津:南开大学出版社,1991.

[50]李元洛.诗美学[M].南京:江苏文艺出版社,1987.

[51]廖星桥.西方现代派文学500题[M].沈阳:辽宁人民出版社,1988.

[52]林树明.多维视野中的女性主义文学批评[M].北京:中国社会科学出版社,2004.

[53]刘海平,王守仁主编,朱刚主撰.新编美国文学史（第二卷）[M].上海:上海

外语教育出版社,2002.

[54]刘守兰.艾米莉•迪金森[M].上海:上海外语教育出版社,2006.

[55]刘守兰.英美名诗解读[M].上海:上海外语教育出版社,2003.

[56]刘小枫.沉重的肉身[M].北京:华夏出版社,2004.

[57]鲁迅.而已集[M].北京:人民文学出版社,2006.

[58]罗良功.英诗概论[M].武汉:武汉大学出版社,2002.

[59]马尔科姆•布雷德伯里,詹姆斯•麦克法兰,胡家峦等译.现代主义[M].上海:上海外语教育出版社,1992.

[60]马尔科姆•考利,张承谟译.流放者的归来[M].上海:上海外语教育出版社,1986.

[61]马科斯•坎利夫.美国文学[M].北京:中国对外翻译和出版公司,1985.

[62]马新国.西方文论史（修订版）[M].北京:高等教育出版社,2002.

[63]茅于美.中西诗歌比较研究[M].北京:中国人民大学出版社,1982.

[64]莫运平.基督教文化与基督文学[M].北京:中央编译出版社,2007.

[65]尼采.快乐的哲学[M].北京:中国和平出版社,1986.

[66]尼采,周国平译.悲剧的诞生[M].北京:三联书店,1986.

[67]秦秀白.英语语体和文体要略[M].上海:上海外语教育出版社,2002.

[68]曲金良.海洋文化概论[M].青岛:青岛海洋大学出版社,1999.

[69]荣格,冯川苏译.心理学与文学[M].北京:生活•读书•新知三联书店,1987.

[70]石史康.美国文学背景大观[M].上海:上海外语教育出版社,1998.

[71]叔本华,石冲白译.作为意志和表现的世界[M].北京:商务印书馆,1982.

[72]苏珊•朗格.艺术问题[M].北京:中国社会科学出版,1984.

[73]汤马斯H•约翰逊选编,杰宇译.最后的收获——艾米丽•迪金森诗选[M].广州:花城出版社,2000.

[74]陶洁.古希腊罗马神话[M].香港:中国对外翻译出版公司,商务印书馆（香港）,1980.

[75]王国维.宋元戏曲史[M].上海:华东师范大学出版社,1995.

[76]王立新,王旭峰,邓宏艺.欧洲近现代文学艺术史[M].天津:天津人民出版社,2011.

[77]王立新.欧洲现代诗歌精选评析[M].开封:河南大学出版社,2006.

[78]王守兰.迪金森研究[M].上海:上海外语教育出版社,2006.

[79]王誉公.埃米莉•迪金森诗歌的分类和声韵研究[M].济南:山东大学出

版,2000.

[80]王忠祥,聂珍钊主编.外国文学史（第三册）[M]，武汉.华中理工大学出版社,2000.

[81]吴其尧.庞德与中国文化[M].上海:上海外语教育出版社,2006.

[82]吴元迈.20世纪外国文学史第2卷[M].南京:译林出版社,2004.

[83]吴忠诚.现代派诗歌精神与方法[M].北京:东方出版社,1999.

[84]伍蠡甫.现代西方文论选[M].上海:上海译文出版社,1983.

[85]徐公持.魏晋文学史[M].北京:人民文学出版社,1999.

[86]许渊冲.中诗英韵探胜[M].北京:北京大学出版社,1992.

[87]杨仁敬.20世纪美国文学史[M].青岛:青岛出版社,1999.

[88]叶嘉莹.迦陵论诗丛稿[M].石家庄:河北教育出版社,1991.

[89]袁行霈.陶渊明研究[M].北京:北京大学出版社,1997.

[90]袁行霈.中国诗歌艺术研究[M].北京:北京大学出版社,1987.

[91]袁可嘉.欧美现代派文学概论[M].广西:广西师范大学出版社,2002.

[92]袁可嘉.现代派论•英美诗论[M].北京:中国社会科学出版社,1985.

[93]张京媛.当代女性主义批评[M].北京:北京大学出版社,1992.

[94]张中载,王逢振,赵国新编.二十世纪西方文论选读[M].北京:外语教学与研究出版社,2002.

[95]张子清.20世纪美国诗歌史[M].长春:吉林教育出版社,1995.

[96]赵毅衡.诗神远游—中国如何改变了美国现代诗[M].上海:上海译文出版社,2003.

[97]赵毅衡.“新批评”文集[M].北京:中国社会科学出版社,1988.

[98]赵毅衡编译.美国现代诗选[M].北京:外国文学出版社,1985.

[99]郑敏.诗歌和哲学是近邻—— 结构-解构诗论[M].北京:北京大学出版社,1999.

[100]朱光潜.西方美学史[M].北京:人民文学出版社,1997.

[101]朱立元.当代西方文艺理论[M].上海:华东师范大学出版社,1997.

[102]朱维之,赵澄.外国文学史欧美卷[M].天津:南开大学出版社,1994.

[103]宗白华.美学漫步[M].上海:上海人民出版社,1981.

[104]邹建军,龙泉明.现代诗学[M].长沙:湖南人民出版社,2000.

[105]邹建军.现代诗的意象结构[M].北京:国际文化出版公司,1997.

三、论文

[1]包家仁.艾米莉•迪金森诗歌的语义含糊性[J].暨南学报:哲学社会科学版,2000（2）.

[2]毕凤珊.艾米莉•迪金森的自然视角[J].盐城师范学院学报:人文社会科学版,2000（4）.

[4]曹萍,黄雷.试从语言风格看狄金森诗歌的魅力[J].淮北煤师学院学报,1995（1）.

[5]曹萍.艾米莉•迪金森及其诗歌的主题意蕴[J].江苏社会科学,2004（2）.

[6]常文艳.孤独而非凡的女性——艾米莉•迪金森[J].中学语文教学参考:教师版,2007（6）.

[7]陈莉莎.上帝•死亡•永生——论美国女诗人艾米•迪金森诗歌的死亡主题[J].湘潭大学社会科学学报,2002（4）.

[8]陈淑莹.概念合成理论对诗性隐喻的解释力——艾米莉•迪金森诗歌篇章隐喻解读[J].哈尔滨学院学报,2006（8）.

[9]陈月桂.三点导读[J].语文教学与研究:读写天地,2005（10）.

[10]迟磊.简单爱情——艾米莉•迪金森情诗之浅析[J].现代语文:上旬.文学研究,2005（4）.

[11]川董靖历.凭西窗诗心真意——从翻译、赏析艾米莉•迪金森的一首爱情诗谈起[J].安阳大学学报：综合版,2003（2）.

[12]戴莉莉.迪金森矛盾的上帝观及其诗歌创作[J].湖南文理学院学报:社会科学版,2008（5）.

[13]董爱国.埃米莉•狄更生隐退之因探析[J].外国文学评论,2001（3）.

[14]杜亚群.做一回诗人——记一次译诗教学实践活动[J].中学语文教学,2004（8）.

[15]段景文.美妙奇巧的比喻[J].四川外语学院学报,1994（4）.

[16]范春香.美国女诗人狄金森创作主题新论[J].河南师范学院学报,2005（3）;

[17]顾晓辉.上帝与诗人——试论美国女诗人艾米莉•狄金森的宗教观[J].国外文学,2001.

[18]贺萍.寂寞中放歌——艾米莉•迪金森诗歌主题浅探[J].长春师范学院学报,2004（3）.

[19]洪流.迪金森圣事意象与信仰追求[J].安徽工业大学学报,2004（7）.

[20]洪振国.艾米莉•迪金森——现代主义的先驱[J].外国文学研究,1996（4）.

[21]侯斌,丁亚丽.对死亡的矛盾心理——艾米莉•迪金森之死亡诗解读[J].宜宾学院学报,2008（3）.

[22]胡佳,鲍彦.略析艾米莉•迪金森诗歌的独特性[J].合肥工业大学学报：社会科学版,2006（4）.

[23]胡江萍.论艾米莉•迪金森的死亡诗[J].运城高等专科学校学报,2001（4）.

[24]黄遥.能指与所指——惠特曼与迪金森的两首诗的文本解析[J].福建外语,1998（1）.

[25]李建军.坚定地守望最后的家园[J].小说评论,1995（5）.

[26]李玲,黄明.女性视角下的艾米莉•迪金森[J].求索,2005（8）.

[27]李玲,白艳君.论迪金森诗歌的现代主义特征[J].中南大学学报（社会科学版）,2005（1）.

[28]李玲.论艾米莉•迪金森的隐晦艺术[J].宁夏大学学报：人文社会科学版,2003（4）.

[29]李玲.论艾米莉•迪金森的诗歌意象[J].邵阳师范高等专科学校学报,1999（6）.

[30]李玲.论迪金森诗歌意象对现代主义的启示[J].云梦学刊,2000（2）.

[31]李其云.再读埃米莉•迪金森的死亡诗[J].科技信息,2008（2）.

[32]李泗维.揭开书信隐匿的面纱——论艾米莉•迪金森的书信与人生、诗歌的关系[J].江汉大学学报：人文科学版,2004（2）.

[33]李燕.艾米莉•迪金森——作为女性进行创作的诗人[J].东北农业大学学报：社会科学版,2006（4）.

[34]林玉鹏.移植诗种——论意象是诗歌翻译的灵魂[J].安徽大学学报,2007（2）.

[35]刘保安.痛苦•矛盾•重压——狄金森心里分析[J].信阳师范学院学报,2005（1）.

[36]刘保安.近五年来国内的迪金森研究综述[J].外国文学研究,2004（5）.

[37]刘保安.论迪金森诗歌艺术特色[J].黄河科技大学学报,2007（2）.

[38]刘富丽.迪金森诗歌语言变异探析[J].佳木斯大学社会科学学报,2004（1）.

[39]刘宏.艾米莉•迪金森的诗歌创作与超验主义[J].辽宁工程技术大学学报：社会科学版,2006（3）.

[40]刘诺亚.艾米利•迪金森的悲情思想[J].广西大学学报（哲学社会科学版）,2007（4）.

[41]刘其刚.困惑的心灵——对比分析艾米莉•迪金森的两首死亡诗[J].科技信息：学术版,2007（22）。

[42]刘守兰.狄金森诗歌的语言特点初探[J].四川外语学院学报,1998（4）.

[43]刘晓晖.百年艾米莉•迪金森研究管窥[J].国外文学,2007（1）.

[44]刘晓晖.阐释的悖论：迪金森研究中的分歧与争议[J].外国文学评论,2006（3）.

[45]刘晓玲.艾米莉•迪金森自然诗初探[J].泉州师范学院学报,2005（5）.

[46]刘炎.意象，诗海航行的风帆——狄金森诗艺管窥[J].理论与创作,1999（6）.

[47]刘永杰.《呼啸山庄》的《圣经》解构[J].天津外国语学院学报,2003（6）.

[48]刘羽.科学思维对艾米莉•迪金森诗歌的影响[J].长沙铁道学院学报：社会科学版,2002（4）

[49]彭众,蒋华锋.狄金森的名意象[J].四川师范学院学报,1999（2）

[50]蒲隆.艾米莉•迪金森：谜一样的诗[J].兰州大学学报,2002（1）.

[51]史迹.论迪金森的基督教情感与宗教诗歌[J].西南民族学院学报,2002（5）.

[52]孙立恒.虐恋之花：艾米莉•迪金森精神分析初探[J].外语教学,2003（3）.

[53]王玉琴.解读文学中的死亡意识[J].文教资料,2006年1月号上旬刊。

[54]韦兰芝.变异与突破——谈艾米莉•迪金森诗歌的创新艺术[J].牡丹江师范学院学报,2006（6）.

[55]许兰娟."自然"是我们所见——艾米莉•迪金森眼中的自然[J].徐州师范学院学报,2004（2）.

[56]薛春霞.艾米莉•狄金森的女性个体主义[J].四川外语学院学报,2003（4）.

[57]岳凤梅.艾米莉•迪金森的反叛[J].四川外语学院学报.2004（3）.

[58]张吉生.论狄金森语言符号的表情手法[J].外语与外语教学,2001（11）.

[59]张礼龙.现实与信仰——对迪金森有关死亡诗歌的探索[J].外语与外语教学,2004（10）.

[60]张学君.生与死的颂叹——艾米莉•狄金森与冰心诗歌中的主题和意象之比较[J].东华大学学报（哲社版）,2004（9）.

[61]张跃军.艾米莉•狄金森在中国的译介[J].中国翻译,1998（6）.

[62]赵海萍狄金森死亡主题诗歌的陌生化效应[J].淮南师范学院学报,2005（1）.

[63]赵宪章.旧记的私语言说与解构[J].文艺理论研究,2005（3）.

[64]周建新.1890年前的艾米莉•迪金森批评[J].广西社会科学,2007（3）.

[65]周建新.评艾米莉•迪金森诗歌的五个汉译本[J].郑州航空工业管理学院学报2004（1）.